Las nueve vidas de Rose Napolitano

DONNA FREITAS

LAS NUEVE VIDAS DE ROSE NAPOLITANO

Traducción de
Toni Hill

Grijalbo narrativa

Penguin
Random House
Grupo Editorial

Título original: *The Nine Lives of Rose Napolitano*

Primera edición: abril de 2022

© 2021, Donna Freitas
Todos los derechos reservados,
incluido el de reproducción total o parcial en cualquier forma.
Esta edición se ha publicado por acuerdo con Viking, un sello de Penguin
Publishing Group, una división de Penguin Random House LLC.
© 2022, Penguin Random House Grupo Editorial, S. A. U.
Travessera de Gràcia, 47-49. 08021 Barcelona
© 2022, Toni Hill Gumbao, por la traducción

Printed in Spain – Impreso en España

ISBN: 978-84-253-5996-5
Depósito legal: B-3.075-2022

Compuesto en Fotoletra, S. A.

Impreso en Black Print CPI Ibérica S. L.
Sant Andreu de la Barca (Barcelona)

GR 5 9 9 6 5

A mi madre,
que me dio esta vida

2 de marzo de 2008

Rose: vida 3

Es preciosa.

Me fascina su perfección. El dulce aroma de su piel.

—Addie... —Suspiro—. Adelaide. —Lo intento de nuevo, un susurro débil en un entorno esterilizado—: Adelaide Luz.

Me acerco su cabecita hasta la nariz e inspiro con fuerza durante un buen rato sin prestar atención al dolor agudo de mi vientre. Sonrío mientras admiro la pelusilla suave de su pelo.

¡Cuánto me he resistido a tener a este pequeño ser en mis brazos! Antes del embarazo y del parto me pasé años despotricando sobre la presión que las mujeres sufrimos para tener un hijo. Se lo decía a Luke, a mamá, a Jill, a cualquiera que se prestara a escucharme. A un extraño que viajara a mi lado en el metro, al pobre tipo que caminaba por mi acera. Me enervaba tanto...

¿Y ahora?

La nieve cae con suavidad sobre los cristales de la ventana de mi habitación de hospital, y todo cuanto me rodea queda bañado en sombras grises, casi en penumbra. Me muevo un poco hacia la izquierda en busca de una postura más cómoda. La temperatura desciende y la nieve adopta una textura parecida a la del papel, se torna consistente y reseca como el engrudo. La niña duerme.

Tiene mis ojos.

—¿Cómo pude no haberte querido? —susurro en su orejita curvada, una concha diminuta y perfecta—. ¿Cómo podría darse una vida en la que tú y yo nunca nos conociéramos? Si existe una vida así, no querría vivirla.

Le tiemblan los párpados, pálidos, surcados de venitas, traslúcidos; nariz, boquita y frente se arrugan a la vez.

—¿Has oído lo que acabo de decir, bebé? Solo deberías escuchar la segunda parte, cuando tu madre afirma que no querría vivir una vida sin ti. Es lo único que te hace falta saber.

PRIMERA PARTE

Rose:
vida 1

1

15 de agosto de 2006

Rose: vida 1

Luke se ha plantado junto a mi mesilla de noche. Nunca se acerca a ese lado de la cama. En la mano sostiene un frasco de vitaminas prenatales. Lo levanta.

Lo sacude como si fuera un sonajero.

Produce un ruido intenso y sordo, porque el frasco está lleno.

Ahí radica el problema.

—Me lo prometiste —dice Luke en un tono neutro, despacio.

Vaya. Me ha pillado.

—A veces se me olvida tomarlas —admito.

Vuelve a sacudir el frasco, que suena como una maraca en clave menor.

—¿A veces?

La luz que se filtra a través de las cortinas forma un halo sobre la parte superior del cuerpo de Luke, la mano alzada que sujeta el objeto de la afrenta queda perfilada por el sol y resplandece.

Estoy en la puerta de la habitación que compartimos, a punto de sacar la ropa del armario y de los cajones. Lo de siempre. Ropa interior. Calcetines. Una camiseta y unos tejanos. Cualquier otra mañana me habría puesto la ropa sobre un brazo y la habría llevado al cuarto de baño para vestirme después de la ducha. Hoy, en cambio, me paro; me cruzo de brazos y noto que el corazón me late alentado por una mezcla de ira y dolor.

—¿Las has contado, Luke?

La pregunta es como un chasquido en el aire húmedo de agosto.

—¿Y qué pasa si lo he hecho, Rose? ¿Qué pasa si las he contado? ¿Acaso puedes culparme?

Le doy la espalda, abro el cajón donde guardo la lencería, sujetadores, bragas, camisones; revuelvo las prendas y altero el orden, todo se va descontrolando cada vez más. Mi corazón se desboca.

—Me lo prometiste —dice Luke.

Cojo unas bragas grandes, de esas de abuela. Tengo ganas de gritar.

—¿Desde cuándo las promesas significan algo en este matrimonio?

—Eso no es justo.

—Yo diría que sí.

—Rose...

—¡Pues no, no me he tomado las pastillas! No quiero un hijo. Nunca he querido tenerlo, ni lo quiero ahora ni lo querré jamás. ¡Y eso es algo que ya sabías antes de que nos prometiéramos! ¡Te lo dije miles de veces! ¡Y te lo he repetido un millón más desde entonces!

—Dijiste que tomarías las vitaminas.

—Lo hice para que dejaras de agobiarme. —Las lágrimas me arden en los ojos mientras la sangre palpita dentro de mí—. Lo dije para que tuviéramos un poco de paz en esta casa.

—Así que mentiste.

Me vuelvo hacia él. Las bragas se me caen mientras rodeo la cama para enfrentarme a mi marido.

—Tú juraste que no querías tener hijos.

—Cambié de opinión.

—Ah, claro. No pasa nada. —Estoy rodando montaña abajo, ambos lo hacemos, y no sé cómo frenar la caída—. Tú cambiaste de opinión, pero la mentirosa soy yo.

—Dijiste que lo intentarías.

—Dije que me tomaría las vitaminas. Eso fue todo.

—Pero no lo has hecho.

—Tomé algunas.

—¿Cuántas?

—No lo sé. A diferencia de ti, no voy contándolas.

Luke baja el frasco, y mientras lo sujeta con una mano hace presión con la otra para quitarle la tapa; la gira, la hace saltar. Observa el contenido.

—Está lleno, Rose.

Vuelve a mirarme, mueve la cabeza a izquierda y derecha, vertiendo su desaprobación sobre mí.

¿Quién es este hombre que tengo delante, el hombre al que amo, el hombre con quien me casé?

Apenas aprecio el parecido entre esta persona y aquella que solía mirarme como si fuera la única mujer del universo, como si fuera el sentido de su entera existencia. Me encantaba ser eso para Luke. Me encantaba serlo todo para él. Él siempre lo fue para mí: un hombre de mirada suave y reflexiva, de sonrisa encantadora y sincera, un hombre al que sin duda amaría todos los días de mi vida.

Las palabras «Pero te quiero, Luke» son como moscas atrapadas que zumban dentro de mí, incapaces de encontrar una salida.

En lugar de desactivar la bomba que se ha creado entre

nosotros, estallo y, con un golpe brusco, le arrebato de la mano el frasco; mi brazo es como un palo de golf, capaz de sacudir con fuerza. Las pastillas, grandes y ovaladas, vuelan por los aires formando una especie de arco de caramelos de un feo color verde, y terminan diseminadas por el suelo de madera y sobre la ropa blanca de la cama.

Mi reacción nos deja helados a los dos.

Luke abre la boca, un gesto de sorpresa que deja entrever el borde afilado de sus dientes frontales. Sus ojos siguen el rastro de esas pastillas que se han convertido en la representación del éxito o el fracaso de este matrimonio; diminutas boyas que yo debía ingerir para mantenerlo a flote. Ahora que las he tirado, nos hundimos. El único sonido que se oye en la habitación es el de nuestros alientos. Los ojos de Luke reflejan sorpresa. Traición.

Cree que soy yo quien lo traiciona, que la prueba radica en ese estúpido frasco de vitaminas.

¿Por qué no se da cuenta de que es él quien me ha traicionado? ¿Por qué no reconoce que su cambio de opinión sobre tener hijos solo demuestra que no valgo lo suficiente para él?

Luke reacciona, se dirige hacia el rincón donde ha acabado el frasco vacío. Se agacha para recogerlo. Coge una pastilla del suelo y luego otra, atrapándolas con los dedos para devolverlas al interior del bote. Las píldoras chocan al caer contra el fondo de plástico.

Observo a Luke mientras se inclina y se estira, se inclina y se estira, hasta que todas la vitaminas prenatales, incluso las que rodaron debajo de la cama, han regresado a su lugar. Para recogerlas, Luke tiene que levantar los faldones de la colcha y tumbarse en el suelo, con el brazo extendido.

Cuando ha terminado, me dirige una mirada cargada de acusaciones.

—¿Por qué tuve que casarme con la única mujer del mundo que no quiere hijos?

Tomo aire con avidez.

Ya estamos.

Ahí está. Por fin ha salido de su boca lo que ha pensado siempre. No me refiero a lo de que no quiero tener hijos, algo que ha sabido desde el principio, sino al evidente matiz de queja que advierto en su voz y que me hace estremecer, la forma de señalarme como alguien único, en el peor de los sentidos.

Nos miramos. Aguardo una disculpa que nunca llega. El corazón me late a toda prisa, mi cerebro se aleja de la pregunta de Luke y le añade las mías propias. ¿Por qué no puedo ser una mujer como las que quieren tener hijos? ¿Por qué no lo soy? ¿Por qué me hicieron así?

¿Será este el resumen de mi vida cuando llegue el final?

Rose Napolitano: Nunca fue madre.

Rose Napolitano: No quería tener hijos.

Luke se mira los pies. Recoge la tapa del frasco y la pone en su sitio con un chasquido.

Me acerco a buscarlo. Me acerco a él.

2

14 de marzo de 1998

Rose: vidas de la 1 a la 9

No me gustan las fotos.

—¿Puedes apartar la mirada del portátil?

Mis ojos, mi cabeza y mi barbilla se niegan a obedecer.

Soy de esa clase de personas que huye en cuanto ve una cámara, que se esconde detrás de cualquiera que esté cerca. Que levanta la mano para protegerse de un objetivo si se lo encuentra delante de la cara. Por todo ello no debería estar aquí ahora, sacándome un retrato con la toga y el birrete. ¿En qué estaba pensando?

—Eh... ¿Rose?

Oigo pasos. Ante mí aparecen unas zapatillas de deporte de color azul marino, con la puntera gastada y los cordones deshilachados. Inspiro, espiro y levanto la vista. El fotógrafo es joven, más o menos de mi edad, quizá uno o dos años mayor. Parpadea, se muerde el labio y frunce el ceño.

—Lo siento —digo mientras muevo las manos en mi regazo, estirando y doblando los dedos—. Debo de ser la peor modelo del mundo.

Desvío la mirada hacia un lado, hacia el espacio oscuro que hay más allá del lugar bien iluminado donde estoy posando para el retrato, hacia el fondo gris que se extiende a mi espalda. Contra la pared se amontona una pila de cajas, de esas que suelen usarse en las mudanzas. Hay una chaqueta azul tirada encima y un palo de hockey en el suelo, alineado con el zócalo.

—Ha sido una ocurrencia estúpida —prosigo—. Pensé que... Bueno, quería hacerlo, pero ahora...

—¿Querías? —pregunta el fotógrafo.

No contesto, supongo que porque no me apetece abrir mi corazón a un extraño. Además, aún estoy procesando la cantidad de trastos que me rodean por todas partes. Debe de ser su casa. Habló de su estudio, pero da la impresión de que vive aquí. O tal vez acabe de mudarse.

—¿Qué es lo que querías? —insiste.

Algo en su voz, amable y paciente, me produce ganas de llorar. Toda esta situación me pone al borde del llanto.

—No debería haber venido, esto no se me da nada bien. —Y rompo a llorar—. Me da tanta vergüenza... No me gusta que me hagan fotos. Lo siento, de verdad, de verdad.

Lloro con más ganas a pesar de que la feminista que llevo dentro me regaña por el exceso de disculpas.

El fotógrafo, cuyo nombre no consigo recordar (¿Larry? ¿O tal vez Lou?), se agacha frente a mi silla y nuestros ojos quedan casi a la misma altura.

—No te preocupes. Hay mucha gente que odia que le hagan fotos. Pero ¿lloras por el retrato, en serio, o es por otra cosa?

Observo a ese hombre. Me fijo en su rodilla derecha, visible a través del roto de sus tejanos, y en que su cuerpo se balancea ligeramente mientras está agachado. ¿Cómo sabe que no estoy llorando por la foto? Quizá ha intuido que esto tiene más que ver con mis padres, a quienes a veces les cuesta entender mis decisiones, entender a la mujer adulta que soy ahora.

Cruzo los brazos y los aprieto contra mi cuerpo. La toga negra con el ribete de terciopelo es gruesa y rígida. Estoy segura de que si me la quitara se aguantaría en pie por sí sola. Me libero del absurdo birrete y sacudo la cabeza. Debo de tener el pelo horrible, chafado por ese chisme. El birrete también es de terciopelo, del mismo azul que el ribete de la toga. Me emocioné cuando llegó por correo, era el símbolo de muchos años de esfuerzo, del doctorado que recibiré de manera oficial en mayo, el día de la graduación. Mi doctorado en Sociología, el que me hará pasar de ser solo Rose a ser la profesora Napolitano. La doctora Napolitano.

—¿Quiénes son los de esa foto de ahí? —pregunto al fotógrafo en lugar de responderle. Extiendo el brazo hacia la derecha para señalarla.

Colgada en la pared sobre la pila de cajas hay una foto grande enmarcada. Dado el aspecto provisional del espacio, parece fuera de lugar, algo fijo y permanente. En ella aparecen dos personas, un hombre y una mujer, sentados en un porche con sendos libros abiertos. Las expresiones de sus rostros transmiten viveza, entusiasmo, como si las palabras que leyeran fueran las más emocionantes que se han escrito jamás.

El fotógrafo se vuelve en la dirección indicada y suelta una carcajada.

—Son mis padres. La hice cuando tenía diez años. Fue el año en que me regalaron la primera cámara de verdad. No paraba de hacer fotos a todo: a las flores, a las briznas de hierba, al polvo del parquet del comedor... Todo muy artístico.

Se vuelve de nuevo para mirarme y se encoge de hombros. Sus ojos se burlan de sí mismo.

Son verdes, con motas marrones.

—También hice una serie fantástica de fotos del perro.

Me río un poco. Parte de mi tensión interna se desvanece.

—¿Y así...?

—Sí, exacto. —Esta vez no se vuelve, mantiene la mirada fija en mí—. Por lo que se refiere a esta foto, la hice un día en casa. Había una mariposa sobrevolando las hierbas altas y había estado persiguiéndola, intentando sacar la foto perfecta.

Se tapa los ojos con las manos.

Me descubro deseando tocarlas, apartárselas de la cara, acariciar su piel suave y olivácea. No quiero que se sienta incómodo.

Apoya las manos en las rodillas. Oscila un poco.

—Era un auténtico friki, en serio. Pero bueno, ahí estaba, cansado y sudoroso, con los tejanos manchados de hierba, cuando de repente levanté la cabeza y vi a mis padres leyendo en el porche. Y distinguí algo en sus caras, algo que tenía que capturar. Me paré, levanté la cámara y saqué una única fotografía.

Sonríe.

—¿Esta foto?

Se incorpora. Es altísimo.

—Exacto. Fue la que me decidió a dedicarme a esto. Lo supe en cuanto la vi. Mi madre la hizo enmarcar para que recordara siempre quién soy y qué quiero hacer, incluso en los malos momentos. Los inicios de este negocio no son fáciles.

Acaricia con afecto la cámara que tiene en el suelo, a su lado, y vuelve a encogerse de hombros.

Echo la cabeza hacia atrás para observarlo mejor.

—Gracias por contarme esa historia.

Asiente.

—Gracias por preguntarme por la foto. —Golpetea el suelo con un pie—. Ahora te toca a ti.

—¿A mí?

—Dime qué te pasa. Yo te he contado una historia, así que ahora es tu turno. Explícame por qué estás aquí.

—Hum…

—Hum, sí, ¿vale?

—Hum, vale. De acuerdo.

Cruza la habitación y coge una silla; la planta al lado de la mía y, ya sentado, se inclina hacia delante.

—Me sobra tiempo. Eres mi única cita.

Respiro hondo.

—Antes de empezar tengo una pregunta más.

—Perfecto, adelante.

Noto que las mejillas me arden. Me levanto para desabrocharme la toga y vuelvo a sentarme. Me cocía con eso puesto.

—Me da un poco de vergüenza.

Enarca las cejas.

—El caso es que no recuerdo cómo te llamas y, ya que nos hemos puesto a contarnos historias de nuestras vidas, supongo que es algo que debería saber. Sé que no es Larry. ¿Lou, tal vez?

Sonríe de nuevo, se ríe de nuevo, y tiene una risa bonita, nada estridente pero contagiosa, como si disfrutara riéndose, como si reír fuera algo natural en él.

—Bien, Rose Napolitano, mi única cita del día, estoy de acuerdo en que es algo que deberíamos saber. Y dado que ya sé el tuyo, me parece bien que sepas el mío.

Extiende la mano y lo imito.

Siento una descarga en mi piel, por todas partes.

—Me llamo Luke.

3

15 de agosto de 2006

Rose: vida 1

Mi mano se queda suspendida en el aire, ávida, vacía.

En lugar de entregarme el frasco, en lugar de cogerme la mano, Luke devuelve las vitaminas al lugar de la mesilla de noche donde suelo guardarlas, escondidas detrás de la pila de novelas que habitan junto a mi almohada. No dice nada.

Hablo en mi defensa:

—Lo he intentado, Luke. De verdad.

Dejo caer el brazo, dejo que la pregunta de mi marido se quede sin respuesta. Quiero ocultarla de mi vista, borrarla a base de acumular otras palabras sobre ella hasta que ya no podamos verla.

—Pero a veces esas pastillas me dan dolor de estómago, y sabes que no puedo trabajar cuando no me encuentro bien. No puedo dar conferencias, no puedo realizar las entrevistas que requieren mis investigaciones…

Espero que mi marido se suba al bote salvavidas y me ayude a remar lejos de la zona turbulenta a la que esta pelea nos ha conducido.

«Podemos resolverlo», ruega mi mirada.

Luke titubea, apenas un segundo, y deposito todas mis esperanzas en esa pausa.

Pero su mirada se ensombrece.

—No quiero volver a oír hablar de tu trabajo, Rose. Estoy harto de que lo uses como excusa para que no tengamos hijos.

Ya estamos de nuevo en el mismo punto. Hemos vuelto al inicio, al problema que no somos capaces de resolver.

El impulso de intentar arreglarlo se volatiliza. Me enfrento a su mirada.

—Mi trabajo no es la única razón por la que no quiero tener hijos, y lo sabes. No quiero hijos porque nunca los quise. ¡Y estoy en mi derecho! Por Dios, Luke, ¿qué hay de malo en que me encante lo que hago? ¿Qué tiene de malo que sea mi prioridad? ¿Qué hay de malo en ser como soy?

—¡Lo malo es que amas tu carrera académica más de lo que amarías a un niño incluso si lo tuviéramos! Lo que importa es que ese niño siempre ocuparía el segundo lugar en tu vida. No sé cómo se me ocurrió pensar que las cosas podrían ser distintas.

—¡Como si a ti no te encantara ser fotógrafo! Pero en tu caso no hay problema, ¿eh? Puedes obsesionarte cuanto quieras con tu trabajo porque eres un hombre.

Luke se lleva las manos a las sienes, sus codos forman sendos ángulos agudos.

—¡No me sueltes otra vez toda esa basura feminista! Estoy harto de oírla.

—Vale, ¡pues tú deja de repetirme lo que dicen tus padres!

Sus manos caen a los lados y se convierten en puños.

—Perfecto. También estoy cansado de defenderte ante ellos.

Aprieto los dientes.

Los padres de Luke desearían que se hubiera casado con

otro tipo de mujer, alguien más tradicional, capaz de renunciar a todo con tal de ser madre. Alguien que antepusiera los hijos a su carrera. Es una pelea sobre mí que no ha cesado entre Luke y sus padres, y que, por lo tanto, tampoco ha cesado entre él y yo.

El año pasado, cuando supe que me habían concedido la titularidad de la plaza, llamé a casa desde el despacho. Luke dijo todo lo que se esperaba de él, que saldríamos a cenar y a tomar una copa para celebrarlo. Pero cuando llegué me lo encontré hablando por teléfono con su padre. No me oyó entrar.

—Sí, papá, lo sé, lo sé —decía Luke—. Pero Rose...

Me quedé inmóvil sin haber cerrado del todo la puerta de la calle. La dejé abierta para que el chasquido no alertara a Luke de mi presencia.

—Lo sé, pero Rose ya está más convencida. Y todo cambiará en cuanto tenga al bebé.

Hubo una pausa muy larga.

Me dolía el pecho, me dolían las costillas, me dolía el corazón que hay detrás. Si hubiera tenido a mano un vaso, un plato, cualquier cosa que pudiera romperse, lo habría arrojado contra el suelo con todas mis fuerzas. Deseaba gritar.

Por fin Luke tomó la palabra de nuevo:

—Sé que piensas que siempre antepone su trabajo, pero creo que un hijo cambiaría eso. —Pausa—. Me consta que tu opinión es otra, papá, pero te agradecería que le dieras una oportunidad. —Pausa—. Papá, está harta de hablar del tema. —Otra pausa, seguida de un profundo suspiro de frustración por parte de Luke y de una protesta airada—. ¡Papá, ya vale, por favor!

Un libro cayó al suelo desde mi bolso, siempre lleno, y el ruido me delató.

—¿Rose? —preguntó en voz bien alta—. ¿Eres tú?

Cerré la puerta con todas mis fuerzas intentando fingir que acababa de llegar.

—¡Sí! Ya estoy en casa. ¡Lista para los cócteles!

—Tengo que dejarte, papá —dijo Luke.

Cuando entré en el salón, ya había colgado y su teléfono estaba en la mesa.

Me observó.

Y yo a él. Me fijé en que tenía las mejillas sonrojadas.

—Hola.

Intenté esbozar una sonrisa de felicidad, recabar la emoción que burbujeaba dentro de mí durante toda la tarde desde que me enteré de la noticia. Quería recuperar esos sentimientos. Me sentía estafada; la charla de Luke con su padre me había arruinado mi gran momento.

—¿Qué parte de la conversación has llegado a oír? —preguntó Luke.

Borré la sonrisa falsa.

—La suficiente. Demasiada.

—¿Qué crees que has oído?

Dejé el bolso en una silla.

—No me hagas esto, Luke. Sé perfectamente de qué hablabais.

—Dímelo.

—Era una nueva versión de la conversación que sigues manteniendo con tus padres. Sobre el hecho de que, como no quiero tener hijos, soy una mujer defectuosa, deficiente, y siempre lo seré.

—Eso no es lo que decíamos.

—Vale. También oí que mi marido es incapaz de plantar cara a sus padres y de decirles que dejen de entrometerse en su matrimonio… ¡Y de paso que dejen de criticar a su esposa!

26

—Te he defendido.

—Ya, ¿y por qué tienes que hacerlo? ¿Qué pintan tus padres en una conversación que solo nos atañe a nosotros dos? ¡No es asunto suyo!

—¡Hago lo que puedo! Sabes lo mucho que les importa esto, y lo mucho que a mí me importan… Lo mucho que los quiero.

—Bueno, también sabes muy bien lo mucho que me importa a mí, que soy tu esposa. ¡Y también te quiero!

Me deshice del fular y lo arrojé encima de la mesa.

Luke tomó aire, luego lo soltó despacio.

—Yo también te quiero.

Me descalcé, y mis zapatos de tacón chocaron contra el suelo.

—También has dicho a tus padres que había cambiado de opinión sobre el tema de los niños.

Luke cogió el fular y se dispuso a doblarlo, haciendo presión con la mano sobre la delicada tela. Me lo había regalado él hacía un año y era mi favorito. Ahora me lo ofrecía de nuevo.

—Solo intentaba calmarlos —susurró.

No lo cogí. No me moví.

—Rose, por favor —dijo Luke—. No discutamos esta noche. Deberíamos estar celebrando tu fantástico logro. Dejemos el tema y vayámonos.

Se me endureció la mirada, y no solo eso. Músculos, células, miembros y sobre todo las mejillas se me petrificaron mientras miraba a mi marido con algo parecido al odio. Quizá fuera odio. La primera y fea semilla, que con el tiempo crecería como las vides hasta asfixiarnos a ambos.

—Se me han quitado las ganas de celebraciones, Luke.

—No seas así.

—¿Así cómo? ¿Una mujer mala? ¿Una mujer difícil? ¿Una mujer enfadada?

Mi voz, el tono, se elevó hasta alcanzar el nivel del grito. Lo que quería hacer era gritar. Soltar un interminable aullido de ira que me aliviara ese sentimiento cautivo que aprisionaba toda mi vida. Quería expulsarlo de mí, exorcizarlo, pero no lo hice.

En su lugar, me metí en el dormitorio como una cría arrogante y me dediqué a abrir y cerrar con fuerza puertas y cajones mientras me quitaba la ropa del trabajo y la cambiaba por la de estar por casa, incluidos unos calcetines gruesos y horribles que usaba a modo de zapatillas.

«Felicidades, Rose», me deseé de mal humor.

—Esto es imposible —dice Luke ahora, rompiendo el silencio—. Eres imposible.

Lo veo pasar ante mí hacia la puerta del dormitorio, oigo sus pisadas mientras cruza el comedor, los pies descalzos sobre el parquet. Le oigo abrir el armario de los abrigos de la entrada. Cuando regresa, sus pasos vienen acompañados del traqueteo sordo y constante de unas ruedas. Una maleta.

Pasa ante mí por segunda vez, arrastrando la maleta, la más grande que tenemos en casa, esa sobre la que solemos bromear asegurando que en ella cabría un cadáver. Se detiene delante de los cajones donde guarda la ropa —doblada, pulcra, organizada—, tan distintos a los míos, que siempre están hechos un desastre y donde se mezclan los pijamas y los sujetadores sin orden ni concierto, un combinado de seda y satén. Coloca la maleta encima de la cama; al revelador sonido de la cremallera lo sigue el de sus manos al extraer un cajón de madera, esas manos que una vez, hace ya mucho, amé sentir por toda mi piel y que ahora alzan pilas de camisetas, de tejanos y de calzoncillos y las meten en la maleta abierta. Vacía un segundo cajón y luego un tercero, calcetines y más calzoncillos, antes de pasar al armario de las camisas y los jerséis, hasta que ya no queda espacio para más ropa, para más trozos de Luke. Ha empaquetado todo lo que puede llevarse.

No me ha mirado a los ojos en ningún momento.

Observo la fotografía mía que hay en la mesilla de noche de Luke. Tengo la cabeza echada hacia atrás y la boca abierta, y me estoy riendo. La nieve brilla sobre mi grueso suéter gris y en mi cabello oscuro. Luke acababa de lanzarme una bola de nieve a traición. Sacó esa foto el día en que nos prometimos. Es su favorita.

Ahora no la toca, ni siquiera la mira.

Pienso en las otras fotografías que me ha hecho, a mí sola o a nosotros, y en cómo me ha cambiado. He pasado de ser alguien que odiaba salir en las fotos a alguien capaz de disfrutarlo, siempre que sea él quien esté al otro lado de la cámara. Pienso en la primera vez que me retrató, en cómo una sesión que debía durar media hora se transformó en un día entero, un día que se prolongó a lo largo de toda una vida. Mi ira, mi rabia, empieza a desvanecerse.

Yo quería un regalo especial para mis padres por mi graduación, algo físico, algo que pudieran colgar en la pared de casa, algo que generara conversaciones sobre mi doctorado. Escogí a Luke como fotógrafo porque era barato, porque su estudio estaba cerca de donde yo vivía. Durante la sesión nos pusimos a hablar. Él intentaba relajarme antes de la foto y consiguió convencerme de que le contara la auténtica razón por la que rompí a llorar durante la sesión.

Y se la conté.

Le conté que, después de defender la tesis y publicarla, me planté delante de mis padres con un ejemplar, y que ellos la miraron, leyeron el título de la cubierta y se quedaron ahí. Que mi madre dijo lo que debía («¡Felicidades por este gran logro, Rose! ¡Tenemos una doctora en la familia!»), pero que detrás de aquellas palabras adiviné que no sabía muy bien qué pensar de aquella clase de doctora en que me había convertido. Que a mis padres les había costado entender para qué me había empeñado tanto en el doctorado en Sociología cuando con la licenciatura habría bastado, sobre todo teniendo en cuenta que mi padre, carpintero, ni siquiera había llegado a la universidad. Que aunque mis padres y yo manteníamos una buena relación y a pesar de que nos veíamos y hablábamos a menudo, los estudios no eran un tema que tocáramos mucho. Cada vez que yo sacaba a colación mi carrera, con mi madre sobre todo, ella empezaba escuchándome con atención pero, poco a poco, iba perdiendo el interés y terminaba diciéndome, en tono avergonzado, algo como: «Ni siquiera entiendo la mitad de las palabras que usas, Rose». Le conté a Luke lo mucho que quería a mis padres y lo mucho que deseaba que conectáramos en algo que se había convertido en una parte tan importante de mí, pero que esa conexión se nos resistía. Quería acortar la distancia entre nosotros, y por eso estaba allí, en su estudio, a punto de sacarme unas fotos que de alguna manera hicieran de puente entre ellos y yo.

—Tengo una idea —dijo Luke cuando llegué al final de la historia.

Me quitó la toga y la colgó en un armario, dejó el birrete sobre la silla y me pidió que lo llevara a la universidad donde me había doctorado.

—Vale —acepté, pensando «¿Por qué no?».

Hacía una tarde agradable, nada especial, un poco fría y gris, pero sin lluvia. Luke me dijo que las nubes ofrecían mejor luz para las fotos que el sol. Cuando llegamos al campus, me sentí tonta enseñándoselo.

—Quiero que me lo muestres todo —me aseguró—. Cada una de las aulas, tu rincón favorito de la biblioteca, tu banco preferido del jardín, la sala donde leíste la tesis. Quiero que me hagas el *grand tour* del doctorado de Rose y que me expliques las razones por las que ella lo ha disfrutado tanto.

A medida que el tiempo pasaba y charlábamos, empecé a olvidarme de que Luke iba sacando fotos. La sesión duró cuatro horas y prosiguió con una cena, invitación mía. Insistí en ello.

De ese día hay fotografías mías caminando por el pasillo de mi departamento, o con los ojos clavados en el estante que contiene los monográficos de la facultad, o abrazando la tesis en el aula donde la defendí o hablando con algunos de mis más apreciados profesores, y una preciosa y alegre con el director de la tesis. Son desenfadadas, divertidas, y me representan absolutamente. Cuando las vi ni siquiera podía creerlo. Luke reunió las mejores en un álbum con una inscripción en la cubierta que rezaba: «A mis padres, con amor, Rose Napolitano, doctora en Sociología».

Mi madre y mi padre se sentaron en el sofá con el álbum. Me hicieron preguntas sobre cada una de las fotos y se las contesté.

—Esta es mi favorita, cariño —dijo mi padre señalando una en que yo estaba con el director de la tesis—. Podríamos sacarla, y le haré un marco para colgarla en el salón.

Invité a Luke a cenar por segunda vez para agradecerle su trabajo, por hacer algo tan especial, por ayudar a mis padres a entender mejor a la hija en que me había convertido. Y porque, bueno…, la verdad es que me apetecía volver a verlo. Cuando le conté lo mucho que a mis padres les había gustado el álbum y todas las preguntas que me habían hecho, Luke asintió.

—Nunca he sido muy fan de los retratos —dijo—. Creo que las mejores fotos son las que reflejan nuestra vida mientras estamos en los lugares donde somos nosotros mismos. Y tú eres tú misma en la universidad más que en ningún otro sitio, Rose.

Lo miré a los ojos. Por entonces ya lo amaba.

Luke pone un último par de tejanos encima de todo y cierra la maleta.

—¿Adónde vas? —balbuceo.

Las palabras me saben a polvo seco. El cuerpo se me hunde, todo parece inclinarse hacia el suelo; tengo los hombros encogidos, el cuello doblado.

Contempla la maleta, el brillo azul marino del material plástico exterior.

—No puedo, Rose. Ya no puedo más.

—¿No puedes qué?

—Quedarme. En este matrimonio.

Me yergo, una reacción súbita: estiro rodillas, hombros, las protuberancias de las vértebras en la columna; tenso codos, muñecas y dedos.

—¿Me abandonas por un frasco de vitaminas?

Se vuelve hacia mí con la mirada encendida. La he visto muchas veces a lo largo del último año. Son los ojos de la sensatez, de la determinación, de la tragedia por casarse con una mujer que se niega a toda costa a tener hijos.

Aunque el precio a pagar, ahora lo veo, sea él.

—No. Te abandono porque quiero tener un hijo y tú no, y ya no sé cómo arreglarlo.

—Antes nos entendíamos —digo con voz ronca. Vencida—. Tú me entendías.

Luke traga saliva. Y luego asiente con un gesto casi imperceptible.

Levanta la maleta de la cama y la apoya en el suelo con fuerza. Saca el asa y tira de ella hacia la puerta, alejándose de mí y de nuestra habitación.

Lo sigo, o quizá floto, no estoy segura, ya que mi cuerpo y mi cerebro parecen haberse separado el uno del otro. Pero me muevo, de eso no me cabe duda. Me muevo tras sus pasos, cruzo el salón, sorteo la isla de la cocina que reformamos hace dos años porque me encanta cocinar, porque necesitaba más espacio para preparar las cosas con comodidad.

Por fin Luke llega al corto pasillo que lleva hasta la puerta. Se calza los zapatos, acerca la mano a la llave y la gira. La cerradura emite un agudo chasquido metálico.

—Adiós, Rose —dice de espaldas a mí.

La manga azul celeste de su camisa se convierte en la bandera de la rendición y señala que este es el final. La batalla se ha acabado.

—¿Adónde vas? —vuelvo a preguntar.

—Eso ya no importa —se limita a responder.

Veo que Luke cruza el umbral de la alta puerta metálica de nuestro piso. Oigo el ruido que hace al cerrarse y el zumbido del ascensor, que sube hasta nuestra planta; oigo los pasos de Luke entrando en él, el zumbido del descenso hacia la planta baja y el silencio tranquilo e interminable que lo sigue. Se acabaron los pasos, los zumbidos, el ruidito de las ruedas sobre el parquet y sobre las baldosas del rellano. El de ahora es el ruido que se oye cuando estás sola, cuando tu marido te abandona, cuando te dejan trabajar en paz. Es el ruido que provoca no ser madre, negarse a la maternidad; el antirruido de la vida que me espera.

Pasa mucho tiempo hasta que me acostumbro a él.

4

22 de septiembre de 2004

Rose: vidas de la 1 a la 9

—Hay algo de lo que quiero hablarte, Rose.

Luke me lo dice después de meterse un trozo de rollito de atún en la boca, mientras lo mastica y con los palillos a punto ya para coger otro. Los rollitos de atún son sus favoritos. Todos: picantes y crujientes, no crujientes, envueltos en arroz o en algas. A veces Luke solo pide eso, rollitos de atún. «Uno picante, otro normal... y otro normal», indica al camarero. Siempre me burlo de él y nos reímos. Es una de esas tonterías que acabas adorando de la persona que quieres tan solo porque se trata de la persona a la que más quieres de todo el mundo.

Estoy tan absorta en mi propia ración de sushi —mucho salmón, un poco de anguila, un poco de seriola— que el tono serio de Luke me pasa desapercibido.

—Podrías compartir un poco de atún —le digo distraída, con los palillos apuntando hacia su plato—. Tienes como veinte rollitos ahí.

Luke deposita en mi plato un rollito crujiente y picante.

—Rose, ¿al menos has oído lo que te decía?

Sonrío.

—Hum... ¿Quizá? —Estoy relajada, disfrutando de esta cena de celebración.

La semana pasada Luke consiguió publicar una foto en

los periódicos de todo el país por primera vez. Desde entonces le han llovido las ofertas de encargos importantes.

—Perdona, ¿qué querías contarme?

—He estado pensando mucho en el tema de los niños.

Me apoyo en el respaldo de la silla.

—¿Niños?

Estoy asombrada, como si la mera mención de esas criaturas fuera como distinguir a un unicornio entre los demás comensales del local. Algo inaudito.

Luke deja los palillos apoyados en el cuenquito de la salsa de soja.

—¿Crees que podrías cambiar de opinión sobre el tema? Ya sabes, para así tener en nuestra vida algo más que amigos y trabajo. Pensé que, tal vez, podríamos volver a hablarlo…

Lo enuncia de una manera torpe, con la clase de sintaxis que yo subrayaría si me la encontrara en el examen de uno de mis alumnos. En un comentario al margen le aconsejaría que revisara la frase para redactarla con mayor claridad.

Lo peor es que odio esa clase de preguntas.

Luke sabe cuánto las odio.

Siempre que comento que no quiero hijos, que Luke y yo no pensamos tenerlos, la gente me dirige una mirada muy especial. Luego hacen algún comentario condescendiente, del estilo de que solo descubriré mi auténtico propósito en la vida después de ser madre. Como si nosotras, las mujeres, fuéramos por definición una especie de madres a la espera. Como si hacerse adulta significara también convertirse en madre; como si la maternidad fuera una condición genética latente que solo se revela cuando la persona alcanza una determinada edad. Un día las mujeres se dan cuenta de que siempre ha estado ahí, aunque no se había manifestado hasta entonces.

Me pone de los nervios.

Nadie le dice a Luke algo parecido.

Enarco las cejas, puedo notarlas invadiendo mi frente.

—¿Cambiar de opinión sobre los niños? —Mi voz se eleva una octava—. ¿Acaso no me conoces? —Me echo a reír. La broma no obtiene eco. De nuevo percibo lo serio que está Luke—. ¿Por qué? ¿Acaso eres tú quien ha cambiado de opinión sobre ello?

Tarda mucho en responder. Lo bastante para que el estómago me dé un vuelco, para que deje los palillos en la mesa, con descuido, y uno de ellos ruede hacia el suelo. No me molesto en agacharme para recogerlo.

—Bueno, he estado pensando que quizá me gustaría tener un bebé —dice Luke.

Separo los labios. El aliento que sale a través de ellos empieza a secarme la boca y los dientes.

—¿Quizá?

Se encoge de hombros.

—Me preocupa que cuando seamos mayores podamos arrepentirnos de no haberlo hecho. —Lo ha dicho muy despacio, pronunciado cada una de las sílabas con cautela.

El camarero aparece con un nuevo juego de palillos. Me sube la temperatura. No sé qué contestarle. O mejor dicho, lo sé, pero hacerlo significará el inicio de una pelea.

Aunque, al ver la tristeza en la cara de mi marido, busco su mano sobre la mesa.

—Ya sabes lo que opino de eso, Luke. No quiero acabar la noche discutiendo. —Lo miro a los ojos—. Te quiero mucho.

—Rose... —Luke deja escapar un suspiro tan sonoro que temo que se desplome sobre la mesa—. Yo tampoco quiero discutir.

Me refería a que no quiero seguir hablando del tema, pero, al parecer, Luke se lo ha tomado en otro sentido.

—¿Puedes al menos pensar en ello? ¿En los hijos? ¿En cambiar de opinión? Porque cuando salíamos y te dije que no quería tenerlos de verdad creía que era cierto. Nunca se me ocurrió que mis sentimientos al respecto pudieran cambiar. Pero luego Chris tuvo a su hijo.

Luke sigue hablando, contándome que ver a su mejor amigo de la universidad convertido en padre le impactó.

—Y luego están todas las fotos del resto de mis amigos, a medida que han ido teniendo hijos. Solo puedo pensar en cómo sería un bebé tuyo y mío, Rose. ¿No te parecería alucinante conocer a nuestro hijo? ¿No crees que tendríamos un bebé increíble?

No, no, no. Porque nunca he querido tenerlos.

—¿A ti no te gustaría?

No. Ni hablar. Nunca.

Hago un gran esfuerzo por oír a mi marido, por atender a sus argumentos, a las razones que justifican su cambio de parecer. Suenan de lo más razonable. Son razonables. Entiendo que puedes estar seguro de algo a los veinte años y darte cuenta de que crees lo contrario a medida que avanza la vida.

El problema, claro, es que Luke necesita que yo atienda a sus razones hasta tal punto que me desdiga de todas las mías para hacer lo contrario. Que para que Luke vea materializado su sueño de ser padre yo debo convertirme en la persona que tenga a su hijo.

Debería haber previsto que esa conversación tendría lugar. Ya había habido indicios antes de esa noche. Indicios muy evidentes. ¿Y qué había hecho yo? Cerrar los ojos ante ellos, tal cual. También es verdad que el cambio en él había sido gradual. Tan sutil que me había permitido negarlo, así que eso es lo que había hecho. Lo que llevaba haciendo en los últimos tiempos. Luke sacaba a colación el tema de los niños de manera indirecta, lo escoraba hasta alejarlo tanto de nuestra realidad potencial que yo podía optar por ignorarlo, y eso había hecho. Pero era como si alguien pensara que ignorando las señales del cáncer que le devoraba el cuerpo podía evitar morir a causa de él.

Recuerdo un día en que Luke y yo paseábamos de la mano por el Trastévere, en Roma. Disfrutábamos de unas muy merecidas vacaciones. Las calles rebosaban de restaurantes con terrazas encantadoras donde la gente bebía vino y degustaba deliciosos platos de pasta. Hacía un calor húmedo, pero no me importaba. Luke y yo no parábamos de tropezarnos el uno con el otro, como hacen tantas parejas cuando pasean juntas, sin prisa, saboreando la tarde.

El piso donde nos alojábamos era diminuto, una buhardilla justo bajo el tejado de un edificio. Era casi todo terraza, y nos encantaba. Llevábamos varios años casados y era una gozada disfrutar de ese descanso del trabajo, no hacer nada aparte de relajarnos en la terraza con libros y revistas, comer y beber durante toda la tarde hasta que nos sentíamos llenos y alegremente achispados. Ese mismo día, un rato antes, estaba sentada a la sombra, leyendo una novela de misterio, cuando Luke vino a mi encuentro. El beso que me dio fue el inicio de unos preliminares que culminaron cuando hicimos el amor. Al principio nos preocupó que alguien nos viera, pero luego nos dejamos llevar sin pensar en nada más.

Me hizo sentir como si estuviéramos de nuevo en nuestra luna de miel.

—Deberíamos hacerlo más —le dije mientras deambulábamos por la calle.

Luke y yo no habíamos estado así desde hacía tiempo. Yo

pensaba que esa era la razón por la que habíamos emprendido aquel viaje, para reconectar, para hacer el amor en mitad del día si nos apetecía, para que así nos apeteciera.

—Deberíamos hacerlo todas las tardes mientras estemos aquí.

A Luke le brillaron los ojos.

—A lo mejor a los vecinos les molesta.

—Podemos ser discretos. ¡Lo hemos sido!

—Deberíamos serlo más aún —dijo Luke, pero vi que la sugerencia lo complacía. Que le encantaba.

Miramos la carta colgada en la puerta de uno de los restaurantes, la leímos, seguimos adelante, hicimos lo mismo frente a otro. Mi estómago gruñía pidiendo un plato de pasta, mi garganta añoraba el vino que tomaríamos en la cena.

—Mira eso —dijo Luke.

Señalaba a un grupo de críos, todos chicos, de unos siete u ocho años, que jugaban al fútbol en plena calle.

—En Estados Unidos los niños ya no lo hacen. Ya no juegan así.

—Supongo que no —dije, aunque lo que de verdad quería era comer.

Un flujo de ansiedad se abrió camino por mis venas en el momento en que Luke empezó a hablar de los niños que jugaban al fútbol. Por aquel entonces sus padres habían empezado a insistir en la idea de que tuviéramos hijos, y cuanto más se esforzaba Luke por eludirlos, más en serio se tomaban su empeño. Durante un tiempo compartió sus quejas conmigo, diciéndome lo pesados que se ponían, pero luego dejó de confiarme esas conversaciones. Al principio pensé que había logrado convencerlos, que se habían dado por vencidos y acabaron por respetar nuestra decisión de no tener descendencia. Sabían desde el principio que no los queríamos, ya desde antes de que Luke y yo nos casáramos.

Lo que ninguno de los dos comprendió en ese momento era que los padres de Luke nunca creyeron que habláramos en serio. Estaban seguros de que cambiaríamos de opinión. Creo que la madre de Luke, Nancy, pensaba que yo sería quien primero sentiría la llamada de la maternidad, y por ello intentaba sacar el tema conmigo cada vez que venía a vernos. Pero yo la interrumpía, le explicaba —con energía, con vehemencia incluso— que no, que no era algo a discutir. Cuando vieron que no cedía, ella y su marido, Joe, se concentraron en su hijo.

De entrada me supuso un alivio. Pensé que era mejor que fuera Luke quien tuviera que enfrentarse a su defensa de las alegrías que la paternidad conlleva. Pasado el tiempo, sin embargo, comencé a preguntarme si todos esos argumentos e insistencias no comenzaban a hacer mella en él.

Empezó a señalar a los niños con los que nos cruzábamos por la calle, a sus padres, a fijarse en lo que hacían y cómo se comportaban; comentaba cosas sobre ellos e intentaba que yo entrara en el juego. Intentaba iniciar una conversación sobre niños, sobre la educación de los niños, sobre cómo educan los padres a sus hijos. ¿No los veía yo contentos con ellos? ¿Contentos con la manera de comportarse de sus hijos? ¿Estaba yo de acuerdo con el tono en que les hablaban, en cómo dejaban que los niños actuaran?

Cada vez que Luke hacía esas cosas, yo tenía la sensación de que trataba de pescar en mi interior, como si lanzara el sedal dentro de mi cuerpo y de mi cerebro, a ver qué podía sacar. No me gustaba que invadiera con un afilado anzuelo un lugar que para mí era zona de veda. Conservaba la esperanza de que, a fuerza de no responderle, terminaría dándose cuenta de que era una batalla perdida. Estaba convencida de que Luke no me haría pasar por eso.

Estuvimos un buen rato sentados en un banco, Luke mirando a los niños del fútbol mientras yo observaba a los adultos que disfrutaban de la pasta y del vino en las terrazas de los restaurantes. Yo intentaba frenar la sensación de agobio que crecía en mi interior, pero de repente apareció una madre con un bebé sujeto a su pecho y luego otra, esa con dos niños, uno de cada mano. Me sentí rodeada de madres y de bebés. Cerré los ojos.

—¿Preferirías criar a un hijo aquí en lugar de en Estados Unidos? —preguntaba Luke—. Ya sabes, si fueras a tener uno. Solo en teoría.

Cada vez que hacía algo así, el efecto en mí era inmediato: me cerraba por completo, la tarde de amor y sexo quedaba borrada y reemplazada por la intensa necesidad de protestar, de advertir a Luke que no siguiera por ahí. ¿No se daba cuenta de lo mucho que eso me alejaba de él? ¿De que la razón por la que no disfrutábamos de más tardes de sexo alegre era precisamente esa? ¿Cómo no percibía lo mucho que me distanciaban esas conversaciones? ¿Cómo no percibía lo que me hacía, lo que nos hacía a ambos?

Negué con la cabeza sin llegar a decirle lo que pensaba de verdad.

«No, porque no quiero criar a un hijo en ningún lugar y tú lo sabes, porque te he dicho un millón de veces que no quiero hijos. Punto final».

—Quizá sería distinto si nos fuéramos de la ciudad —proseguía Luke—. Más fácil. Ya sabes, si viviéramos en una población como esas donde tú y yo nos criamos.

«A ver, ¡no!».

—Hummm.

42

Me negaba a darle una respuesta concreta. Luke estaba al tanto de mi opinión y no hacía falta repetirla. O eso pensaba yo.

Supongo que me equivoqué.

—No estoy seguro de que la fotografía sea suficiente para mí en la vida —dice Luke—. ¿Sabes?

Asiento por fuera. Pero por dentro niego con vehemencia durante todo el tiempo. «No, no, no. No lo sé». Y: «Pensé que yo sí lo era, Luke».

A Luke se le ensanchan las facciones, se le iluminan. Casi parece que vuelve a respirar.

—Me alegro tanto de que lo comprendas, Rose... Que intentes mantener una actitud abierta sobre esto.

Estoy estupefacta.

—Vale. Vale —digo como una tonta—. Me lo pensaré —añado.

«No. No. Jamás».

—Gracias —responde Luke, y engulle el último rollito de atún—. Muchas gracias.

Mientras tanto, mi sushi sigue intacto. Vuelvo a asentir, con menos ganas esta vez. Casi no puedo moverme. Creo que voy a vomitar.

—Así que tienes posibilidades de obtener esa beca, ¿eh? —pregunta él en tono alegre, cambiando de tema—. ¡Es fantástico!

Busco las palabras. Por fin las encuentro.

—Sí. Eso parece. Sería fantástico. —Hablo como un robot.

La conversación prosigue, parca por mi parte y con Luke llevando todo el peso. Después de pagar la cuenta y de irnos a casa, a nuestro apartamento, Luke parlotea sobre temas de trabajo, sobre un viaje a Boston que ha decidido dejar para el final de la semana, sobre lo mucho que le gusta el atún de ese restaurante, sobre lo fresco que sirven siempre el pescado.

—Estoy muy contento de que hayamos hablado, Rose —dice en cuanto nos acostamos.

Lo miro fijamente, veo la esquina de mi retrato en su mesilla de noche, mi expresión alegre cortada en parte por el arco que dibuja su cuerpo tumbado boca abajo a mi lado. Espera que yo diga algo. Que me muestre de acuerdo con él, supongo. Lo único que consigo hacer, una vez más, es un ligero asentimiento con la cabeza antes de apagar la luz. Mantengo los ojos abiertos en la oscuridad. Me siento sola incluso con Luke a mi lado. Como si nuestro futuro ya estuviera decidido, como si él y yo ya nos hubiéramos decepcionado y él ya se hubiera ido.

5

2 de febrero de 2007

Rose: vida 1

—¿Profesora Napolitano?

—¿Sí?

Estaba recogiendo mis libros y mis notas, pero me detengo y aparto la vista de la mesa para mirar hacia el aula. Acabo de dar mi última clase de un curso de metodologías feministas en la sociología. Se matricularon veinte estudiantes, mujeres en su mayoría, dispuestas a aprender, comprometidas, ansiosas. A veces siento la tentación de agruparlas a todas y gritarles palabras de ánimo y fortaleza antes de dejarlas regresar al mundo, menos sincero, que las aguarda tras las puertas del aula.

Una de ellas, Jordana, se halla ante mí, hablándome:

—Me preguntaba qué opina usted sobre...

Oigo sus palabras y a la vez no las oigo, no lo bastante para comprender su significado. Estoy pensando en Luke, en nuestro matrimonio, en que aún no ha vuelto a casa y en que esa evidencia siempre se cierne sobre mí en el momento en que termina la clase, el momento en que me quedo sin distracción. No puedo pensar en otra cosa.

Jordana frunce el ceño a la espera de mi respuesta, pero no tengo ni idea de cuál era la pregunta. Sus enormes ojos de búho me contemplan a través de unas gafas igual de grandes.

—¿Profesora?

Vuelvo la cabeza hacia las ventanas del aula para romper el aturdimiento, para recomponerme. Las ramas desnudas de un arce, antes rojas de otoño, arañan el cristal, la penumbra gris de las nubes cargadas de lluvia llenan el resto del espacio. El padre de Jordana falleció el año pasado. Recuerdo cuándo sucedió, cómo se le notaba en los ojos después esa muerte, como un alfiler clavado en el centro de su ser. Duelo, pérdida, dolor, resistencia ante todo ello.

Me obligo a mirarla de nuevo. Ahí está, la veo. La tristeza. Un añadido permanente, incluso cuando Jordana está enfrascada en otras cosas, como nuestra clase.

¿También yo la tengo en la cara?

—¿Se encuentra bien? —me pregunta.

Abro la boca, la cierro. No sé qué decir.

La profesora Napolitano no está bien. La profesora Napolitano regresa todos los días a su despacho después de las clases, cierra la puerta con suavidad y llora sobre su escritorio. Se ha habituado a guardar grandes cajas de pañuelos de papel en los cajones. No, no se trata de esos paquetitos de clínex pensados para un llanto de aficionado. Hablamos de esas cajas de cartón rectangulares de tamaño industrial que deberían venir con unas instrucciones visibles impresas: «La compañía perfecta para cuando tu marido te abandona».

—Jordana, eres muy amable por preguntarme. Pero estoy bien.

«No lo estoy. En absoluto».

—Gracias. De verdad —insisto, aun así—. ¿Qué me decías hace un momento?

Luego, esa misma tarde, mientras leo los ensayos de los alumnos en el despacho, mientras hago lo que puedo por concentrarme, el número de Luke destella en la pantalla de mi teléfono.

Contesto enseguida.

—Hola —digo, apenas un susurro.

—Hola, Rose —dice él, con la misma suavidad.

—¿Cómo estás? —le pregunto.

—Yo estoy bien. ¿Qué tal tú?

Titubeo. Y luego le digo:

—Te echo de menos.

—Lo sé. —Titubea. Y luego me dice—: Yo también te echo de menos.

—¿De verdad?

Al otro lado se hace el silencio.

Y espero. Espero a que Luke me diga que sí. «Sí, Rose, te echo muchísimo de menos. Sí, Rose, me he dado cuenta de que no puedo vivir sin ti. Sí, Rose, regreso a casa, no puedo pasar otro día más así». Quiero que Luke vuelva a ser el hombre que era, el hombre que me necesitaba solo a mí y no también a un hijo, el hombre con quien yo creía que me había casado. Lo deseo tanto... Y por lo tanto espero que vuelva a mí, a la Rose a quien tanto amaba. Sigo aquí, aquí estoy.

El pasado agosto, después de que Luke se marchara del piso, pasé por todas las rutinas que marcaban el inicio del semestre: preparé el temario; me aseguré de tenerlo fotocopiado antes del primer día de clases, cuando la fotocopiadora siempre se estropea, invariablemente. Empecé a dar clases, seguí dando clases, iba del piso vacío al despacho y por la noche recorría el camino en sentido opuesto, hasta llegar a una cama solitaria. Luego, en enero, volví a pasar por ello.

Redacté el temario, lo hice fotocopiar. Sin abandonar la esperanza de que Luke y yo consiguiéramos hallar la manera de arreglar las cosas. Ha empezado febrero, un nuevo mes, y seguimos sin encontrarla. Aún.

He repasado a menudo la escena de la pelea y de las vitaminas; he vuelto a proyectarla en mi cabeza haciendo algo ligeramente distinto cada una de esas veces, lo cual provoca un resultado que también es ligeramente distinto en cada ocasión. En la mayoría de esas revisiones, Luke acaba quedándose. Sin embargo, en casi todas mis reproducciones, la razón que le impide marcharse, la razón por la que se aviene a seguir conmigo, es que yo cedo. Le digo que lo siento, que me tomaré esas vitaminas, que engendraré el hijo que sueña tener conmigo.

Pero ¿es así? ¿De verdad haría yo eso? ¿Me haría eso a mí misma a cambio de tener de nuevo a mi marido en casa?

Quizá. Quizá sí. Quizá debería hacerlo.

La respuesta de Luke llega después de una larga espera y de un suspiro prolongado.

—Tengo que contarte algo, Rose.

Se me cae el alma a los pies. Son casi las mismas palabras que usó cuando me confesó por primera vez que quería tener un hijo. El sonido de su voz —amable pero firme, triste pero decidido— me da miedo. No puedo hablar. Conozco esa voz. Es esa voz. La que usa para darme malas noticias.

Y entonces dice:

—He conocido a alguien. Estoy saliendo con alguien.

—¿Sales con alguien? —La simple expresión, pronunciada en voz alta, me provoca un nudo enorme en la garganta.

—Sí.

—¿Quién es?

—Eso no importa.

—¿Cómo que no importa? ¿Estás enamorado de ella? —El nudo se tensa y me corta el aire.

—No lo sé, Rose. Lo que sí sé es que tengo tantas ganas de tener un hijo como tú de no tenerlo. Y quiero encontrar a alguien que quiera tener ese hijo conmigo. Esta persona lo desea tanto como yo.

—Pero...

—Tú no quieres ser madre, y los dos lo sabemos —dice Luke—. Te haría infeliz. Lo has reconocido un millón de veces.

Tiene razón. Lo dije. Al menos un millón de veces.

Rompo a llorar.

Luke también. Lo oigo al otro lado del teléfono.

—Pero lo dije antes de saber que eso significaría perderte. —Mi voz es un susurro. Oigo que Luke respira, que piensa.

—Sé que ahora mismo no me crees. Algún día, sin embargo, te despertarás y te alegrarás de que me fuera. —El tono de Luke está cargado de arrepentimiento. Solloza—. No soy la persona que te conviene. No lo he sido desde hace tiempo. Estarás bien. Los dos saldremos adelante.

—No.

—Sí.

—Nunca me alegraré de que te marcharas —digo después de un silencio prolongado—. Soy el amor de tu vida y tú eres el de la mía. Lo hemos sabido desde el momento en que nos conocimos.

—Sí —confirma Luke, y se le quiebra la voz—. Siempre lo había pensado. Sabes que así era.

«"Pensado". "Era". Pasado».

—No quiero rendirme, Luke.

—Ni yo tampoco. Pero tengo que hacerlo. Y lo haré.

SEGUNDA PARTE

Aparecen más Roses:
vidas 2 y 3

6

15 de agosto de 2006

Rose: vida 2

Luke se ha plantado junto a mi mesilla de noche. Nunca se acerca a ese lado de la cama. En la mano sostiene un frasco de vitaminas prenatales. Lo levanta.

Lo sacude como si fuera un sonajero.

Produce un ruido intenso y sordo, porque el frasco está lleno.

—Me lo prometiste —dice él.

—A veces se me olvida tomarlas —admito. Doy un paso hacia él.

Los hombros de Luke se desploman.

—Rose... Me lo prometiste.

—Ya lo sé.

—Entonces ¿por qué no las tomas?

—Lo hago. Solo que no todos los días.

Luke vuelve a sacudir el frasco.

—Está prácticamente lleno. —Lo abre, observa el interior.

Me acerco a la cama y me siento en el borde, convertida en una esposa agotada; el tema de mi futura maternidad siempre planea sobre nosotros, aunque sea desde la lejanía. Las tablas del parquet brillan por la luz.

—Supongo que solo las tomo de vez en cuando.

Luke viene a sentarse a mi lado, el colchón se hunde debido a su peso y eso nos acerca más.

—Creí que ibas a intentarlo de verdad, Rose.

—Dije que tomaría las vitaminas. Eso es todo.

—Pero pensé que eso significaba que te abrías a la posibilidad de tener un hijo.

—Estuve intentando abrirme a ella.

Luke me observa. Noto su mirada, cálida sobre mi cara ya sonrojada.

—Lo intentaba por ti —aclaro—. Y luego dejé de hacerlo.

—¿Por qué no me lo contaste?

Parpadeo. A Luke se le ha erizado un mechón de pelo, algo que siempre me ha encantado. Verlo me desgarra el corazón. Quiero alisárselo como siempre me ha encantado hacer. Pero no lo hago. Hoy no.

—Me daba miedo contártelo. Sabía que te disgustarías. Me preocupaba lo que pudieras decir.

El suspiro de Luke es intenso, largo, y algo más. ¿Condescendiente? ¿Frustrado? ¿Exasperado? Sigue sosteniendo el frasco entre las manos.

—¿Y ahora qué?

—No lo sé.

—Sí que lo sabes.

Esta vez es más sencillo discernir lo que resuena en la voz de mi marido: enfado, sarcasmo.

—No seas así —le digo.

—¿Que no sea cómo? —salta él.

Y de repente me siento dividida: una mujer, una esposa, partida en dos. Una parte de mí quiere arrebatarle el frasco de la mano y arrojarlo contra la pared con todas mis fuerzas.

La otra, en cambio, desea resolver ese problema irresoluble que se agranda entre ambos, el abismo que ni Luke ni yo hemos sabido sortear desde que empezó a abrirse a nuestros pies.

Un lado gana al otro.

Extiendo la mano para coger la de Luke, y siento que su ira empieza a disiparse desde el momento preciso en que nos tocamos.

La esperanza, un pequeño torrente de esta, fluye entre los dos.

—No pienses que voy a cambiar de opinión —le dije a Luke por enésima vez, si no recordaba mal. Para entonces llevábamos más de un año saliendo—. Nunca he querido hijos, y eso será así siempre.

Quería dejarlo claro, meridiana y diáfanamente claro.

Estábamos en casa de los padres de Luke. Arriba, en el cuartito de invitados que hace también las veces de despacho. No era la primera vez que iba, y en cada ocasión la relación con Luke parecía un poco más seria, un poco más formalizada y sin fecha de caducidad. Esa noche Luke y yo nos disponíamos a bajar a cenar, una velada que sería divertida y maravillosa porque por aquel entonces sus padres me apreciaban.

—Yo tampoco quiero hijos —dijo Luke. También él me lo había dejado claro muchas veces ya.

—Pero tienes que decirlo en serio.

—¡Claro que hablo en serio!

—¿De veras?

—Sí. Deja ya de dudar de mí, Rose. Me molesta. —Adoptó una expresión dolida—. Además, la fotografía es importante para mí. Si tuviéramos un hijo tal vez tendría que dedicarme a otra cosa. Llegar a fin de mes siendo fotógrafo ya cuesta bastante... y lo sabes.

—Sería inaceptable que cambiaras de trabajo —le dije.

—Y precisamente por eso tienes que dejar de sacar el tema de los niños. Debes confiar en mí.

Luke y yo nos hallábamos en el pequeño espacio enmoquetado que quedaba entre el gran escritorio y la cama plegable. Yo no quería que la conversación desembocara en una pelea, pero siempre que sacaba el tema algo se apoderaba de mí, una especie de corriente airada que ascendía por mi garganta y crecía y crecía, hasta que lo escupía.

—No se trata de que dude de ti, Luke. Lo que pasa es que llevo años siendo como soy, y sé, por experiencia, que siempre que digo a alguien que no quiero ser madre nunca me cree. ¡Es como en el puñetero *El papel de pared amarillo*, ese cuento de Charlotte Perkins Gilman donde nadie se fía de lo que dicen las mujeres!

—Rose, no te frustres...

—¡La gente tiene los bemoles de decirme que si no quiero hijos tal vez se deba a que no he encontrado a la persona adecuada! Pero estoy segura por completo de que no voy a tener hijos y de que tú eres la persona idónea para mí.

Luke se sonrojó de una forma que indicaba felicidad.

—Soy la persona idónea para ti —repitió. Una declaración, un manifiesto lleno de seguridad.

Ambos estábamos muy seguros de todo.

—Lo eres —aseveré—. Eres la única persona posible.

—Eso es lo que importa —dijo él, sonriente. Radiante.

Y su felicidad era contagiosa.

Me agarró por la cintura con delicadeza. Lo miré a los ojos. Si hubiera sabido entonces con qué facilidad la adoración se convierte en resentimiento… ¿Habría servido de algo? ¿O nos habría impedido casarnos?

—Te quiero muchísimo —le dije justo cuando su madre nos llamaba para cenar.

Nos prometimos dos días después.

Si solo… Como si solo fuera…

Como si solo el amor fuera cuanto importaba.

Idiotas. Fuimos muy idiotas.

¿O fui yo la única idiota? ¿Por qué iba a creerme Luke en algo sobre lo que nadie más me creía? ¿Por qué debía ser él la excepción a la regla?

Luke se agacha para dejar el frasco de las vitaminas en el suelo, en el espacio que queda entre la cama y la pared. Se lo ve extraño allí, fuera de lugar. Abandonado.

—Esto es culpa mía —dice él.

—¿A qué te refieres?

—Te lo prometí.

Mi mirada se posa en el perfil de Luke, en el único ojo que alcanzo a ver. «Así es, Luke. Me lo prometiste».

—¿Qué me prometiste? —pregunto.

¿Acaso soy una mala persona por querer que mi marido lo diga en voz alta? ¿Por desear que recuerde ante mí todas las conversaciones que mantuvimos antes de comprometernos?

—Te aseguré que no quería hijos, que comprendía que no cambiarías de opinión después de que nos casáramos.

Aguardo, absolutamente inmóvil, conteniendo la respiración. Necesito que Luke diga algo más, que siga hablando, que vuelva al lugar donde solíamos estar, el lugar donde este matrimonio empezó y donde convinimos que yo no tendría que convertirme en madre para que la relación funcionase. Y que él tampoco tendría que convertirse en padre, claro.

—Y sé que no es justo que te haya pedido un cambio de opinión precisamente en eso —dice—. Pero la verdad es que lo he hecho, y nos está destruyendo.

«Destruyendo». La palabra me sobresalta. Me aparto de Luke, bajo la mirada, y acabo posándola en el frasco abandonado, esa isleta de plástico solitaria y vulnerable. Podría darle una patada y volcarla.

—¿Crees que estamos destruidos? —pregunto en un susurro.

Luke se queda callado durante un buen rato. Un largo rato. Lo bastante para que la espalda empiece a curvárseme, vértebra por vértebra, hasta doblarme. Luke se vuelve, extiende el brazo y toca el marco de la foto que hay en su mesilla de noche. La coge, coge mi retrato, y lo sostiene entre los dedos.

¿Se trata de una broma? ¿Una manera irónica de señalar todo lo que hemos perdido? Se me encoge el estómago. ¿Ha llegado el momento de la ruptura, a pesar de que, cuando nos casamos, nos confesamos que una de las mejores cosas de casarse era saber que nunca tendríamos que volver a pasar por una?

Y entonces Luke dice:

—No. No creo que estemos destruidos.

Me vuelvo hacia él, hacia ese perfil que siempre he admirado, esa frente que se curva de ese modo tan particular sobre la leve pendiente de su nariz.

—¿No?

Niega con la cabeza. Noto sus ojos fijos en mí, unos ojos que suplican perdón.

—Lo lamento, Rose. ¿Podrás perdonarme algún día?

¿Tendrás paciencia hasta que intente regresar al punto del que partimos en relación con los hijos? —Dirige la mirada hacia mi foto. Acaricia el marco con un dedo, con ternura, con nostalgia—. Quizá soy yo quien debe cambiar de opinión, y no tú.

Asiento con la cabeza a todo lo que dice. Una lágrima corre por mi mejilla izquierda.

—Sí que puedo. Puedo hacer todo eso. Puedo tener paciencia. Te quiero. Te quiero mucho.

Luke se vuelve hacia mí.

—Yo también te quiero, Rose.

Luego deja la fotografía a un lado y me atrae hacia él, y nos abrazamos como no lo habíamos hecho en mucho tiempo. El pequeño torrente de esperanza que sentí hace unos minutos se transforma en un caudaloso río.

7

20 de diciembre de 2012

Rose: vida 3

—Addie, trae tu taburete.

Observo a mi hija de cuatro años que, decidida y seria, se dirige hacia la pared donde está apoyada su sillita especial de cocina, justo al lado del estante repleto de libros y novelas en el que una pila de revistas amenaza con caer. Arrastra hasta la isla la sillita que mi padre fabricó para ella, un asiento elevado de madera pintado de rosa brillante, el color favorito de mi hija a pesar de que Luke y yo hayamos intentado convencerla de que los azules, los verdes y los lavandas son tan bonitos como la gama de fucsias y tonos pastel que Addie siempre prefiere. La luz de la cocina hace que le brille el pelo. Es castaño oscuro, como el mío, y un poco encrespado como el de Luke. Resisto la tentación de alisárselo con la mano porque sé que reaccionará con un audible y quejicoso «¡Mamááá!». La tentación de tocarla me resulta abrumadora a veces.

Un paquete de harina, grande y pesado, nos espera en la isla, junto con el bol con agua caliente y los huevos a temperatura ambiente.

—Vale, mamá —dice Addie—. Ya estoy.

Coloca sus manitas gordezuelas, cada día menos gordezuelas, en la superficie de madera. Es temprano, tanto que Luke sigue durmiendo y Addie y yo aún vamos en pijama. El suyo tiene un estampado de jirafas rosas porque adora las jirafas. Cada vez que ve una en la tele prorrumpe en gritos y carcajadas. Hay jirafas por todo su cuarto, incluida una enorme cuyo cuello sirve de percha para los abrigos. Su abuela paterna se la regaló en marzo, por su cuarto cumpleaños. De fondo suenan villancicos a un volumen agradable. La carita de Addie expresa una gran concentración: ojos castaños decididos, labios apretados, nariz que expele el aliento.

Es una niña muy seria.

«Oh, blanca Navidad, sueño, y con la nieve en rededor».

—¿Te acuerdas de lo que hacemos primero, Patatita?

El apodo fue una ocurrencia de mi madre que triunfó.

—Tenemos… tenemos que hacer el volcán —dice Addie con una vocecita aguda pronunciado con cuidado cada palabra.

—¡Muy bien! ¿Y cómo vamos a hacerlo?

Se inclina sobre la isla tanto como puede para alcanzar el paquete de harina. Antes de que termine volcándola toda, se lo acerco. Mete una mano y la saca forrada de blanco, agarrando con ella un puñado de harina que deja caer sobre la encimera. Se pone a removerla, tal como me ha visto hacer cientos de veces. Introduzco la mano en el paquete, cojo un poco más de harina y la espolvoreo sobre la mesa, todo lo cual lleva a Addie a lanzarme una mirada severa que dice: «No».

—Yo sé hacerlo, mamá.

—Seguro que sí. Vale.

Elevo las manos enguantadas en harina y las aparto, me

rio mientras ella se esfuerza por preparar el espacio donde luego haremos la masa. Mueve la base de harina de un lado a otro, de un lado a otro, sin parar, insoportablemente despacio, añadiendo más y más harina hasta que forma con ella una montañita con cumbre y todo. «Al llegar la blanca Navidad», canta Frank Sinatra, y su voz pone banda sonora a la tarea de Addie.

Nunca me he tenido por una persona paciente, y por eso siempre albergué el temor de que sería una mala madre. Pero es raro, cuando aparece un niño en tu vida descubres una cantidad inimaginable de recursos en tu interior. Cuando pasas a ese estado de progenitor, es como si todo lo que eres —tu personalidad, tu sentido del yo, tu cuerpo— se sacudiera, agitado, y ya nunca regresara a su estado anterior. Si cualquier otra persona estuviera tardando tanto en sacar del paquete harina suficiente para preparar la masa, la habría apartado de un empujón y habría finalizado la tarea con mis propias manos. No obstante, como se trata de Addie, puedo permanecer quieta, con el delantal de Máster Chef que Luke me regaló la Navidad pasada y observarla realizar las cosas más sencillas e insignificantes con toda la paciencia del mundo.

—Muy bien, Patatita, creo que ya tienes bastante harina. ¡Buen trabajo! Ahora deja que mamá le dé forma al volcán.

«El camino que lleva a Belén...».

—Quiero ayudar.

—Y puedes ayudarme, claro. —La cojo en brazos, ya pesa mucho, y la sostengo encima de ese Everest de harina—. Ahora pon las dos manos abiertas, Addie, ábrelas encima de la harina, y aplástala para que se extienda bien. ¡Exacto! ¡Así! Lo estás haciendo genial. Sigue por los lados. ¡Vale! Y ahora te dejaré en la sillita y me encargaré del resto.

—Pero...

—Patatita, tienes que fijarte bien en lo que mamá hace y así podrás probar la próxima vez, ¿de acuerdo? —Hablar de mí en tercera persona, llamarme mamá, otra línea que puedo tachar de la lista de cosas que dije que no haría en mi vida.

Addie lanza un suspiro largo, pesaroso. Asiente con la cabeza.

Me pongo manos a la obra, recompongo la masa resultante de los torpes esfuerzos de Addie, y empieza a sonar su villancico favorito.

—Addie, ¿cantas conmigo? «Era Rodolfo un reno que tenía la nariz roja...».

—Pero ¿y si despertamos a papá? —me interrumpe Addie, aunque sonríe, encantada con la idea de hacer ruido por la mañana mientras la gente aún duerme.

—Oh, por papá no tienes que preocuparte. No va a despertarse —le digo—. Podría dormir en medio de una explosión nuclear.

Luke es un buen padre; lo es.

O cuando menos lo intenta. Quiere serlo.

Pero, por extraño que parezca, ese Luke que suplicaba un hijo de una manera tan desesperada no es el hombre que yo esperaba tener a mi lado ahora que esa criatura está con nosotros. A ver, lo quiero, es maravilloso, está casi siempre alegre y trabaja mucho, pero, siendo sincera, no es que pueda contar mucho con él.

Prácticamente todas las mañanas desde el nacimiento de Addie he tenido que batallar para sacar a Luke de la cama, para que me ayude con la niña.

—Luke... Luke —le digo, a lo que sigue una intensa inspiración y un ya exasperado—: ¡Luke!

Y luego no me queda más remedio que gritarle al oído, zarandearlo con ambas manos para despertarlo mientras echo de menos uno de esos potentes megáfonos que se usan en los partidos de fútbol.

—Uf. —Y este es Luke, casi siempre, incapaz de abrir los ojos, comatoso, ignorando como un bendito que hay un bebé en casa, un bebé que en nada daría sus primeros pasos y que ahora ya se ha convertido en una alumna de preescolar, activa y charlatana, una niña que ya no se irá, nunca, que necesita nuestra atención y nuestro cuidado, que los necesitará siempre.

Cuando por fin accedí a quedarme embarazada, Luke y yo nos comprometimos a compartir las tareas. Luke me prometió que su parte sería mayor para resarcirme del hecho de que era yo quien tenía que pasar por el embarazo sí o sí. Me juró que me lo compensaría.

Pero nada ni nadie puede prepararte para la realidad de ese primer año. La mujer lo hace todo. A ver, es tu cuerpo, y eso marca la pauta para cuanto está por venir. Todos los meses de embarazo, el caos del parto, su intensidad extrema, seguido por la inmisericorde realidad de que, en cuanto acabas de pasar por el mayor trauma físico que una mujer puede experimentar en su vida, apenas un segundo después te conviertes en la responsable de cuidar de esa personita indefensa que desea nutrirse de ti.

Insistí en que nunca, jamás, iba a dar el pecho. Luke y yo lo debatimos sin tregua. Él me aportó todos y cada uno de los argumentos que encontró en revistas y periódicos sobre la lactancia materna, algo tan esencial que resultaba casi un crimen negarla. Y mi respuesta era: «Pues bien, vale, pero no, me da igual, nuestro hijo vivirá». Tanto Luke como yo nos criamos con biberón y nos ha ido bien. A pesar de todo, cuando vi a Addie, incluso después de toda la locura que incluyó una cesárea de urgencia tras veinte horas de parto, sentí la inesperada y extraña necesidad de hacerlo. ¿Quién lo habría imaginado?

Quizá si no hubiera existido ese momento, cuando vi la carita arrugada y perfecta de Addie por primera vez, que me llevó a ceder en el tema de la lactancia, Luke y yo habríamos encontrado una manera más equitativa de manejar el asunto. Pero viví ese momento y esa equidad no llegó. Y ahora Luke es… bueno, es un buen padre, si bien no tan bueno como pensé que sería.

Poco después del nacimiento de Addie empezó a salir de viaje mucho más a menudo. Cuando se lo comenté, se rio.

—Eso no es así, Rose. Son imaginaciones tuyas. Por falta de sueño seguramente. —Se acercó a mí, que estaba supervisando un guiso de brócoli con ajo, y me dio un beso en el cuello—. Sabes que te quiero. Muchísimo.

—Yo también te amo —le respondí, porque era y es verdad.

Pero no se trataba de falta de sueño. Tenía claro que estaba viajando más que antes.

Meses más tarde, cuando le saqué el tema de nuevo, su respuesta fue menos cariñosa.

—No todos conseguimos ascensos cada vez que nos publican algo —me soltó—. Me esfuerzo para que podamos salir adelante, ¿vale?

—Ya sé que trabajas mucho —dije—. Pero preferiría tenerte más en casa. No me resulta fácil ocuparme de Addie yo sola.

Abrió la boca para añadir algo, y luego pareció cambiar de opinión.

—Es que a ti se te da muy bien cuidarla. Mucho mejor que a mí. —Se reía, aunque con una risa triste.

—Luke —protesté, desbordada de frustración—, eres fantástico con Addie. En serio. —«Cuando estás en casa», añadí para mis adentros.

—Lo intento —dijo él.

«No tanto».

—Esto no es un concurso. Solo hace falta que estés más con nosotras. Conmigo. —Y no pude evitar añadir—: Apenas pasamos tiempo tú y yo solos, juntos, últimamente.

No respondió.

—Voy a comprar unos *bagels*. —Cambió de tema—. ¿Quieres algo?

Negué con la cabeza.

Cogió el abrigo y se largó.

Entré en el dormitorio y contemplé durante un buen rato las dos fotografías que había en la mesilla de noche de Luke: la mía, riéndome en la nieve, que ha estado siempre allí, y otra mucho más reciente, de Addie y yo riéndonos juntas en la nieve. Un conjunto perfecto. Luke las mira todas las noches antes de acostarse. Dice que le hacen ser consciente de la vida plena que vive, que le recuerdan que todo está bien. Ver esas fotos me ayuda a recordar que tengo un marido que nos quiere lo mejor que sabe.

Esa misma noche, más tarde, Luke se disculpó y afirmó que intentaría pasar más tiempo en casa. Al día siguiente llegó hecho un manojo de nervios, con un gran ramo de peonías, mis flores favoritas. Me besó y me explicó que había hablado con sus padres para que se quedaran con Addie durante el fin de semana, que él iba a llevarme a un lugar especial donde estaríamos los dos solos. Se había dado cuenta de que no habíamos pasado un fin de semana fuera desde que Addie nació y de que lo necesitábamos. Nos sentaría bien salir, ser de nuevo Rose y Luke, no Rose, Luke y Addie.

«Sí —pensé—. Sí».

El hostal donde nos hospedamos estaba justo sobre el agua y nuestra habitación tenía unas vistas espléndidas, tan cercana al océano que daba la impresión de que las olas rompían a nuestro lado todo el rato. Nos sentamos en el bar como dos adultos sin hijos, bebimos vino, charlamos y nos reímos como en los viejos tiempos; degustamos una maravillosa y suculenta cena, y luego volvimos a la cama e hicimos el amor con esa libertad de la que disfrutábamos antes de tener a Addie, una libertad sin miedo a ser interrumpidos, sin miedo a hacer demasiado ruido. Recordé todo lo que solía adorar del hombre con quien me casé, detalles que la paternidad vuelve invisibles. Creo que también él los recordó sobre mí. Espero que lo hiciera.

Los padres de Luke no nos llamaron ni una vez.

—Pasadlo bien —me dijo Nancy, su madre, cuando nos íbamos.

Le estaba tan agradecida que hice algo que no había hecho en años: la abracé. Nancy se sobresaltó al sentir que la estrechaba entre mis brazos. Luego me devolvió el abrazo, con fuerza.

Nunca me había recobrado de cómo me trataron los padres de Luke mientras me resistía a tener hijos. Ahora nos llevamos mejor porque son los abuelos de Addie, pero si dejamos a la niña al margen, mi relación con ellos me recuerda al cóctel de gambas: algo frío y no tan bueno como cabría esperar.

Sin embargo, en ese momento el gesto de generosidad de mis suegros despertó en mí un impulso afectuoso tan enorme que no pude evitar abrazar también a Joe, el padre de Luke.

Eso hizo que mi marido emprendiera el fin de semana con una sonrisa. Entre los dos siempre había sido un problema mi enfado con sus padres, mi «negativa a perdonarlos», como decía Luke, sin tan siquiera darse cuenta de la torpeza continuada de su trato conmigo.

A partir de ahí el fin de semana solo hizo que mejorar.

Cuando las cosas se ponen difíciles, intento recordar aquella escapada y aquel hostal junto al océano. Mientras tanto, cada vez me cuesta más sacar a Luke de la cama para que cumpla su promesa de llevar a Addie al parque. Me digo que solo necesitamos pasar juntos otro fin de semana para arreglarlo todo. ¡Bah!

Suena el timbre.

—¿Quién es, mamá?

Addie y yo estamos cubiertas de harina, pringadas de masa hasta los codos. Addie tiene pegotes hasta en las mejillas y el pelo. Se diría que ha estado rodando sobre la encimera.

—¡Quédate aquí! —le digo—. No toques nada.

Acabamos de romper el volcán, un momento que siempre es peliagudo en el proceso de hacer la masa. Entretanto, Mariah Carey nos regala mi canción navideña favorita. La canto con ella mientras me lavo las manos; nunca resulta fácil quitarse los restos de masa. Aún los encontraré en mis antebrazos, mi cuello y mis pies por la noche, a la hora de acostarme.

El timbre suena una vez más, y luego otra.

—¡Ya voy, ya voy!

Cierro el grifo y me seco las manos, que no están del todo limpias. Tengo pegotes de masa en las manos, en los dedos, y da la impresión de que la piel se me cae como si fuera un zombi.

—A lo mejor son los regalos de Navidad —dice Addie, esperanzada.

Está de pie en la silla, bailando al ritmo de Mariah. Luke y yo logramos convencer a Addie de que a veces Santa envía mensajeros con los regalos antes de tiempo y de que no pueden ir vestidos de elfos porque deben pasar desapercibidos entre los trabajadores de UPS.

Cuando abro la puerta me encuentro a mi mejor amiga, Jill, catedrática de Psicología en la universidad donde trabajo, con una gran bolsa marrón en la mano.

—¡He intentado avisarte por teléfono, pero no me lo cogías! —Repara en mis pintas, en las manchas de harina y en el delantal, y añade—: ¡Máster Chef!

—Tengo el móvil en silencio.

Entra en el piso y enseguida se cambia los zapatos por las zapatillas que tiene en casa para cuando viene de visita.

—¡Oh, Mariah Carey! ¡Mi favorita! *«I just want you for my own, more than you could ever know!»*.

La sigo, riéndome de su voz desafinada, potente y entusiasta.

—Además, tampoco estoy como para tocar nada —le digo, aunque Jill no me escucha.

Suelta la bolsa sobre la encimera de la cocina.

—Hola, Patatita —saluda a mi hija al tiempo que la estrecha entre sus brazos, provocándole una carcajada.

Jill no tiene hijos. Es como yo, no quiere tenerlos. Bueno, como yo era.

—Siento interrumpir esta experiencia culinaria, pero tengo asuntos importantes que tratar con tu mamá. —Jill da a Addie un beso sonoro en la mejilla, seguido de un vaivén de cadera al ritmo de la música, y luego se vuelve hacia mí—. ¿Dónde está Luke? ¿Aún duerme?

—¿Tú qué crees?

Jill empieza a sacar cosas de la bolsa sin dejar de bailar.

Una caja de dónuts. Chocolatinas. Una bolsa de cruasanes de mantequilla de mi panadería favorita.

—¿Qué es esto? —pregunto—. ¿Una fiesta?

Lo siguiente que saca es una botella de zumo de naranja fresco y otra de champán. La última botella me pone en guardia.

—¿A qué viene todo esto?

—No te has conectado esta mañana. ¿Has mirado tus e-mails?

—No. Cuéntame.

Jill sonríe. Destapa el zumo de naranja.

—¡Dios mío! ¿Me la han…? ¿Me la han concedido?

Jill hace una pausa, golpetea con las manos en la encimera como si fuera un tambor.

—¡Sí! ¡Te han concedido la beca! ¡Esta mañana se han publicado los nombres de los afortunados!

—¡Es la hostia! —grito. Me llevo una mano a la boca cuando veo que Addie me mira con sorpresa—. ¡Bien, bien, bien, bien! ¡Es fantástico! ¡Casi no me lo creo, joder!

—¡Mamá!

—Lo siento, cielo. No volverá a pasar.

Jill aparta la botella de champán y la descorcha con manos expertas; el ruido del tapón provoca un grito de sorpresa por parte de Addie. Saco tres copas de champán de la vitrina. No creo que sea una buena idea dar a mi hija una de esas copas altas, pero no puedo evitarlo, y además en la suya solo habrá zumo. Las coloco en fila sobre la encimera empolvada de harina y Jill se entretiene en preparar los cócteles.

—¿Eso es gaseosa? —pregunta Addie refiriéndose al champán. Se inclina hacia delante y observa la botella con suma atención.

—Es gaseosa para mamás —dice Jill.

—Oooh. —Addie parece decepcionada.

La infancia es una edad plagada de terribles desilusiones, de interminables series de noes: no puedes comer esto, ni decir eso ni hacer aquello. Addie siempre se lamenta y nos lo señala. «¿Por qué siempre me decís que no?», pregunta. Yo hacía lo mismo, y a mi madre le encanta recordármelo. «Me sacabas de quicio, como ella a ti ahora», me dice con una sonrisa de satisfacción en la cara.

Jill coge la copa. Entre nosotras queda la montaña de masa a medio trabajar sobre un lecho de harina.

—¡A tu salud, Rose!

Levanto la copa y ayudo a Addie a alzar la suya. Titubea un poco; le cuesta sostenerla en el aire por ese cuello tan fino y termina derramando parte del zumo en la mesa.

—¡Chinchín!

Addie añade su risa al brindis.

Entrechocamos las copas. Addie derrama más zumo, y aunque esta vez se le cae sobre la masa para hacer pasta, ni siquiera me importa. El burbujeo del champán me hace cosquillas desde las puntas de los dedos de las manos hasta las de los pies.

—¡Y por Patatita! —Doy un codazo suave a Addie—. Esa eres tú, cariño.

La niña sonríe, y al hacerlo le caen pegotitos de masa reseca y blanca de las mejillas.

Le doy un chupetón ruidoso en la frente.

—¡Mamá! —protesta, y se aparta.

Si hace cinco años me hubierais preguntado qué pasaría si tuviera un hijo, os habría dicho que un bebé supone el fin de cualquier carrera profesional. Y, ciertamente, durante el primer año pensé que nunca volvería a sentirme descansada. Estaba agotada a todas horas.

Luego, una noche, tras meses de inmersión en ese estado casi irreal que supuso el primer año de vida de Addie, no pude volver a dormirme después de darle el pecho. Puse en marcha el portátil y me senté a escribir. Lo que salió fue la ansiedad sobre ser madre después de haberme resistido a ello durante tanto tiempo. ¿Ese «antes» me convertía en una mala madre? ¿Ese «antes» tenía alguna importancia ahora que estaba asentada con firmeza en el «después»? ¿La gente me juzgaba con más severidad, me observaba con mayor suspicacia? ¿Se preocupaban por mi niñita, temían que su madre no estuviera a la altura? ¿Estaba yo a la altura? ¿Había en el mundo otras madres como yo, antaño reticentes y que ahora compartían los mismos temores, o el mío era un caso único?

Una tarde, tras prometerme que no se fijaría en las manchas de vómito de mi jersey, Jill vino a casa con vino, con whisky para después del vino y con algunas bolsas de aperitivos. Yo me había sacado la leche previamente, como corresponde a las buenas mamis, así que pude beber con ella. Había tomado vino ya en alguna cena durante el embarazo. «Solo una copa», decía, enfrentándome a las miradas acusadoras de la gente con una sonrisa desafiante. Luke y yo también discutimos por eso. Sus padres montaron más de una escena. Esas escenas y las miradas reprobadoras de todo el mundo solo conseguían que deseara una segunda copa y un chupito de tequila para rematar.

Le comenté a Jill que había estado escribiendo un poco, aunque se trataba solo de una lista de preguntas generadas por la ansiedad. Le conté que me planteaba si era la única mujer en el mundo que se sentía así: convencida de que, como no había querido tener hijos, era inevitable que hiciera un trabajo penoso en la crianza de Addie.

La mirada de Jill se iluminó.

—Bueno, profesora Napolitano, ¿por qué no intentas averiguarlo?

—¿Qué?

—Me parecen unas grandes preguntas para un estudio, Rose.

—¿Tú crees? —exclamé, con los reflejos abotargados por el cansancio. Sin embargo, enseguida apareció esa otra sensación, la que siempre me recordaba por qué me había doctorado, débil pero reconocible y emocionante—. Dios mío, esas preguntas podrían ser la base para un estudio. ¡Son un estudio!

Jill asentía.

Tenía razón.

Parece que hayan pasado siglos desde esa noche, y en realidad casi ha sido así. Tardé mucho en reunir todos los requisitos necesarios para solicitar la beca. Pero lo hice. Y ahora aquí estoy, en la cocina, de celebración, bebiendo champán y engullendo dónuts y chocolatinas. Addie se ha comido ya al menos cuatro galletas con dulce de leche y tiene las mejillas manchadas de azúcar, además de harina y masa.

—Estoy emocionada —digo a Jill al menos por décima vez—. Apenas me lo creo.

Es entonces cuando Luke sale del dormitorio, frotándose los ojos y con una bata azul sobre el pijama.

—¿Qué es lo que no te crees, Rose?

—¡Cariño! ¡Buenos días!

—Eh, Luke —dice Jill.

—Hola, papá.

—Oh, oh… —Luke se acerca a la sillita de Addie y la abraza antes de volverse hacia mí—. Nunca me llamas cariño por las mañanas. ¿Qué pasa?

—Me han concedido la beca, Luke. ¡Me han concedido la beca! —No puedo evitar hablar a gritos.

Jill corea mi entusiasmo, y las dos bailamos con las copas en la mano, derramando lo poco que quedaba en ellas.

—Vaya. ¡Es estupendo, Rose! ¡Enhorabuena! ¡Lo has logrado!

Sigo mirando a Jill cuando Luke dice eso, cuando lo exclama con fuerza. Me vuelvo enseguida hacia él. Observo a mi marido. Parte de la emoción y casi todo el aire que llenaba mis pulmones se esfuman de golpe. Contemplo a Luke, veo su sonrisa radiante, le oigo decir todo lo que se supone que debe decir un marido orgulloso. Y sin embargo, pese a todas las buenas palabras y a esa sonrisa de satisfacción que luce en la cara, detecto que todo es mentira, tanto sus palabras como su gesto de alegría. No está contento. Está lo contrario de contento. Lo sé. Una esposa siempre lo sabe.

8

19 de septiembre de 2008

Rose: vida 2

Luke tiene un lío.

Estoy segura.

Este es el castigo que merezco, ¿no?

Es lo que me corresponde por no querer hijos. Por privar a mi marido y a sus padres de hijos y nietos respectivamente. Por mantenerme firme, por no ceder a las presiones. Antaño tuve un marido cariñoso y una vida feliz; ahora, por culpa de mis decisiones, mi marido dedica su cariño a otra.

¿Que cómo lo sé?

Bueno...

Sería mejor preguntar: ¿Cómo no iba a saberlo?

¿Cómo puede no saberlo una esposa cuando le pasa a ella?

No se trata de que Luke esté recibiendo llamadas sospechosas ni nada por el estilo. Mi convicción se debe más bien a un sexto sentido que me asalta cuando estoy con él. Es su manera de comportarse. No, es la forma en que me mira. O mejor dicho: la forma en que no me mira.

Distancia. Existe una distancia entre nosotros desde que mantuvimos aquella discusión estúpida sobre las vitaminas, la que terminó con su promesa de que dejaría de presionarme para que tuviéramos hijos. Las cosas mejoraron, durante un minuto, y luego...

Siempre está distraído, pero no porque esté haciendo algo en casa, ni siquiera por su trabajo o por los e-mails. Tiene la cabeza en otro sitio, a todas horas, en algún lugar que a mí me resulta inaccesible. Cuando lo intento, regresa de dondequiera que haya estado de una forma exagerada. Con una alegría forzada y unas muestras de afecto súbitas. Excesivas.

A preguntas tan insustanciales como «¿Has visto mi camiseta favorita, Luke?» o «¿Te apetece un risotto con setas para cenar?», él me suelta respuestas realmente intensas del estilo de «Rose, eres la única mujer a la que he amado. Lo sabes, ¿verdad?».

Culpa. Es culpable.

Es como un olor que invade el piso. Un mal perfume que se desprende de su cuerpo, un rastro indeleble que va dejando a su paso como si fuera el amo de la pocilga. Es una evidencia difusa, ya lo sé, pero, además...

Además está la foto.

No es que sea una de esas fotos comprometedoras.

Es distinta. Mucho peor. Más reveladora.

Apareció en su teléfono durante un segundo. Luke buscaba la fotografía de un gato gordo que le había hecho gracia. No paraba de hacer fotos de gatos, que generaban otra discusión sobre si debíamos o no tener uno, un premio de consolación por el bebé que no llegaría nunca. Yo quería un gato y le insistía al respecto. Intentaba bromear y, en ocasiones, Luke también lo hacía, con el argumento de que un gatito nos llenaría el hueco que habían dejado esos niños que no tendríamos. Nunca funcionaba del todo, nunca conseguía desactivar la granada que rodaba por nuestras vidas como una pelota perdida, amenazando con explotar.

Luke iba pasando fotos a toda prisa, había muchísimas.

Yo miraba por encima de su hombro.

Él ya sonreía, anticipando lo mucho que iba a reírme cuando viera a ese gato.

Se me disparó el dedo hacia la pantalla del teléfono, en un intento de atrapar la imagen, de detenerme ante ella para verla mejor.

—¿Quién es?

—¿A quién te refieres?

—A esa mujer. La de la foto que acabas de pasar.

—¿Una mujer? —Luke intentaba seguir adelante, pero yo mantenía el dedo pegado a la pantalla. Volvió la cara hacia mí, con las cejas enarcadas—. No podré encontrarla si no me dejas.

—Oh. —Aparté el dedo. El tono de Luke rezumaba fastidio—. Lo siento —dije, pero no me moví, mantuve la mirada clavada en la pantalla. No quería perdérmela, no quería que Luke fingiera que no estaba allí. Las fotos pasaban demasiado rápido para que pudiera verlas con claridad—. ¡Para, para! Creo que te la has saltado.

Luke empezó a pasar las fotos hacia atrás, esa vez más despacio, y yo pensé: «Nos vamos a pelear. No quiero pelearme por esto ahora». Al principio lo que aparecía en la pantalla eran fotos del trabajo: una conferencia de prensa con el alcalde, la sesión de una boda del pasado fin de semana y luego una serie de imágenes sueltas. Luke lo fotografía todo, hace instantáneas de calles, de tiendas, de cualquier cosa que le llame la atención.

Mi dedo saltó disparado otra vez.

—Esa.

—¿Ah, Cheryl? —Lo dijo en un tono despreocupado, como si yo tuviera que conocer a Cheryl, o quizá para expresar que tener una foto de ella en su móvil era algo de lo más normal. Aun así, reparé en que lamentaba el hecho de haber revelado que sabía el nombre de esa mujer, que ese nombre, Cheryl, podía salir por su boca con tanta facilidad como el de Rose—. Bueno, al menos creo que se llamaba así —añadió.

—¿Se llamaba? ¿Acaso está muerta?

Luke me observaba.

—No, Rose, aunque ¿por qué iba a saberlo? No es más que una mujer.

Dio un golpecito a la pantalla y la imagen se amplió. Inclinó el teléfono para que pudiera verla mejor, como si estuviera encantado de mostrármela, como si esa foto fuera tan intrascendente como cualquier otra.

Noté que se me abría un agujero en el estómago al contemplar la cara, la expresión y la postura del cuerpo de esa chica. No fue solo su belleza lo que provocó aquel socavón en mi interior, ni su larga melena rojiza y esa piel pálida y pecosa que solo las pelirrojas poseen. Fue el hecho de que se reía, y de cómo se reía: con la cabeza echada hacia atrás, el pelo derramado sobre los hombros, los ojos entornados y la boca, de labios rojos, abierta en una O redonda de alegría espontánea.

Era idéntica a su foto favorita de mí.

—¿Y quién es? —pregunté alejándome mientras hablaba, de camino a la cocina. Fingí desinterés lo mejor que pude, abrí el grifo, aclaré los platos y empecé a llenar el lavavajillas—. Cheryl... No recuerdo que me la hayas mencionado nunca.

Desde que sabía el nombre no podía parar de pronunciarlo.

—Ya te lo he dicho, alguien a quien vi en el parque.

Luke se acercó al estante donde guardamos el licor y cogió una botella de whisky y un vasito. Abrió la botella y se sirvió un poco. Nunca había bebido whisky, hasta entonces.

—Pensé que tal vez podría usar esa foto para la página web. Ya sabes, para conseguir más encargos de retratos. Sé su nombre solo porque firmó una autorización. ¿No te parece una foto chula?

Yo andaba liada recolocando platos, boles y tazas, esforzándome para que todos cupieran en el lavavajillas.

—Muy buena, sí.

—Eso pensé —dijo Luke, como si yo hubiera sido la primera en reparar en ello y él estuviera de acuerdo conmigo. Caminó hacia mí con el vasito de whisky en la mano, lleno hasta los bordes. Dio un sorbito—. Ya lo hago yo.

Me aparté, y me entregó el vaso. Se agachó para mover un bol de sitio y encajar otro en una de las rejillas altas; puso una pastilla de detergente y cerró la puerta. Apretó el botón, me miró en busca de su whisky y se echó a reír.

El vaso estaba vacío.

Me lo había bebido de un trago mientras él movía el bol.

Miro el reloj. A esta hora Luke debe de estar tomándose un descanso para comer en su estudio.

Descuelgo el teléfono para llamarlo.

Me salta el buzón de voz. Otra señal de que tiene una aventura. Antes siempre contestaba a mis llamadas. Ojalá nunca hubiera visto esa puta foto. Desde entonces cada cosa que hace se convierte en una prueba de su engaño.

—Eh, Luke —empiezo a decir—, solo llamaba para saludarte y porque te echo de menos. Y, además, me preguntaba si te apetecería algo especial para cenar esta noche. Devuélveme la llamada… o mándame un mensaje con lo que te gustaría comer. Ya sé que estás liado. ¡Te quiero!

El sirope que percibo en mi voz me provoca dolor de estómago y de cabeza a la par. Demasiado azúcar de una sola vez.

Por eso la gente enloquece y recurre a detectives privados.

Marco el número de Jill.

Contesta al primer timbrazo.

—Eh, ¿qué pasa?

Al menos hay alguien en el mundo con ganas de hablar conmigo.

—¿Puedes venir?

—¿A tu despacho o a tu piso? Pensaba que hoy trabajabas en casa.

—Así es. Bueno, ese era el plan. Pero no estoy haciendo nada. No logro concentrarme. Te necesito. Por favor… —Detesto lo patético que suena todo esto.

Se produce un largo silencio.

—Rose —dice Jill después de la pausa, pronunciando mi nombre en un susurro—, ¿qué ha pasado?

Tomo aire. Aún no lo he expresado en voz alta porque hacerlo lo convertirá en algo real. Pero lo hago.

—Luke me engaña con otra.

Esta vez Jill no se hace esperar.

—Voy para allá —dice al instante, y cuelga.

En cuanto abro la puerta, Jill me estrecha entre sus brazos.

—Tomemos una infusión —dice nada más entrar en el piso.

Se dirige a los armarios de la cocina donde guardamos las tazas y pone dos en la encimera, luego coge dos bolsitas de manzanilla e introduce una en cada taza. Yo pongo la tetera al fuego para calentar el agua, y para tener algo que hacer.

—Esto te irá bien para los nervios —me explica Jill mientras esperamos a que el agua hierva.

—No te he dicho que estuviera nerviosa.

La mirada de Jill expresa a las claras su incredulidad.

—Vale. Si no estuviera histérica, no te habría llamado.

—¿Por qué crees que Luke tiene una aventura? ¿Has encontrado algo? ¿Una factura de hotel? ¿Un mensaje?

—No exactamente.

Jill se cruza de brazos. Lleva una camiseta de un intenso color azul que hace juego con sus ojos.

—¿Y entonces?

—Bueno… —Intento encontrar las palabras precisas para describir mis sentimientos—. Luke lleva tiempo comportándose… de manera diferente. Está distante. No siempre, claro, solo a veces.

—Los maridos se vuelven distantes. Las esposas se vuelven distantes. Maria se muestra distante a todas horas —reconoce Jill, al respecto de su pareja—. Eso no significa que exista otra persona.

—Lo sé. Pero… —No sigo, inspiro—. Es que primero está distante y luego todo lo contrario. Se pone muy afectuoso, como si estuviera intentando pedirme perdón por algo. Como si se sintiera culpable. Y también está la foto.

Jill arquea las cejas.

—Oh, oh. —Se quita los zapatos con brusquedad, uno tras otro, y se calza las zapatillas que tiene en la entrada. Vuelve hasta la encimera—. Háblame de la foto.

—¿Sabes esa que me hizo Luke riéndome en la nieve?

Jill asiente con la cabeza.

—Pues él estaba buscando una foto en el móvil y, de repente, vi que había hecho una casi idéntica a una mujer a la que no he visto en mi vida. Me dijo que su nombre era Cheryl.

—¡Cheryl! Así que no es una chica desconocida.

—Luke intentó convencerme de que sí. Pero creo que el nombre le salió de manera automática, sin pensarlo. Luego trató de disimular.

La tetera empieza a pitar. Jill vierte el agua en las tazas y me da la mía. La bolsita flota en la superficie y la sumerjo hasta el fondo con ayuda de la cucharilla.

Jill sujeta su taza con ambas manos y el vapor le alcanza la cara.

—A lo mejor lo estás malinterpretando. Quizá sacó esa foto porque le hizo pensar en ti y evocar buenos recuerdos. Quizá lo impulsó un arranque de nostalgia.

Niego con la cabeza.

—Hay otra cosa que me llevó a sospechar que ella era alguien importante. —Suspiro—. Vas a pensar que estoy chiflada.

—Habla.

—Luke siempre ha tenido esa foto mía inclinada hacia la cama, para verla tanto cuando se acuesta como al levantarse por la mañana.

Jill suelta un bufido burlón.

—Eso es señal de que te quiere, Rose, no de lo contrario. Y de que es un romántico empedernido.

—El otro día reparé en que estaba inclinada hacia el otro lado —prosigo—, así que la devolví a su posición habitual. A la mañana siguiente volvía a estar vuelta hacia el otro lado. Luke tuvo que hacerlo a propósito. Esa noche no quiso mirar mi foto a la hora de acostarse. ¡La movió para no tener que verme!

—Eso no lo sabes. A lo mejor le dio un golpecito sin querer y no es más que una coincidencia. A lo mejor ha cambiado la postura en la que duerme.

—Intentas consolarme —le digo, a pesar de que deseo creerla—. Es más probable que se sienta culpable porque tiene una aventura con una mujer llamada Cheryl.

Jill saca la bolsita de manzanilla de la taza, la estruja con ayuda de la cucharilla y la deja en el platito.

—Pruebas. Si en verdad tiene una aventura, y conste que hablamos de un «SI» hipotético y en mayúsculas, encontraremos algo que lo demuestre.

—¿Encontraremos?

—Ah, sí. Vamos a mirarlo ahora. ¿A qué hora llegará Luke?

—No antes de las siete.

—Perfecto. Eso nos concede mucho tiempo.

Con la taza en la mano entra en el despacho donde Luke y yo tenemos nuestras mesas de trabajo.

Inspiro profundamente y la sigo.

Jill ya está registrando los cajones de Luke.

—¿Dónde crees que guardaría algo que no quiere que veas? ¿Algo que le gustaría conservar?

Por un momento me sobreviene una especie de vértigo, siento como si cualquier movimiento, hacia atrás, hacia delante o hacia un lado, pudiera despeñarme por un precipicio. ¿De verdad voy a hacer esto? ¿Voy a registrar las cosas de mi marido? ¿A buscar pruebas de que tiene una aventura?

Decido que sí. Porque tal vez encontraremos algo concluyente que pruebe que no estoy loca. O, al contrario, tal vez llegaremos a la conclusión de que solo son manías mías, y podré olvidarme de todo.

Cojo un libro de la mesa de Luke. Lo hojeo. Lo devuelvo a su sitio.

—No estoy segura. Supongo que tendremos que mirar por todas partes.

De repente, mientras reviso todas las pertenencias de Luke —las cartas, los justificantes para la renta—, me siento como una de esas esposas que van a la tele a relatar todos los actos de desesperación que cometieron cuando sospechaban que sus maridos les ponían los cuernos. Pero, a la vez, hay algo liberador en bajar la guardia y dejarme llevar por mis peores instintos. Me echo a reír.

—¿Qué es tan divertido? —pregunta Jill al tiempo que abre un cajón y revuelve su contenido.

—Yo. Nosotras. Esto. —Me pongo a revisar un montón de papeles de uno de los estantes—. A ver, ¿qué diferencia hay entre hacer esto y contratar a un detective privado? No mucha, ¿verdad? Estoy a pocos fotogramas de hacerlo. No me digas que no tiene su gracia.

—Bueno, será gracioso hasta que encontremos algo —replica Jill, y las ganas de reír se me pasan de golpe.

Recuerdo el instante en que me di cuenta de que estaba enamorada de Luke, enamorada hasta las trancas, como si me hubiera secuestrado el corazón.

Fue hace diez años. Me había ido unos días con mis amigas de la carrera, Raya y Denise, que me habían arrastrado a un retiro estudiantil para que intercambiáramos artículos sobre nuestras tesis y así situarnos en una mejor posición de cara al mercado laboral.

Lo cierto, sin embargo, es que mis amigas me arrastraron hasta allí para alejarme de Luke.

Por aquel entonces llevábamos solo tres meses saliendo, pero desde la noche de nuestra segunda cena nos habíamos convertido en inseparables. Montábamos en bici juntos, paseábamos por el parque juntos, íbamos al supermercado juntos. Incluso actividades tan insignificantes como comprar leche y cereales eran distintas. Todo lo que hacíamos parecía especial, como si con ello estuviéramos anticipando el futuro que compartiríamos, las tardes interminables de vida hogareña que al final pasarían a formar parte de nuestra rutina, como si las hubiéramos pasado siempre así.

Denise, Raya y yo nos habíamos instalado a primera hora de la tarde en el porche de la casa que habíamos alquilado; intentábamos trabajar cuando me levanté del sillón y me dirigí hacia la silla donde estaba Denise.

—¡No puedo concentrarme en nada! —exclamé.

Recuerdo que Denise apartó la mirada de su libro y me sonrió.

—No te concentras porque no puedes dejar de pensar en Luke —me dijo.

—¡Eso no es verdad! —protesté, pero mi sonrisa le daba la razón.

Luke nunca desaparecía de mi mente por completo. Lo imaginaba de pie en los surcos de mi cerebro, saludándome sin parar. Había momentos en que eso me asustaba, me daba miedo la posibilidad de perderme del todo con él si no me andaba con cuidado. En general, no obstante, procuraba disfrutar de la sensación, dejarme llevar por esa corriente, segura de que, en el fondo, yo siempre sería yo misma.

Justo entonces sonó el teléfono de la casa y fui a toda prisa a descolgar. Oí las risas de Denise y Raya en el porche. Todas sabíamos que era Luke.

—¿Diga? —contesté sin aliento. Era un teléfono antiguo, de esos con el cable enrollado.

—Hey —me saludó Luke.

—Me alegro de oírte —le dije.

—Te echo de menos —dijo él.

Estaba encantada.

—Yo también.

—¿Cómo va el trabajo de redacción?

—Bien. Bueno, estoy bastante dispersa, la verdad.

—¿Ah, sí? ¿Y por qué? —preguntó Luke, aunque su tono delataba que sonreía.

—Ya lo sabes.

—Sí.

Ambos nos entendimos. No hacía falta que lo expresara en voz alta para que yo lo supiera.

—¿Qué haces? —le pregunté.

—Intento ver si me sale algún encargo. Para variar.

—Con el tiempo será más fácil.

—¿Eso crees?

—No puedes rendirte —le dije a continuación—. Algún día echaremos la vista atrás y nos partiremos de risa, porque yo ya no estaré buscando trabajo y tú tendrás más encargos de los que podrás atender…, y me refiero a esos encargos que te gustan de verdad, no a reportajes de bodas.

—Eso suena bien —dijo él—. Sobre todo la parte de «Algún día echaremos la vista atrás». Da la impresión de que nos ves disfrutando de una larga vida juntos.

Caminé por la sala hacia la ventana, estirando el cordón del teléfono al máximo.

—Lo pienso —afirmé—. ¿Y tú?

—También.

Durante el silencio que se hizo entre nosotros, surgieron en mi mente fogonazos de los ratos que habíamos compartido. Recordé a Luke sentado a la mesa de la cocina del miniestudio que yo había alquilado, retocando fotos en el ordenador mientras yo trabajaba en artículos que quería publicar. Evoqué que, a veces, sin ninguna razón, interrumpíamos lo que estábamos haciendo y nos lanzábamos a un sexo apasionado y urgente, como si fuera la última vez, como si uno de los dos pudiera morir durante la noche o ser asesinado en plena calle, lo que significaría el final para nosotros y por eso tuviéramos que darlo todo en esa ocasión. Pensé en cuánto odiaba y amaba esos sentimientos. Si perdiera a Luke, ¿cómo podría vivir sin él? ¿Cómo era posible que la sensación que tenía de que mi vida no estaría completa sin él hubiera llegado tan deprisa? Por lo general, en cualquier caso, adoraba sentirme así. Lo amaba.

Lo amaba.

—Hey —dice Luke—, ¿sigues ahí, Rose?

—Más o menos. Estaba pensando.

—En algo bueno, espero.

Sonreí.

—Sí, en algo bueno.

—¿Algo que puedes contarme ahora?

—Algo que preferiría decirte en persona.

«Algo como: Te quiero, Luke».

—Vale. —Su voz tenía un matiz de decepción.

—Volveré pronto.

—No tan pronto como desearía.

—Podrás vivir sin mí durante un par de días más.

—No estoy seguro... ¿De verdad podré?

Los dos nos echamos a reír. Miré por la ventana para comprobar que Raya y Denise no estuvieran escuchándonos. Llevaban todo el día burlándose de mí por la conversación ñoña que había mantenido con Luke la noche anterior, antes de acostarme.

—Tengo que dejarte. Ya sabes, hay artículos que redactar, cosas que hacer con Denise y Raya.

Recuerdo que Luke se quedó callado. Igual que yo.

«Te quiero». Eso era lo que yo no decía.

«Yo también te quiero». Eso era lo que, casi con toda seguridad, Luke no estaba diciéndome.

Pero esas palabras estaban allí para los dos. Lo intuía, sentía que se habían alojado de manera estable en los aposentos de nuestros corazones.

Mi amor por Luke seguía anidando allí. Pero ¿seguía su amor por mí en el mismo lugar? ¿O alguien lo había desalojado de ese espacio privilegiado de su cuerpo y lo había hecho rodar hasta tan lejos que él ya no era capaz de verlo ni de sentirlo?

Jill y yo no encontramos nada.

Por mucho que quiero olvidarme de las sospechas, no lo consigo. Sé que me engaña. Lo siento en cada célula, de la misma manera que siempre he sabido que la maternidad no era para mí. Como si se tratase de una verdad esencial.

O quizá el problema sea mío. Quizá aún no he aprendido a confiar en que Luke haya superado el gran tema de los hijos. Parece casi imposible que, en el breve lapso que duró la absurda pelea sobre las vitaminas, él pasara de desear con desespero un bebé a ese «Vale, Rose, lamento haber estado torturándote y casi haber terminado con nosotros como pareja, no volveré a hacerlo». Después de eso me sentía como si no supiera andar, no confiaba en la solidez sobre la que nuestro matrimonio se asentaba, un base inestable, llena de grietas y de desniveles.

¿Acaso lo único que hemos logrado ha sido concedernos un poco más de tiempo?

¿O hemos encontrado la manera de salvar ese abismo para siempre?

Algo en mis entrañas me dice que no. Que no lo hemos conseguido.

Es en lo único en que he podido pensar desde que Jill se fue de mi casa, sin cesar de repetir una y otra vez: «¡No hay ninguna prueba, Rose! ¡Ni un leve atisbo de ella! ¡Deja de calentarte la cabeza!».

Pero Cheryl es real. A pesar de que no haya prueba alguna en nuestro piso, tengo la sensación de que ella está aquí de algún modo, rondándonos, como un fantasma en el aire. Es probable que sea una hacedora de bebés. Es probable que esté obsesionada con tener hijos, y que eso sea lo que atrajo a Luke. Uf.

Cojo el teléfono y reviso la lista de contactos hasta que doy con el nombre que buscaba.

Thomas.

Ahí está. Sin apellido. El corazón me da un vuelco en cuanto lo veo.

Titubeo con el dedo antes de apoyarlo en la pantalla.

Luego empiezo a escribir: «Sé que ha pasado bastante tiempo, pero ¿aún te apetece que tomemos esa copa?».

El cursor parpadea después del signo de interrogación, a la espera de que añada algo más o me limite a enviarlo. ¿Lo hago? ¿Me atrevo a tomar ese camino, a dar ese paso?

Sí, sí, Rose. Hazlo.

Thomas y yo nos conocimos en una conferencia. Estábamos en la recepción posterior y él charlaba con mi colega, Devonne, y con otras personas de mi departamento. El vino llegaba servido en grandes copas, acompañado por platitos con forma de cerdito acostado relleno de queso y tostadas. Seguimos en grupo, comiendo, bebiendo y charlando sobre nuestros proyectos. Yo era la única mujer, lo cual no es nada raro en un mundo como el de la sociología, donde el número de hombres nos sobrepasa con creces.

Charlé con Thomas toda la noche. Era divertido, listo, atractivo. Yo intentaba no fijarme mucho en eso último, pero resultaba difícil eludirlo ya que estábamos cara a cara, y su rostro, en concreto, era de lo más agradable. También era muy entretenido, y yo necesitaba distraerme. No había dormido en toda la noche porque no conseguía quitarme de la cabeza la idea de que Luke estaba acostándose con la mujer de la foto, Cheryl, en nuestra cama, los dos encantados de que yo estuviera de viaje para así entregarse a la tarea de hacer bebés entre nuestras bonitas sábanas blancas.

Por alguna razón creí que Thomas era de Chicago y que, por lo tanto, no volvería a verlo, así que no importaba demasiado que me enfrascara con él en una conversación de horas mientras todos los demás iban dispersándose hacia otras recepciones y nos dejaban solos.

—Ha sido divertido —dijo Thomas cuando por fin decidimos dar la noche por clausurada. Sus palabras no comprometían a nada, pero el tono de su voz indicaba otra cosa.

—Pues sí —concedí, incapaz de ignorar la certeza sutil de esa corriente de empatía que se establecía entre los dos.

—Deberíamos volver a vernos —añadió.

Sonreí.

—¿El año que viene a la misma hora?

Se rio.

—No. Bueno, sí, pero me refería a ir a tomar algo antes de volver a casa.

—¿No vives en Chicago?

—No, doy clases en Manhattan.

Se me detuvo el pulso. No le había dicho a Thomas que estaba casada. La tentación de darle a conocer aquel hecho importante, de mencionar el nombre de Luke durante la conversación, había estado presente toda la noche, rondando mi boca, y aun así me había guardado esa información. Quizá Thomas había reparado en mi anillo de casada, o quizá no. Quizá tampoco le importaba lo más mínimo que lo estuviera o no. De repente me sentí al borde del precipicio, un abismo infinito que se abría a apenas unos centímetros de mis pies, mientras él seguía allí, a la espera de que le dijera que sí. «Sí, Thomas, me encantaría volver a verte».

Ahora me balanceo, de pie en la cocina mientras veo el nombre de Thomas brillando en la pantalla del móvil.

Doy un golpecito. Borro el mensaje.

No puedo hacerlo. Simplemente no soy capaz.

Amo a Luke.

9

10 de noviembre de 2007

Rose: vida 1

—¿Rose, te encuentras bien? —pregunta mi colega Devonne, materializándose en el umbral de la puerta de mi despacho.

Yo llevaba un rato con la vista puesta en la nada del pasillo, atravesándolo con la mirada, la verdad. Ni había reparado en Devonne hasta que ha abierto la boca.

—Hummm... ¿Qué? —Me esfuerzo por enfocar la mirada, y la figura de Devonne toma forma: alto, con un poco de barriga, enseñando los dientes blancos en esa gran sonrisa tan propia de él que destaca brillante contra su piel oscura.

Devonne es un hombre grandote con un corazón amable y generoso. En el departamento todos lo adoramos, y a su esposa también. No paran de invitarnos a cenas en su casa ni de planear salidas a bares. Los sociólogos, los académicos en general, mejor dicho, pueden ser unas víboras, unos seres insensibles y mezquinos. Devonne no es así en absoluto.

Da unos pasos hacia mi mesa y apoya las manos en el respaldo de una de las sillas que tengo para las visitas.

—¿Qué te pasa últimamente? —me pregunta—. Lo digo en serio. No pareces la misma.

Tengo que salir del oscuro abismo de mi cerebro mientras

la gente habla, olvidar la imagen de los papeles de divorcio que me aguardan en la mesa de la cocina, debajo de una pila de cartas que intento no ver cuando llego a casa por las noches. Quiero volver a ser yo. La Rose de siempre. No la Rose que se divorcia ni la Rose perdida.

—No sé, Devonne. Es solo que… Estoy bien.

Me contempla fijamente y su mirada firme me dice que no me cree. Nadie del trabajo sabe nada sobre Luke. He evitado explicarlo. Devonne exhala un largo suspiro.

—Pues el próximo jueves tenemos la *happy hour* del departamento.

Eso me hace reír. No era lo que esperaba oír. Su «pues» sonaba como el preludio de alguna frase intensa, no de una invitación a tomar copas.

—¿Ah, sí? No lo sabía. He estado un poco despistada estos días.

—Deberías ir. ¿Por qué no vamos juntos? Vendré a buscarte…

—Veo por dónde vas, Devonne.

—¿Ah, sí? ¿Y por dónde voy?

—Haces lo mismo que hacemos con los estudiantes cuando estamos preocupados por ellos. Intentamos sacarlos del despacho para acompañarlos al servicio de atención al alumno, y así asegurarnos de que irán. En tu caso, intentas llevarme a la *happy hour*.

Ahora le llega su turno de reírse.

—Puede ser. Pero la verdad es que das la impresión de que te hace falta un poco de marcha, ¿sabes? Un rato de diversión te sentará bien.

Por un segundo, un chorro de esperanza me recorre el cuerpo. Experimento uno de esos momentos preciosos en los que ante mí se abre la posibilidad de una nueva vida, deslumbrante como un sol de verano capaz de calentar todo mi cuerpo. Pero enseguida queda borrado por la duda, que siempre sigue ahí: la duda de si podré ser feliz sin Luke alguna vez, la duda sobre mí después del fracaso de mi matrimonio, una duda que es mucho más potente que esos momentos fugaces de esperanza. Es como si tuviera a un supervillano generador de malestar alojado en algún rincón profundo del cerebro.

Sin embargo, la sonrisa de Devonne, amable, rebosante de esperanza para los dos, me proporciona la motivación suficiente para pronunciar las palabras siguientes:

—De acuerdo. Te esperaré en este despacho, el jueves por la tarde, hasta que vengas a rescatarme y me lleves a esa *happy hour* contigo.

La sonrisa de Devonne abarca ya toda su cara, sus pómulos se elevan. Es radiante, como una luz, como un faro, y yo me digo: «¿Por qué no? ¿Por qué no seguir el rastro de esa luz amistosa? Nunca se sabe, Rose Napolitano. Las buenas cosas suceden cuando menos te lo esperas».

Pero en cuanto Devonne se da media vuelta y se despide con un «Hasta el jueves, Rose», el supervillano que me acecha desde el interior de mi cabeza vuelve a soltar su malvada y sádica risa, y con ella disipa toda la luz que Devonne traía consigo.

El restaurante de la *happy hour* del jueves está hasta la bandera. En cuanto pongo un pie dentro, me detengo; no tengo claro que haya sido una buena idea haberme dejado arrastrar hasta aquí por Devonne.

—¡Rose! —Un compañero de departamento, Jason, experto en las conductas de grupos religiosos y otros asuntos relacionados con los cultos, empuja una cerveza en mi dirección cuando llegamos a la larga barra de mármol—. ¿Dónde has estado escondiéndote durante este año?

Devonne me rodea con su enorme brazo y me da un apretón cariñoso en el hombro.

—¿Qué quieres beber? —pregunta, salvándome así de tener que dar una respuesta a Jason.

Su pregunta me bloquea. Nunca bebo si estoy triste, solo sirve para deprimirme más. Casi he olvidado lo que bebo cuando quiero beber.

—Un *old-fashioned*, creo...

Devonne asiente y se inclina sobre la barra para llamar la atención del camarero.

Jason me observa, supongo que sigue esperando una respuesta.

—Ahora vuelvo —le digo, y me dirijo al servicio de señoras.

Tengo el teléfono lleno de mensajes sin leer, la mayoría de mi madre. Está preocupada por mí, llama todos los días para preguntarme cómo me encuentro. He dejado de devolverle las llamadas porque mi respuesta sería siempre la misma: «Me siento triste y sola, y estoy pasándolo fatal». En lugar de contestarle, pulso el número de Jill, pero no me coge la llamada.

—Jill, si oyes este mensaje y estás libre, ven a rescatarme a Maison's, por favor. Dejé que Devonne me convenciera para venir a la *happy hour* del departamento y ya me estoy arrepintiendo. ¿Vale?

Una sucesión de mujeres entra y sale de los aseos. Inclinada sobre el lavamanos, me miro en el amplio espejo de ribetes dorados que tengo delante y experimento otra de esas imágenes fugaces, esas que me gustaría embotellar para be-

berme cuando estoy especialmente hundida. Veo reflejada a una mujer atractiva, no, guapa, con un peinado que ese día le sienta bien; una profesora, sí, pero a la vez moderna. Antes de que pueda cambiar de opinión, saco el pintalabios del fondo del bolso y lo uso. Luego vuelvo hasta la barra donde Devonne, Jason, y ahora Brandy, Sam, Winston y Jennifer, el resto de mis apreciados colegas, charlan con un hombre al que no conozco.

Esbozo una gran sonrisa.

—Chicos, qué alegría veros a todos.

Me responde un coro de saludos y Devonne me pasa la bebida. Le doy un buen sorbo y el calor que me recorre la garganta parece confirmar que sí, Rose, has hecho bien en venir al bar. ¡En volver al mundo y comportarte como una persona! ¡Una persona con los labios pintados que sale a tomar algo con sus colegas! ¡Eres una profesora, pero de las modernas!

Devonne asiente a algo que el desconocido acaba de decirle y entonces me fijo en él, lo miro de verdad.

—¿Os conocéis? —nos pregunta Devonne.

Me asalta una especie de sensación fugaz de familiaridad, como si un recuerdo remoto intentara abrirse paso en mi mente. Por un segundo no consigo discernir de qué se trata, pero al observar bien al hombre, su cabello moreno ondulado y el brillo de sus ojos castaños, acabo descubriéndolo. Extiendo la mano hacia él.

—No, no nos conocíamos. Soy Rose.

El hombre esboza una media sonrisa, la comisura izquierda de sus labios se eleva y sus ojos despiden un brillo juguetón. Me estrecha la mano.

—Me llamo Oliver. —Lo dice con un espléndido acento británico.

—Oliver es de Londres, obviamente —puntualiza Devonne.

Oliver se ríe, yo también, los dos nos reímos como si Devonne hubiera hecho la broma del siglo.

—Pero está aquí por el año de intercambio —prosigue Devonne—, dando clases en el departamento de Literatura.

«Oliver está como un tren», añaden mi cerebro y mi cuerpo, una expresión extraña, prohibida, al ir dedicada a un hombre que no es Luke. El pensamiento va seguido de otros, más alentadores: «Rose, tienes todo el derecho a pensar que este hombre está como un tren. Vas a divorciarte. De hecho, eso es exactamente lo que deberías pensar».

Estos nuevos pensamientos flotan, no, arraigan, hasta convertirse en algo más duradero, algo que empieza a crecer, a calmar y a curar, y que se extiende más allá del momento en que nos damos la mano.

10 de octubre de 2008

Rose: vida 2

—¿Mamá? —pregunto.

Mi madre, con un suéter de color calabaza porque es otoño, y siempre se viste a conjunto con las estaciones, levanta la vista de la novela que lee. Está en su momento diario de desconexión vespertina, lo cual, por lo general, implica un rato de lectura de un libro o un periódico y una copa de vino blanco sobre la mesita auxiliar que tiene junto a su butacón. El vino está más bien de adorno. En realidad, le gusta más la idea de acompañar el libro con un buen vino que bebérselo.

—¿Sí, cariño?

—¿Puedo preguntarte algo?

Se vuelve hacia mí con decisión, sus ojos marrones me observan por encima de la montura de las gafas de lectura. Distingo el interés en su rostro angular, su mirada intensa, concentrada, aunque disfrazada de despreocupación. Cruza las piernas hacia un lado y hacia el otro antes de doblarlas encima de la butaca. Coge la copa de vino y se dispone a escuchar.

—Claro que sí. ¡Para eso están las madres!

Asiento con la cabeza. Pero en mi interior me pregunto: «¿De verdad? ¿De verdad están para eso? ¿Ese es su cometido?».

El perfume amaderado de la sala, procedente del baúl de cedro rojo y de otros muebles, cortesía de mi padre, el ebanista, resulta familiar, reconfortante, un aroma a hogar. Me siento en el sofá. Me preparo para soltar la pregunta, me doy ánimos en silencio y luego me lanzo.

—¿Alguna vez tuviste la sensación de... que papá podía abandonarte? —Trago saliva—. Ya sabes, de que podíais divorciaros. De que, bueno..., había otra mujer.

Mi madre deja la copa con firmeza, y no en el posavasos.

—¿A qué viene esta pregunta?

Oh, oh. El horror y el tono acusador de su voz deberían disuadirme de seguir adelante. Pero no lo hacen.

—Es solo que... No sé, es solo que pienso que, tal vez, Luke no es feliz. Conmigo —añado.

—Cariño... Él nunca te abandonaría. Nunca podría querer a otra. Él te ama.

—Pero... ¿papá y tú nunca tuvisteis... dificultades?

—Por supuesto. Como todos los matrimonios. Aun así, se resuelven. De eso se trata.

—Vale, pues... ¿cómo las resolvisteis papá y tú?

El recogido de mi madre oscila un poco, un mechón de cabello se desliza limpiamente hacia su barbilla cuando cambia de postura.

—Esa no es la verdadera cuestión, Rose. No deberías pensar en tu padre y en mí si lo que tienes es un problema con Luke. Deberías preocuparte de cómo hacerlo feliz...

—¿No acabas de decir que me quiere?

—...y las dos sabemos que es cierto, aunque no aceptes hablar de ello. ¿No crees que ya es hora de abordar el tema? ¿De verdad prefieres perder a tu marido por pura cabezonería? Llevas mucho tiempo eludiendo la cuestión conmigo.

—Mamá...

—Un hijo. Necesitas un hijo, Rose. ¿Cómo crees que tu padre y yo superamos los problemas a lo largo de los años? Pues lo hicimos por ti, Rose. Estábamos, estamos, pendientes de ti, de tu bienestar, de tu futuro. Tú eres el pegamento que nos une.

Inspiro con fuerza. La tentación de acostarme y apoyar la cabeza en sus rodillas es muy fuerte.

—Mamá, no voy a hacerlo, y Luke se avino a ello. O al menos eso dijo. Además, no es la vida que quiero. Nunca la he querido. Y lo sabes.

Mi madre parpadea muy deprisa.

Oh, no. ¿La he hecho llorar?

—Mamá...

—¿Tan mala madre fui?

Ya estamos. Intuía que llegaríamos a este punto, razón por la cual suelo evitar sacar el tema. Desde que Luke y yo nos casamos y mi madre comprendió que mi discurso sobre no tener hijos iba en serio, no para de relacionar mi reticencia a la maternidad con su papel de madre.

—Rose, llegas tarde.

Tenía dieciséis años y acababa de cruzar la puerta después de una cita con Matt, que fue mi novio intermitente durante toda la secundaria. Mi madre se encontraba sentada a la mesa de la cocina. Era poco más de medianoche, y había estado un buen rato besándome con él. Casi con toda seguridad, mi padre ya dormía. Deseaba que estuviera acostado. Odiaba que mi madre me esperara levantada.

—¿Porque pasan un par de minutos llego tarde?

—Tenemos que hablar sobre el Orden de las Cosas —me dijo, como si yo tuviera que saber qué significaba eso.

Me acerqué a ella, consternada. Mi madre se quitó las gafas de lectura y las dejó en la mesa. Le dio la vuelta al libro, dejándolo abierto para marcar la página por donde iba. En la portada se veía a un hombre con melena que abrazaba a una chica ligera de ropa. Qué horror. Odiaba ver a mi madre leyendo esas novelas románticas baratas. Guardaba un montón en una caja que tenía debajo de la cama. Lo sabía porque las encontré cuando tenía doce años y quería averiguar más cosas sobre el sexo. Por alguna razón, ella creía que podía leer romances eróticos por toda la casa, pero no dejarlos en los estantes donde se almacenaban otras lecturas más aceptables, como la colección de libros de Jane Austen. Quizá mamá tenía la impresión de que esos libros se desvanecían en el aire en cuanto terminaba de leerlos.

Mi madre dio una palmada en la silla que estaba a su lado.

—Siéntate.

Echó la suya hacia atrás, girándola hasta que quedó en diagonal con la mesa, luego hizo lo mismo con la que llevaba mi nombre.

—Vale, hablemos del Orden ese, sea lo que sea.

La miré con mala cara, para dejarle claro lo poco que me apetecía estar allí y mantener esa conversación a medianoche. Me senté con brusquedad y me crucé de brazos.

Mi madre levantó la vista al tiempo que empezaba a hablar.

—Rose, sabes que tu padre y yo queremos que tengas una buena vida, más fácil que la que nosotros hemos tenido.

Asentí. Me sabía el cuento. Lo había oído ya muchas veces. Apoyé un codo en la mesa y recosté la mejilla en la mano, una señal inconfundible de que ese discurso me aburría.

—Tu padre no fue a la universidad y tu madre, en verdad, tampoco.

—Ya...

—Tu padre tuvo que montar la carpintería sin la menor ayuda de nuestras familias, y se pasó años aceptando todo tipo de trabajos, haciendo cualquier cosa, mientras yo daba clases en la escuela primaria a cambio de poquísimo dinero.

—Sí, mamá —concedí, aunque siempre que la oía decir esas cosas, sobre todo las que tenían que ver con mi padre, notaba un pellizco intenso en mi interior. Siempre me había disgustado pensar en la lucha de mi padre por salir adelante.

—Pero tú vas a hacer las cosas de manera distinta —decía mi madre—. Tú irás a la universidad, a una buena universidad. Una de verdad. Y estudiarás Ciencias Empresariales, te licenciarás y conseguirás un buen empleo en el ámbito de las finanzas.

Mi madre estaba segura de que, como se me daban bien las mates, debía trabajar en el sector financiero. Nunca se planteó si realmente me apetecía.

—Y una vez que tengas ese buen empleo, dedicarás mucho tiempo a trabajar, desarrollar tu carrera profesional y ahorrar dinero en el banco.

Se detuvo y me miró con dureza, como si no estuviera escuchándola.

—Ya lo sé, mamá. ¿Cuándo vamos a llegar al asunto del Orden ese?

—Ya estamos en él.

—Ah, creía que solo estabas contándome esa historia de que mi vida será distinta de la tuya y de la de papá.

—Forma parte de esa historia.

—Vale. ¿Y no puedes ser más concreta? Porque está claro que no pillo de qué va esto.

Bostecé con ganas para enfatizar que el tiempo pasaba y que tenía sueño.

Mi madre acercó su silla a la mía.

—Rose, el Orden de las Cosas consiste en que primero vas a la universidad, luego terminas la carrera, luego encuentras un buen empleo, luego dedicas el tiempo a trabajar mucho en ese empleo y a ahorrar mucho dinero, luego conoces a alguien, luego te enamoras, luego te casas, y entonces, solo entonces, llegan el sexo y los hijos.

Al principio, mientras mi madre hablaba noté que una carcajada borboteaba en mi garganta. Pero en cuanto mencionó el sexo y los hijos aparté la mirada de ella y la paseé por toda la cocina, por el viejo teléfono colgado en la pared que había visto toda la vida, por el móvil de conchas marinas que aún cuelga en el centro de la ventana en la actualidad.

—Mamá, por favor, dime que esta no es tu versión de la charla sobre sexo.

Negó con la cabeza.

¿No? ¿Sí? No sabría decirlo.

—Solo deseo que entiendas que, si vas a tener una vida mejor que la de tus padres, no quiero que te enamores de cualquier chico en el instituto y acabes embarazada. Eso no puede suceder hasta que hayas hecho muchas otras cosas.

Yo mantenía la vista fija en la cesta de fruta que reposaba en el borde de la encimera. Montañas de manzanas, plátanos y naranjas. En casa siempre había muchísimos plátanos.

—No tienes de qué preocuparte, mamá. No pienso quedarme embarazada.

—¡Rose, no te pongas condescendiente! Las chicas se quedan embarazadas sin quererlo todos los días. Y entonces ¡a la porra todos sus sueños! —Chasqueó los dedos con tanta fuerza que logró sobresaltarme.

Me volví hacia ella.

—Mira, no tienes que preocuparte de que me quede embarazada, ni ahora ni nunca, porque no voy a tener hijos. Ya he decidido que no quiero tenerlos. Punto final.

Mi madre se echó hacia atrás en la silla, como si acabara de confesarle un asesinato o la hubiera amenazado con pegarle.

—¡Rose, no hablas en serio!

—Totalmente en serio.

—¡Eres demasiado joven para decidir algo así!

—No lo soy —dije. Mi madre estaba en silencio, mirándome a la cara. Erguí la espalda—. Mamá, no puedes tenerlo todo. No puedes decidir que tú y papá queréis una vida distinta para mí, una vida con todas las oportunidades que vosotros no disfrutasteis, pero luego decidir mi futuro.

—¡Los hijos son parte de la vida! Todas las mujeres los tienen cuando les llega el momento. Después de casarse, claro. Y una vez que han alcanzado ya una posición económica estable y desahogada.

—Eso según tú. Pero también me dices a todas horas que en mi generación las mujeres hacemos las cosas de manera distinta. ¿Por qué no vamos a hacerlas en ese tema también?

—Cuando te dije eso no me refería a la maternidad.

—Vale. —Solté un bufido.

—Esto lo piensas ahora, pero con el tiempo cambiarás de opinión, Rose.

Su seguridad en sí misma me enfureció.

—No. Te lo prometo.

Mi madre soltó una risa burlona. Me dieron ganas de agarrar su estúpida novela romántica y lanzarla contra la pared de la cocina.

—Cambiarás de opinión, y un día vendrás a decirme: «Tenías razón, mamá. ¡Ya lo sabías entonces!».

Me levanté de la silla.

—Me voy a la cama.

Casi pude ver el corazón de mi madre desbocado en su pecho. La expresión de su cara, iluminada por una especie de preocupación frenética. Me pregunté si acabaría agarrándome, colocando sus manos sobre mis hombros para transferir así su deseo de hijos de su cuerpo al mío. Pero optó por volver al libro y el momento pasó. Apartó la mirada de mí.

—Buenas noches, Rose —se limitó a decir.

Me pregunté si la habría herido. Ni siquiera cuando me enfadaba con ella quería hacerle daño de ningún modo. Me acerqué a darle un beso en la mejilla. No se volvió. Dio la vuelta al libro y deslizó el dedo por la página. Llegué a mi cuarto acompañada por sus últimas palabras de la noche.

—Pues si estás tan en contra de tener hijos, Rose, tal vez deberías dejar de retozar en el suelo con Matt durante toda la noche.

Mi madre está deshecha en lágrimas.

Trago saliva.

—¿Mamá?

Ella desvía la mirada.

—¿Qué, Rose?

He vuelto a hacerle daño y eso es algo que odio. A veces se me olvida que mi madre no es invulnerable.

Sus amigas siempre la han descrito como «una tipa dura». Y es verdad que mi madre se pone una especie de coraza de cara al exterior. Si no la conoces bien, lo más probable es que nunca te des cuenta de lo frágil que es por dentro, de lo fácil que resulta herirla. Quizá lo que admiro más de ella es su ferocidad, su ferocidad a la hora de querer. A veces eso la vuelve posesiva y abrumadora, pero también protectora y decidida.

A los dieciséis años nunca le habría confesado esa admiración ni ese cariño. Claro que por aquel entonces tampoco sabía que mi madre se tomaría esta opción mía como una crítica personal a su papel de madre, que, al no expresar nunca mi admiración por ella ni lo mucho que anhelaba en secreto su aprobación, entre nosotras se abriría una brecha que iría haciéndose más y más grande. Cierro los ojos, tal vez porque así me resulta más fácil compartir estas palabras.

—Creo que no te das cuenta, y eso quizá sea porque no lo repito lo suficiente o porque nunca te lo he dicho, de que eres una buenísima madre. Una madre excelente. Siempre lo has sido.

—¿Sí? ¿Lo soy? —Hay un deje obvio de sorpresa en su voz.

—Sí. Y mi mayor deseo, desde siempre, ha sido complacerte. Quiero que estés orgullosa de mí. Aun así, hay una cosa que no puedo hacer... y necesito que me entiendas. No puedo tener un hijo. —La casa está en absoluto silencio—. No quiero, nunca lo he querido, simplemente... no es para mí. Y no puedo tener un hijo para complaceros a ti y a Luke.

Mi voz ha ido debilitándose. Del roble que hay delante de casa desaparecen los últimos vestigios de luz solar; un manto de oscuridad cae sobre el patio, sobre las ventanas, y los muebles se transforman en sombras que nos rodean.

Mamá se seca las lágrimas con un pañuelo de papel.

—Pero ¿por qué, Rose? ¿Por qué no quieres tener un hijo?

Me quedo sin aliento. Es la primera vez que mi madre formula esa pregunta ya que normalmente lo que hace es cuestionar mi decisión. No sé si tengo respuesta para ella.

—Es difícil de explicar.

—Inténtalo. Por favor...

Asiento con la cabeza, despacio.

—Bueno, por un lado están las razones que ya te imaginas. Me gusta mi vida tal como es. Mi libertad, mi trabajo, mis amigos, mi marido.

—Pero esas cosas no desaparecerán si tienes un hijo, lo sabes.

Le lanzo una mirada que le quita las ganas de seguir hablando.

—Perdona. Te escucho.

—No es solo eso, mamá. Hay algo mucho más profundo. —Suelto el aire muy despacio mientras me observa con los ojos como platos—. Todo el mundo habla del instinto maternal de las mujeres.

Asiente.

—Pues es como si yo no lo tuviera. Creo que nací sin él. Y todas mis amigas, incluso Jill, hablan de él como si supieran exactamente lo que es. A pesar de que algunas han decidido no tener hijos, parecen comprender ese deseo. Pero yo no. No siento ese impulso. Es como si no lo tuviera en los genes.

Me callo. Ahí está. La verdad. No estoy segura de poder explicarlo mejor.

—Rose, ¡podría ser que descubrieras ese instinto una vez que tuvieras al bebé entre tus brazos!

—Me parece una apuesta muy arriesgada, mamá.

—Un hijo siempre es una apuesta —insiste ella—. Es un acto de fe, incluso para las mujeres que lo desean con todas sus fuerzas, para las que están convencidas de que su destino consiste en ser madre.

Enciendo la lámpara que hay al lado del sofá.

—Quizá todo sea una apuesta. Yo apuesto a que no estoy hecha para tener hijos y la mayoría de las mujeres apuestan a que sí.

—Tal vez —dice mi madre—. Aun así, creo que hay muchas mujeres que sienten lo mismo que tú, Rose. Más de las que te imaginas. Y al final siguen adelante y tienen un hijo de todas formas, y descubren que son felices de haberlo hecho.

Me acerco las rodillas al pecho. Inclino un poco la cabeza y observo a mi madre. Parece sincera.

—Sé que quieres un nieto, mamá. Y no es que no desee dártelo. Lo haría si pudiera. Espero que seas consciente de ello. Y espero que sigas queriéndome aunque no te lo dé, porque estoy casi segura de que eso no va a pasar.

—Oh, Rose, yo...

—No sabes cuánto desearía que las cosas fueran distintas —prosigo, antes de que ella pueda decir algo más. Las lágrimas se me agolpan en los ojos—. Que la gente pensara que tan normal es que una mujer no quiera tener hijos como que sí. A veces la presión que siento para ser quien no soy es abrumadora. Es decir, me consta que podría hacerlo si no tuviera más remedio, podría dar un hijo a Luke. Pero estoy segura de que eso no es lo que deseo. Ojalá no tuviera la sensación de que debo escoger entre solo dos opciones: hacer lo que no quiero para conservar a mi marido... o dejar que mi matrimonio se acabe.

—¡Rose, cariño...! Lamento que estés pasándolo mal. Lamento haberte puesto las cosas más difíciles yo también. —Mi madre se levanta de la silla y viene a sentarse a mi lado en el sofá—. Ojalá pudiera retroceder en el tiempo para escucharte mejor. Ojalá hubiera algo que pudiera hacer para arreglarlo todo.

Esas palabras. Llevo toda la vida esperando oír algo así de su boca.

—Tengo miedo de perder a Luke por culpa de esto, mamá.

Noto una mano en la espalda, acariciándome en círculos.

—Cariño —dice mi madre con voz suave, la misma que usaba cuando me enfadaba de niña, o cuando me había caído y me había hecho daño en un codo o despellejado una rodilla—. Yo estoy aquí. Estoy aquí pase lo que pase. —Dejo que sus palabras conformen una manta que me arropa—. Te quiero mucho, Rose, corazón. Te quiero pase lo que pase, te lo prometo. Y si Luke no es consciente de la mujer increíble que tiene, con o sin hijos, el problema es suyo.

En esta última frase sus palabras han ido adquiriendo un tono indignado.

Mientras me hablaba he estirado las piernas, y ahora estoy sentada, empapándome de su voz, de la manera en que me mira.

—Eres única, Rose, y estoy muy orgullosa de ti.

—¿Estás orgullosa de mí?

—Cariño, claro que lo estoy. Has llegado muy lejos. ¿Quién nos habría dicho a tu padre y a mí que tendríamos una hija con un doctorado? Tal vez no lo digo lo suficiente. —Mi madre saca un pañuelo de papel de la caja que hay en la mesita y se suena la nariz con ganas. Se seca las lágrimas y se echa a reír. Bebe un buen trago de vino blanco—. Ahora que lo pienso, es probable que sea mejor que no seas madre. Demasiado lío. ¡Demasiadas posibilidades de fracasar!

—Mamá…

—Es así, Rose. Te he fallado justo en lo que más me necesitabas. ¡Soy una madre espantosa!

—No digas eso. No eres espantosa. Eres mi puntal.

—¡Oh! ¡Rose! ¿Lo dices en serio?

—Sí. —Rompo a llorar, pero a la vez me río.

Mi madre saca otro pañuelo de la cajita y me lo pasa.

Las dos nos quedamos calladas. En ese silencio contemplo a mi madre y de repente la veo pequeña, frágil incluso, a pesar de ese ridículo suéter que lleva. Reparo en que las mallas parecen quedarle grandes, en las arrugas de sus manos, en las venas azules y marcadas que se aprecian en ellas. Esa imagen me entristece, me inquieta, me lleva a pensar que podría perderla en cualquier momento. Ella me hace sentir que no estoy sola. No mientras ella camine sobre la Tierra.

Mi padre aparece por la puerta justo entonces.

—¿Cómo están mis dos chicas favoritas? —Lleva la ropa de faena, la camisa llena de serrín y de virutas de madera—. ¡Vaya! —exclama al ver nuestras mejillas surcadas de lágrimas.

—Estamos bien —aclara mi madre—. Es solo que acabamos de compartir uno de esos momentos.

—Un momento bonito —añado yo.

—Pues me alegro de oírlo. —Mi padre se inclina para besarnos en la mejilla a las dos. Se yergue y añade—: Hay que disfrutarlos cuando suceden.

11

19 de enero de 2009

Rose: vida 2

Oigo que la puerta del piso se abre y se cierra.

—¡Hola! —grito desde el dormitorio con voz seductora.

Bueno, intento que suene seductora. No estoy segura de conseguir el efecto deseado, sobre todo porque en realidad no me siento especialmente sensual. Más bien harta y enojada. Incluso la ropa interior que llevo puesta tiene ese tono airado. Es de color rojo brillante, rojo fuego, rojo ira. Soy una mujer cabreada en ropa interior.

—¿Rose? —La voz de Luke cruza todo el piso.

—¡Estoy aquí! ¡En el dormitorio! ¡Ven a verme! ¡No te arrepentirás!

Pongo los ojos en blanco al oírme.

—¡Voy en un minuto! —contesta Luke en voz alta, ajeno a los placeres sexuales que le esperan en nuestro lecho y que, básicamente, se reducen a su esposa, que en este momento yace envuelta en una especie de colorida manta afgana de rayas.

Mi plan consiste en dejarla caer en cuanto Luke entre en la habitación, como si estar casi desnuda sobre la cama a mediados de enero fuera algo normal. Hace un frío que pela. Debería haber subido la calefacción antes de que Luke llegara, pero ya es demasiado tarde. No tengo la intención de ir hasta el termostato con estas pintas. Además, eso arruinaría la sorpresa.

Oigo a mi marido entretenido con el correo. Deja cosas en la mesa de la cocina, abre un sobre y despliega su contenido; en el silencio, percibo que está leyéndolo. Luego el proceso vuelve a empezar. A este paso no llegará nunca. A lo mejor decide acostarse en el sofá y ni siquiera pasa por el dormitorio.

Me pregunto si eso sería tan horrible.

Intento no responderme, distraerme con otras cosas. El semestre está a punto de empezar y aún no he terminado de preparar el temario. Siempre quiero aprovechar el descanso de diciembre para quitármelo de encima, pero nunca lo consigo. En cuanto pongo las notas entro en modo de vacaciones. Y este año apenas si he buscado ni escrito nada. Sospechar que tu marido te engaña afecta negativamente a la productividad académica de una esposa.

El ruido de otro sobre rasgándose, de otra carta desdoblándose, va seguido de nuevo de un silencio que indica que Luke está enfrascado en algo. Me arropo más con la manta.

Hace mucho que Luke y yo no mantenemos relaciones sexuales. Meses. Cuando Luke cedió en el tema de los niños, tuve la esperanza de que nos encontráramos en un nuevo comienzo hacia un horizonte donde nos aguardaban tiempos mejores. Pero últimamente da la impresión de que nos movemos en direcciones distintas que nos separan cada vez más. La rutina tampoco ayuda, claro: mis clases, mis proyectos, los encuentros con amigos para cenar, los cada día más frecuentes viajes de Luke. Y no es que él haya estado por la labor y que yo lo haya rechazado. Dejó de pedirlo hace ya mucho tiempo.

Tal vez porque lo obtiene en otro sitio.

O tal vez porque espera que sea yo quien dé el paso, quien reintroduzca el sexo en nuestra vida de casados, quien se dé cuenta de lo alejados que estamos y empiece a construir el camino de retorno. Quien lo priorice a él y las relaciones sexuales con él. Luke dio un paso atrás en la presión por el tema de los niños, ahora me toca a mí dar un paso adelante hacia él. Hacia nosotros.

En la pared de mi lado de la cama cuelga una foto del día de nuestra boda. En ella me inclino para besar a Luke en los labios y sus ojos brillan de alegría. Se nos ve tan felices... Es esa felicidad lo que me impide mirarla demasiado. Duele preguntarse cómo hemos llegado de ahí a aquí. Recuerdo el preciso momento del día de la boda en que se sacó esa foto. Fue después del pase de diapositivas que preparamos para los invitados, justo antes de que cortáramos la tarta nupcial. Luke lo organizó, claro, en su papel de fotógrafo oficial de nuestra vida.

Me condujo hasta las dos sillas, que había situado en mitad de la pista de baile con el fin de que tuviéramos la mejor vista de la pantalla y que todos los invitados pudieran a su vez contemplarnos mientras mirábamos las diapositivas. Dos de las primas jóvenes de Luke se apresuraron a colocar bien la cola del vestido de novia, algo que llevaban todo el día haciendo. Alguien puso música y, cuando empezó el pase, Luke me susurró:

—Soy el hombre más afortunado del mundo, Rose.

Fueron apareciendo las fotos, el pase comenzaba con algunas del día en que nos conocimos y avanzaba justo hasta la semana anterior al enlace, con una imagen de Luke y de mí con nuestros respectivos padres, los seis en una pizzería después de haber ultimado los detalles de la boda. Al verlas pensé en el miedo que me daban antes las cámaras. Y sin embargo, gracias al hombre que tenía a mi lado, ahora estaba allí, sonriendo, riéndome, sin el menor atisbo de timidez. Me dije que Luke era la única persona que conocía a la auténtica Rose, el ser real que yo llevaba dentro, el único que sabía sacarla a la luz, capturar su esencia y plasmarla en una foto. Me dije que, desde el momento en que me dio el álbum de graduación para mis padres, ya no volví la vista atrás, porque no podía imaginar que existiera en el universo un hombre mejor que Luke para compartir con él la vida. Mi vida.

El pase de diapositivas fue perfecto, nos reflejaba tal cual éramos, y cuando terminó me incliné y miré a mi marido.

—Y yo soy la mujer más afortunada del mundo, Luke. Te quiero. Me conoces mejor que ninguna otra persona.

—Sé que es así —dijo Luke volviéndose hacia mí—. Tú también me conoces.

Lo besé. Aún nos besábamos cuando se encendieron las luces, y fue en ese momento cuando el fotógrafo sacó la foto que ha estado en la pared de nuestro hogar desde entonces. La misma foto que miro ahora. Cuando me permito pensar en la inmensa magnitud de la felicidad que se desprende de esa imagen, solo siento ganas de llorar.

¿Puede Luke volver a sentir lo mismo por mí?

¿Puedo yo sentir de nuevo lo que sentía por él entonces?

Oigo el ruido del grifo. Luke se llena un vaso de agua.

—¿Hola? —grito—. No olvides que te estoy esperando.

—¡Un segundo y voy!

Los pasos de Luke resuenan en la cocina, luego se detienen en el comedor.

Consigo liberarme de la manta de abuela y la tiro al suelo. En cuanto dejo de notarla siento un escalofrío por todo el cuerpo.

A primera hora de la tarde probé a adoptar distintas poses, teóricamente tentadoras. Acodada de lado en la cama y con la cabeza sobre la mano; tumbada boca abajo, con los pies en alto y la cabeza apoyada en ambas manos; tendida boca arriba, algo que descarté enseguida porque me hacía sentir como si estuviera en un quirófano esperando a que me abrieran en canal.

Los pasos de Luke se dirigen al dormitorio. Por fin.

Para cuando llega estoy temblando, aterida de frío. Pero también tiemblo de nervios y, tal vez, de miedo. ¿Es el momento en que reemprendemos el camino de vuelta hacia ese destino repleto de felicidad? ¿Podría ser este el inicio de ese viaje?

¿Tal vez sí?

Luke se detiene en seco al verme. No sonríe, no se ríe. La expresión de su cara indica sorpresa, y una no del todo agradable.

—Rose, ¿qué significa esto?

Se suponía que Luke debería haber entrado en la habitación e iluminarse con una sonrisa, que sus ojos deberían despedir destellos de aquel deseo que solía poseerlo ante mí, el mismo que me encantaba percibir y que no he percibido desde hace siglos.

—Bueno... ¿A ti qué te parece que es?

No ha sido la respuesta más sexy y seductora del mundo, pero me consuelo diciéndome que lo que cuenta es el esfuerzo realizado hasta ahora. Y si tenemos en cuenta que he estado esperando a mi marido desnuda en la cama durante una hora, el esfuerzo debería ser evidente.

Luke camina hacia la cama, la rodea hacia el otro lado. Luego recoge la manta del suelo y me la echa encima.

—Te estás congelando.

La piel se me pone sonrosada. Tiro de la manta para cubrirme desde el vientre hasta los pies.

—Quería darte una sorpresa.

—Rose... —Luke suspira. Se sienta en el borde de la cama, tan lejos de mí que ni siquiera me rozaría aunque extendiera el brazo—. Creo que hoy no estoy de humor para esto.

¿Esto? ¿El sexo conmigo es «esto»?

¿Se refiere a eso?

¿Todas las parejas acaban sintiéndose así en relación con el sexo? ¿Se toman lo que antes fuera una actividad placentera y compartida como una especie de tarea parecida a fregar los platos o pasar el aspirador, algo no del todo agradable pero que debe hacerse?

Tal como me mira ahora mismo, se diría que preferiría estar en cualquier otro lugar que no fuera este, en cualquier lugar que no fuera una cama al lado de una esposa que pide sexo. ¿Me equivoqué al pensar que podríamos salvar nuestro matrimonio, que podríamos salvarnos? ¿Acaso llego demasiado tarde?

—Pensé qué... —Me estiro hacia él por encima de la colcha, sin la menor prudencia—. Quizá me equivoqué, Luke. Quizá deberíamos intentarlo.

¿Qué haces, Rose?

La expresión de los ojos de Luke se vuelve escéptica. Incluso fría.

—¿Intentar qué?

—Ya sabes..., tener un hijo. —Estoy hablando a la desesperada. Obviamente.

Luke se levanta de la cama de un salto.

—No. —Parece enfadado.

Lo miro, incapaz de moverme; soy una pila de desechos en forma de manta, de ropa interior, de esposa.

—¿Qué has querido decir con ese «no»? ¿Por qué no? Me agobiaste con el tema de los niños durante años. Y ahora que por fin acepto, ¿me dices que no?

—¿Me tomas el pelo, Rose? ¿Estás tomándome el pelo?

Abro la boca, la cierro. Esto tenía que ser un acercamiento, una reconciliación, y, en cambio, es un desastre. Mierda.

La expresión gélida de los ojos de Luke me dice que, con este intento de hoy, con este ofrecimiento de sexo y de la posibilidad de que tengamos un hijo, después de muchas negativas, he logrado que todas las cosas que él ha deseado tanto, o que al menos deseaba, se hayan convertido en algo ofensivo.

Antes de poder contenerme le formulo otra pregunta, la misma que ha estado zumbando en mi cerebro desde hace meses y que nunca me he atrevido a expresar en voz alta:

—¿Hay otra mujer?

El silencio de mi marido es interminable.

12

3 de mayo de 2009

Rose: vida 1

—¡Mmm…!

La tarta está deliciosa. Increíble. Como otro trozo. Estoy tomando una deliciosa tarta acompañada de un café buenísimo. La cafetería es encantadora. Espaciosa, con altas mesas blancas y altos taburetes del mismo color. Por los altavoces suena una música suave. Suelos de hormigón gris, grandes ventanales con reborde metálico también blanco. Blanco y gris, gris y blanco. Serenidad. Limpieza. Sosiego. Nuevo.

En teoría, estoy asistiendo a un congreso de una semana en Long Island, pero después de una mañana de mesas redondas tediosas y de conferencias oídas a medias, he optado por deambular por el bonito pueblo y por entrar en esta cafetería. Corto un buen pedazo de la tarta y me lo meto en la boca, dejo que el delicado sabor del azúcar se me funda en la lengua antes de tragarlo y lo persigo con un sorbo del sabroso café americano que pedí para acompañarla. Una sensación de paz y bienestar me brota del estómago, asciende por mi garganta y se extiende al resto de mi cuerpo. Es una sensación extraña, y me había preguntado muchas veces si volvería a tenerla. Es decir, si volvería a tenerla estando sola.

Mi madre me juró que sí. Jill, Denise y Raya también.

Pero fue Frankie, la hermana de mi padre, cuyas llamadas de madrugada a lo largo del último año me sacaron de la desesperación, quien me abrió las puertas de la Tierra de la esperanza. Frankie es pintora y lleva quince años viviendo en Barcelona con su compañero, Xavi. Lo suyo fue un flechazo, y Frankie se enamoró de paso de Barcelona. Ella jura que nunca se casarán, y no tienen hijos. Aunque siempre me ha hecho sentir menos sola en el mundo, nunca tanto como desde que Luke me abandonó.

Durante los últimos dieciocho meses he salido con varios hombres, o al menos lo he intentado. Primero fue Oliver, pero no funcionó. No estaba preparada, me mostraba demasiado apegada, y él tenía que volver a Londres de todos modos. Cuando se fue, volví a tocar fondo. Luego, tras unos meses de triste soledad, empecé a quedar de nuevo con hombres, sin mucho éxito. Una noche, tras una velada especialmente deprimente con un tipo egocéntrico llamado Mark, llamé a Frankie mientras regresaba caminando a casa.

Respondió al primer timbrazo.

—¡Hola! —Su entusiasmo era evidente, incluso desde el otro lado del océano.

Solía pintar hasta altas hora de la noche, de manera que era normal encontrarla despierta a pesar de la diferencia horaria. Me había jurado que ponía el móvil en silencio al acostarse, así que yo podía llamarla con tranquilidad, segura de que no los despertaría ni a ella ni a Xavi.

—¡Qué bien que contestes!

—¡Claro que sí!

—Bueno, ahí debe de ser tardísimo.

—Nunca me acuesto temprano. Ya lo sabes.

—¿Estás trabajando?

Frankie se echó a reír.

—Siempre trabajo, así que has llamado en el momento perfecto. Necesitaba un descanso. ¿Cómo va todo?

Miré a ambos lados antes de cruzar la calle.

—Imagínatelo... Otra cita horrible.

—¿Sí?

—Sí.

—Rose, las cosas mejorarán.

—¿De verdad?

—Sí. Te lo prometo.

—Te tomo la palabra, Frankie.

—No hay problema.

Aminoré el paso para retrasar así la llegada al piso vacío que me aguardaba.

—Tengo una pregunta en plan intenso.

—Adoro los temas intensos. ¡Pregunta lo que quieras!

—¿Xavi y tú os alegráis de no haber tenido hijos?

A mis oídos llegó el ruido de la silla del estudio de Frankie cuando la arrastró sobre el suelo, señal inequívoca de que mi tía se preparaba para una conversación larga. Deseé poder hacerme una idea de la disposición de su estudio. Lo había visto en fotos, pero nunca había ido a visitar a Frankie, y eso que me había invitado a Barcelona muchas veces. Luke y yo nos planteamos ir en nuestra luna de miel. Me alegro de que no lo hiciéramos. Me gustaba la idea de que la ciudad adoptiva de mi tía siguiera siendo algo propio, solo mío, ajeno a mi matrimonio.

—La verdad es que sí, Rose. Pero es más sencillo decirlo ahora, cuando estamos muy lejos del momento de esa decisión.

Giré a la izquierda, frente a un edificio iluminado por los escaparates de tiendas de moda caras, y me fijé en los modelitos elegantes mientras pasaba por delante.

—Tal como lo dices, da la impresión de que no siempre lo tuvisteis tan claro. Pensaba que siempre habíais sabido que no queríais hijos.

—Lo sabíamos. Pero eso no significa que Xavi y yo no tuviéramos momentos de duda. No resulta fácil elegir una opción que nadie más escoge. Xavi y yo pasamos por la fase de preguntarnos si nos arrepentiríamos de esa decisión, si estábamos cometiendo un error. Creo que ninguna mujer es inmune a esas preguntas.

Me detuve frente a un vestido largo, estampado con grandes flores rosas, y sentí el aguijón del deseo. Intenté aferrarme a esa sensación tanto como pude. El deseo, aunque fuera en pequeñas dosis, se había convertido en algo muy escaso en mi vida.

—Tengo celos de vuestro «nosotros», Frankie.

Exhaló un suspiro.

—Tuve suerte de que Xavi y yo llegáramos a la misma conclusión. Me consta que debe de ser muy duro cargar con la decisión tú sola, Rose. Pero eso demuestra lo valiente que eres.

Seguí andando.

—Pues yo no estoy segura de que la valentía sea un rasgo positivo. La valentía me ha llevado al divorcio. La valentía me ha condenado a estar sola. La valentía ha provocado que mi marido... —Me callo y lo reformulo—: Que mi exmarido esté viviendo con otra mujer que, con toda seguridad, está a punto de quedarse embarazada. Eso si no lo está ya.

—Al final todo eso quedará muy lejos, Rose. —Frankie alzó la voz, y sus palabras me llegaban con fuerza—. Lo que no te he dicho es la parte que quizá más falta te hace oír, y es que, ahora que los hijos son ya un tema descartado para los dos, ¡qué alivio ha sido no tenerlos! Nos encanta nuestra vida. Tener hijos es una elección perfecta para algunas personas, probablemente para la mayoría, y no tenerlos es una opción igual de buena a pesar de que a tu alrededor todo el mundo te haga ponerlo en duda. Estoy convencida de que también llegarás a ese punto, donde sentirás el mismo alivio que yo. ¡Ojalá pudiera enviarte de un empujón hasta allí! ¡Zas!

Sonrío un poco.

—Ojalá pudieras, Frankie.

—Te quiero, cariño —me respondió.

Frankie solía decirme a menudo que me quería, salpicaba sus conversaciones con menciones de su cariño hacia mí, también de su amor por la vida, por el mundo, por Xavi y por su trabajo. Su amor me llegaba desde el otro lado del océano a través del teléfono, e intentaba impregnarme de él. Durante esas conversaciones nocturnas descubrí lo mucho que me gustaba oírla hablar de su trabajo, escuchar sus descripciones de lo que hacía y de por qué. Cuando hablaba de ello, en la voz de Frankie siempre había un dejo de emoción, una pasión reconocible que transformaba la cadencia de su voz en una melodía. Me sacaba del pozo de la tristeza durante un rato.

No obstante, en todo ello había también algo que me hacía retroceder hacia otra época de mi vida, a un tiempo anterior a Luke en el que era autosuficiente, en el que mis intereses y mis debates no giraban a todas horas en torno a la cuestión de si tener hijos o no, o en torno a lo que significaba «salir adelante» ahora que ya estábamos divorciados. A veces imaginaba esas conversaciones con mi tía como si fueran un cabo al que agarrarme, una cuerda que me impulsaría hacia un futuro donde descubriese que la antigua Rose vivía dentro de mí, como una amiga largo tiempo perdida. Los comentarios de Frankie sobre temas como el color y la composición, las pinceladas, el simbolismo o la emoción tenían el poder de sacar a esa Rose de su caparazón y lanzarla a vivir con los otros, recordándole que existía todo un mundo esperándola para cuando estuviera lista.

Solía disfrutar tanto de la soledad...

Ser hija única te moldea en ese sentido, te enseña a jugar sola, a comer sola, a salir sola. Pero el amor, la convivencia con otra persona, el matrimonio, tiende a deshacer esa parte de ti, la desprende de tu ser y la deja flotar hacia el cielo. Desde que Luke y yo nos divorciamos he odiado la soledad, la he temido, la he llorado, me he preguntado si alguna vez volvería a disfrutar de ella de nuevo. Me he esforzado mucho por estar bien. Sin embargo, justo cuando creo que por fin he llegado allí, aparece algo para arrastrarme hacia el pozo de la tristeza otra vez.

Me termino la tarta y observo a la gente que entra y sale de la cafetería, en grupos o de uno en uno, cargados con cafés de tamaño grande y bolsas llenas de cosas ricas.

La camarera se acerca y se fija en las migas de mi plato.

—¿Le apetece otra ración?

Las punzadas de deseo que han sido tan escasas en los últimos tiempos están volviendo cada vez con más frecuencia.

—Sí.

¡Sí! Quiero otro pedazo de esta tarta. La Tarta Especial Antidivorcios. ¡Quiero más!

—¡Bien hecho! —exclama la camarera, y se dirige al pulcro mostrador donde se exhiben los postres.

¡Bien hecho, claro que sí!

Aparto el libro y saco el teléfono del bolso. Hago una llamada, y mi madre contesta al segundo timbrazo.

—¡Rose!

Siempre está muy contenta cuando soy yo quien llamo porque es ella quien suele hacerlo.

—Hola, mamá.

—¿Va todo bien? —El tono ha pasado de la alegría a la preocupación. Me he acostumbrado ya a su tono de Muy Preocupada por Rose.

—Sí, bien. ¿Acaso no puedo llamarte solo porque me apetece?

—Por supuesto que sí —responde ella—. Pero no es lo habitual.

La camarera regresa con el plato y lo deja en la mesa, delante de mí. Le sonrío, y asiente con la cabeza. Esta porción es el doble de grande que la anterior.

—Pues quizá debería llamarte más a menudo.

—Me encantaría.

—Perdona por no hacerlo.

Se produce un largo silencio.

—Rose, te noto bien.

—¡Mamá, yo te noto escéptica!

—No —se apresura a decir. Y añade—: Bueno, la verdad es que hace tiempo que no tenía la impresión de que estabas bien.

—Lo estoy, mamá. —Parto un buen trozo de tarta, lo mastico, lo trago; corto otro pedazo con el tenedor y me lo meto en la boca—. Estoy comiendo una tarta deliciosa —le digo con la boca llena.

Mamá se ríe; es una risa cantarina y suave.

—Los pasteles son buenos para el alma. ¿Cómo va el congreso?

—No está mal. En realidad, me lo estoy saltando bastante.

—¿En serio? Eso no es propio de ti.

—Es que hace un tiempo espléndido. El pueblo es monísimo, justo al lado del mar, y está lleno de restaurantes y cafeterías preciosos. He decidido disfrutar del viaje. Me apetecía dar una vuelta, y eso hice. Y aquí estoy.

—Rose, tu voz suena... distinta. Se diría que has dado un gran paso adelante.

—Quizá sea así. —En cuanto lo digo noto que en mi pecho se abre un agujero oscuro, pequeño pero perceptible, tembloroso, al acecho, listo para recordarme que sigue ahí, dentro de mí, a todas horas. Luego, sin embargo, se cierra a la misma velocidad con que apareció—. No sé si durará —añado.

—Está bien —dice ella—. Disfruta mientras puedas. Y antes de lo que te imaginas, esta alegría volverá.

—Lo haré.

El tono de voz de mi madre me ha arrancado una sonrisa. Por la manera en que me habla, lo mucho que cree en mí, sus ganas de animarme. Me apoyo en eso, confío en ello como lo haría en una divinidad. Mi madre siempre está cuando más la necesito.

—Te quiero, mamá. Espero que lo sepas.

—Y yo te quiero a ti, mi niña. Y sé que me quieres. Pero siempre me gusta oírtelo decir.

La playa está desierta.

El ocaso tiñe el cielo de rosas y anaranjados. La arena es suave; en este pueblo, todo —el tiempo, el calor, la luz, la brisa— es igual de suave. Me quito las sandalias y las llevo en las manos, cogidas de las cinchas, mientras paseo, deteniéndome de vez en cuando para observar una concha bonita, una roca blanca perfectamente tallada o la mitad rota de un erizo de mar. Olas diminutas se alzan y rompen, se alzan y rompen. Encuentro un montón de delicadas conchas de nácar, un par de un leve tono anaranjado y las otras de un brillante color rojo, y me guardo tres en el bolsillo para llevármelas a casa. Son las preferidas de mi madre. Luego me acerco a la orilla, hundo lo dedos descalzos en la arena húmeda y disfruto de la brisa aún fresca de la primavera. El aroma del aire me avisa de que el verano se acerca.

Permanezco quieta durante un buen rato, mirando el mar.

Noto que un peso me abandona. Percibo que se aparta de mis hombros, poco a poco, hasta desvanecerse del todo. Los ojos se me llenan de lágrimas y rompo a llorar, pero no se trata del llanto triste de otras veces.

No tengo que ser madre.

El agua se desliza entre mis pies, fresca y adorable, la marea sube.

No tengo por qué tener hijos si no quiero. Y no quiero. Nunca lo he querido. Jamás.

Gracias a Dios.

Gracias a Dios que Luke se marchó. Gracias a Dios que ya no está conmigo. Gracias a Dios que ese hombre que intentaba convertirme en alguien que nunca he querido ser no forma ya parte de mi vida ni comparto con él la casa y la cama. Decidió que yo no era suficiente para él. Pero quizá la verdad sea que él no era suficiente para mí.

La libertad de esta realidad nueva hace que mi cuerpo se despierte. Por fin, por fin.

Cuando vuelvo a moverme, cuando empiezo a caminar por la playa de nuevo, algo en mí ha cambiado, algo que diría que será permanente. Al menos eso espero. Regreso andando al hotel, un bungalow no muy lejos de la playa. Me pinto las uñas de los pies.

Es verdad, hoy estoy bien. Bien en un sentido distinto, suave, moldeable, cálido, como una masa recién preparada. Me aferro a ello, lo hundo en mi interior y lo acomodo en un rincón mullido y profundo.

Quizá no dure mucho.

Pero quizá sí.

TERCERA PARTE

Aparecen más Roses:
vidas 4 y 5

13

15 de agosto de 2006

Rose: vidas 4 y 5

Luke se ha plantado junto a mi mesilla de noche. Nunca se acerca a ese lado de la cama. En la mano sostiene un frasco de vitaminas prenatales. Lo levanta.

Lo sacude como si fuera un sonajero.

Produce un ruido intenso y sordo, porque el frasco está lleno.

—Me lo prometiste —dice él.

—A veces se me olvida.

—¿A veces? —Su voz ha adoptado un tono airado. Acusador.

Acepto la acusación. Soy culpable.

Ambos lo sabemos.

—Dije que las tomaría pero no lo he hecho, ¿vale?

He admitido el delito para acabar con esto.

Luke se queda en silencio.

—Es obvio que no quieres tomarlas —dice al cabo.

—Pues claro que no —replico, otra confesión—. Es obvio que no.

Me flaquea la voluntad.

Puedo sentirlo. Es como si mi cuerpo fuera un huevo duro que alguien hace rodar sobre un paño de cocina para desprenderle la cáscara.

Luke y yo no nos hablamos. Llevamos una semana sin apenas dirigirnos la palabra aunque nos crucemos o permanezcamos en la misma habitación. Nos hemos limitado a preguntas corteses («¿Te tomarás lo que queda del café o puedo bebérmelo?») o logísticas («Esta loche llegaré tarde porque el departamento celebra una fiesta»).

Pero luego, día a día, la ira dura y fría que estalló entre nosotros con la pelea ha ido suavizándose, como si la hubiéramos sacado del frigorífico el tiempo suficiente para que empezara a derretirse. No sabría decir qué queda de esa ira o en qué se ha convertido. Nuestras interacciones mínimas han adoptado un tono más amable, más sensible, a veces incluso ligeramente afectuoso. Eso me ha permitido ver el futuro, y decidir que para Luke y para mí el futuro se bifurca, en dos caminos distintos. En uno de ellos seguimos juntos y tenemos un hijo; es decir, seguimos juntos porque tenemos un hijo. En el otro no hay niños y nos separamos; nos separamos porque no hay niños.

¿De verdad sería tan terrible tener un hijo? ¿No puedo limitarme a cerrar los ojos y dejarme llevar? ¿Soy incapaz de tener un hijo que haga realidad los sueños de mi marido y, así, salvar mi matrimonio?

Tal vez todo saldría bien. Tal vez sería fantástico. Tal vez acabaría volviendo la vista hacia esta parte de mi vida y pensando: «¡Qué tonta eras, Rose! ¡Tu hijo es lo mejor que has hecho! ¿Cómo se te pudo ocurrir que no querías vivir una experiencia así?». ¿Acaso no es eso lo que piensan todas las madres después de haber tenido a sus hijos? Me refiero a que son su obra magna y todo eso, como en esa novela de E. B. White, *La telaraña de Carlota*.

A lo mejor la mitad de esas mujeres miente. A lo mejor solo lo dicen porque no hay otro remedio, porque una vez que el niño está en el mundo, ¿qué otra cosa vas a hacer? Un hijo no es algo que pueda devolverse a la tienda.

¿La comparación que acabo de hacer entre un bebé y algo que puedes retornar a Bloomingdale o Nordstrom no es ya una señal? Una advertencia centelleante que dice: «¡Rose Napolitano, no estás muy hecha para ser madre si se te ocurre la idea de devolver un bebé a Bloomingdale!». Nordstrom sería más apropiado, desde luego. Siempre es mejor adquirir el niño en un lugar que tiene como política aceptar todas las devoluciones.

Tumbada en la cama al lado del hombre con quien me casé, me guardo estos pensamientos para mí. Creo que en este silencio ha brotado una triste revelación. Luke y yo estamos, en efecto, en una bifurcación. Y uno de ambos tendrá que moverse pronto hacia una de las dos direcciones.

—Me rindo —digo.

—¿De qué hablas, Rose?

Luke está afeitándose en el cuarto de baño, lleva una toalla alrededor de la cintura y su cara, medio cubierta de espuma blanca, muestra una mejilla cuidadosamente rasurada. Lo miro desde el pasillo, desde el otro lado de la puerta. La luz del aseo está encendida.

—Intentémoslo, ¿vale?

—¿Intentar qué? —pregunta Luke. Pero en su tono hay un destello de esperanza que hace tiempo que yo no percibía.

El hecho de que me obligue a expresarlo en voz alta, de

que necesite oírme decir la palabra «hijo», que «intentemos tener un hijo», se carga mi último atisbo de voluntad.

—Nada, Luke. ¡Uf! Olvídalo. No intentemos nada, ni ahora ni nunca.

Suelta la maquinilla de afeitar en el lavamanos. La espuma blanca deja una nube esponjosa en la cerámica. Sabe que ha metido la pata.

—Solo contesta la pregunta, por favor. ¿Sí?

Muevo de lado a lado la cabeza. Con la espalda apoyada en la pared, me deslizo hasta sentarme en el suelo.

—Rose...

Antes de que pueda evitarlo, tengo las manos tapándome la cara y he roto a llorar. Luke se apresura a agacharse a mi lado; su voz profunda, varonil, una voz que yo adoraba, que no estoy segura de seguir adorando aún, susurra:

—Rose, Rose, ¿qué te pasa? Puedes contármelo.

Es la primera señal de preocupación que ha demostrado desde la pelea.

Querría dejarme consolar, pero no puedo. Soy consciente de que su consuelo procede del hecho de saber que he tirado la toalla, de que voy a concederle lo que quiere. De que ha ganado. Llevamos mucho tiempo manteniéndonos en la cuerda floja en un equilibrio precario, y ahora está a punto de salirse con la suya. Quizá su tono amable esconda también un poco de temor: el miedo de que, justo cuando yo iba a ceder, una pregunta inoportuna le haya arruinado la victoria.

Aparto las manos de mi cara, me recuerdo que aquí soy yo quien ostenta el poder de concederle o negarle el deseo. Es una prerrogativa de las mujeres. No hay nada que el hombre pueda hacer para cambiarlo. Por eso siempre buscan otras maneras de castigarnos, por ese poder que nosotras tenemos y del cual ellos carecen.

—Ya sabes cuál es el problema —le digo—. El problema somos nosotros, Luke.

Acerca la alfombrilla del baño y se sienta en ella con las piernas cruzadas frente a mí.

—Éramos tan felices… —le digo.

—Lo sé.

—Y ahora míranos.

Se inclina hacia delante, parpadea.

—Un hijo cambiaría eso, Rose. Lo sé. Un hijo nos devolvería al punto de partida.

Lo miro fijamente, proceso lo que acaba de decir y el momento que ha escogido para hacerlo. No puede evitarlo, ni siquiera durante unos minutos, ni siquiera después de haberme visto llorar. Es lo que quiere, y debe tenerlo gracias a mí. Quiere un hijo porque yo ya no le basto. ¿Acaso no se da cuenta de eso? ¿No es capaz de captar el mensaje implícito que envía a su esposa cuando ella está más desesperada?

Su mirada tiene ahora un destello salvaje, nervioso.

Por fin, frente a la disyuntiva, tomo una decisión. Parece la única opción viable, porque la otra significa que me quedaré sola.

—De acuerdo, muy bien —digo, y exhalo un largo suspiro—. Intentémoslo, Luke.

14

25 de septiembre de 2007

Rose: vida 4

El taller de carpintería de mi padre está en lo que era el antiguo garaje de la casa donde crecí. Mis padres llevan años sin poder guardar allí sus coches, los aparcan en la calle o, si amenaza nieve, bajo la sombra del inmenso roble que crece justo al borde del patio. Mi madre siempre se queja de que cuando hay tormenta les toca limpiar los coches y quitar el hielo de los parabrisas, o de que cuando llueve les toca mojarse para llegar hasta el coche al salir de casa, pero en realidad no lo dice en serio. Está orgullosa de la habilidad de mi padre. Hace cosas preciosas.

—Papá, ¿puedo entrar? —Abro la puerta solo una rendija.

—¿Rose? ¿Cariño? ¿Eres tú?

Un pasillo corto conecta la casa con el garaje, y es en él donde estoy. Termino de abrir la puerta.

—Hola, papá.

Se vuelve para mirarme. Su silueta alargada está inclinada sobre una mesa y su mano enguantada sujeta un trozo de papel de lija. El suelo está cubierto de serrín. A su lado se encuentra el banco de herramientas. A su espalda, en la pared, hay unos ganchos de donde cuelgan las sillas y los muebles que tiene a medio hacer. Al otro lado del garaje está el gran armario de metal donde guarda los barnices y, a su lado, los tablones de madera. Hoy mi padre lleva unos tejanos amplios y una camisa verde de manga corta. La luz arranca destellos a sus cabellos grises.

—¡Ven a abrazar a tu viejo papá! —Se yergue y se quita los guantes.

Me estrecha entre sus brazos con tanta fuerza que me levanta del suelo.

—¿A qué debo el honor de esta visita? ¿Hoy no das clases?

—No. Este semestre tengo de martes a jueves.

Mi padre sonríe.

—¡A eso se lo llama trabajar!

—Vivo como una reina, papá —comento, y le doy un codazo.

Sus pullas irónicas no me molestan porque mi padre sabe lo mucho que trabajo. Atrás quedan ya las discusiones que mantuve con él y mi madre por mi empeño en sacarme el doctorado para ser profesora universitaria. Me encanta que ahora podamos bromear así y, más aún, el orgullo auténtico que detecto en sus voces cuando me preguntan por el trabajo.

—No quería molestarte. Pensé que podría sentarme aquí y charlar contigo mientras trabajas.

—Tú nunca molestas.

Mi padre va a buscar la silla que guarda en un rincón del garaje. Está pintada del azul casi violeta típico de las hortensias y ha sido mi silla especial desde que era pequeña. La pintó de ese color para mí. Es más grande que las sillas corrientes, más ancha. Mi madre hizo un cojín floreado para el respaldo. Los colores del estampado se han desteñido ya.

—Aquí la tienes, cariño. —Papá la deposita junto a su lugar de trabajo, vuelve a ponerse los guantes y coge otra vez el papel de lija—. Bueno, ¿qué me cuentas de nuevo? ¿Qué tal va todo? ¿Cómo han ido las primeras semanas del curso? ¿Tengo que ir a poner firme a algún alumno?

Me río.

—Aún no, pero me tranquiliza contar contigo, papá.

Le hablo sobre mis clases, sobre el departamento, sobre el nuevo proyecto de investigación que espero emprender.

Siempre me ha encantado verlo trabajar, hacerle compañía. De niña, a veces me llevaba un libro y me quedaba a su lado durante horas, y él seguía a lo suyo mientras yo leía en silencio. No es que mi padre sea muy locuaz, pero es un gran oyente, una presencia que tiene la virtud de transmitir sosiego. En ocasiones escuchamos música. Cuando era pequeña él me ponía sus temas favoritos de los sesenta y de los setenta, y al hacerme mayor lo obligué a lidiar con mis gustos de adolescente. Lo soportaba porque eso significaba pasar más tiempo conmigo.

En los días de sol de primavera y otoño abre la puerta del garaje mientras trabaja para respirar aire fresco y escuchar a los pájaros, pero hoy la tiene cerrada y el aire acondicionado está en marcha. A pesar de que estamos a finales de septiembre, hace un bochorno de verano.

—¿Y qué tal tu vida, papá? —pregunto después de finalizar con mi puesta al día, aunque he obviado la verdadera razón por la que estoy aquí. No tengo el valor de decirla en voz alta.

—Bueno, ya sabes. Lo de siempre, lo de siempre. Hacer muebles para otros y comer lo que tu madre me prepara al final de la jornada.

—¿Algún pedido interesante?

La pregunta lo vuelve más locuaz. Me habla de una serie de armarios que está diseñando para una pareja que se hace traer la madera desde México, una clase de madera que no sé pronunciar y con la que no ha trabajado nunca. Parece emocionado, me cuenta el proyecto con todo lujo de detalles, y cuando termina nos sumimos en un silencio agradable. Lo observo mientras trabaja al tiempo que hago acopio de valor para soltar lo que he venido a explicarle. De vez en cuando, él me lanza una mirada sin que su mano deje de moverse con firmeza, adelante y atrás, sobre la mesa de carpintero.

He apoyado los pies en la silla y me abrazo las rodillas con ambas manos. El roce del papel de lija en la madera es una melodía constante y conocida.

—Es posible que tenga un encargo interesante para ti, papá.

—¿Sí? ¿Qué quieres que te haga?

Me muerdo el labio y pienso en todas las cosas que mi padre me ha fabricado a lo largo de los años. Cuando iba al instituto me hizo una preciosa cama con dosel, a pesar de las protestas de mi madre, quien afirmó que me malcriaba. Me hizo unos marcos preciosos donde puse las fotos de mis amigos, las del baile de graduación y, luego, las de mi boda con Luke. Hizo nuestras mesillas de noche y el escritorio que uso en casa. La mitad de los muebles del hogar de mis padres han salido de sus manos. Todo es hermoso. Todo es especial, como él.

—¿Rose? —Mi padre, que ha parado de trabajar, me mira con curiosidad.

Tomo una buena bocanada de aire.

—Una cuna, papá. Estaba pensando que tal vez podrías hacerme una cuna.

Aún no le he dicho a Luke que estoy embarazada.

Después de prometerle que lo intentaría, creo que pensé que mi cuerpo rechazaría el embarazo. Me pregunté si de verdad era una buena idea que Luke y yo nos embarcáramos en tener un hijo cuando llevábamos tanto tiempo en una fase complicada.

Pero entonces empezaron los cambios. Cambios en Luke, cambios para bien.

El primero fue pequeño y simple. Yo estaba trabajando en casa, sentada a mi escritorio, cuando levanté la vista del portátil y me di la vuelta sobre la silla giratoria. Luke me observaba apoyado en el marco de la puerta.

—Creo que este fin de semana deberíamos salir a cenar —dijo.

—¿Ah, sí?

—Sí. Como cuando éramos novios.

—¿Quieres que tengamos una cita? —Noté el escepticismo en mi propia voz.

Pero Luke no se arredró.

—Me han hablado de un sitio nuevo italiano. Al parecer, hacen unos raviolis caseros estupendos. Podríamos ir el sábado.

Lo miré fijamente.

—Adoro los raviolis caseros.

—Lo sé. Por eso se me ocurrió... Bueno, pensé que podríamos probar ese sitio.

Se quedó parado, sin saber muy bien qué hacer, esperando mi sí o mi no.

Hacía años que no salíamos en ese plan. Estábamos casados, vivíamos juntos, pero en los últimos tiempos nuestra vida en común recordaba más a la de dos compañeros de piso. Compañeros de piso con derecho a roce, sí, y que en apariencia intentaban tener hijos, pero no dos personas enamoradas. No como antes. Yo aún quería a Luke, siempre lo he querido; sin embargo, hacía tiempo que no me sentía enamorada de él. Tanta insistencia con lo del niño, tanta presión por parte de Luke y de sus padres, no es que fuera precisamente un acicate para la pasión. De hecho, era todo lo contrario. Tal vez tampoco él se había sentido muy enamorado de mí los últimos meses.

¿Los casados pueden volver a enamorarse?

—¿A qué viene esto de la cita, Luke?

«¿Es el prólogo para la sesión de hacer niños?».

—¿Acaso hace falta alguna razón?

—Sí —respondí.

Desde que le dije que intentaría darle un hijo, cualquier acercamiento sexual despertaba mis sospechas. A ver, ¿me deseaba a mí o al óvulo que descendía por mis trompas de Falopio?

Luke se metió las manos en los bolsillos de los tejanos y se balanceó primero sobre los talones y luego sobre las puntas. El aire acondicionado estaba puesto y no era exactamente silencioso.

—Es que te echo de menos —dijo—. Echo de menos lo que teníamos. Cómo éramos. ¿Tú no?

Asentí.

—En ese caso, ¿por qué cuesta tanto decidir sobre algo tan simple como salir a cenar?

Me levanté de la silla y pasé por delante de Luke de camino al salón. Me siguió, y nos sentamos en el sofá. Decidí ser sincera.

—Me cuesta confiar en tus motivos, Luke. Todo lo que haces por este matrimonio parece estar relacionado en algún sentido con tu necesidad de ser padre. Incluso invitarme a cenar.

Luke entrelazó las manos y se las miró.

—Supongo que me lo merezco.

Parecía a punto de añadir algo más, pero no lo hizo.

—Escucha —proseguí—, lo que más deseo en el mundo es que tus motivaciones sean simples. Que me propongas ir a ese restaurante porque sabes que a tu esposa le encantan los raviolis. —Fuera, el cielo vespertino enrojecía—. Pero me cuesta creer que no se trata de un plan para convencerme de... no sé, de que le ponga más ganas al embarazo. De que controle mejor mi ciclo, de que tome más vitaminas..., diez, veinte al día si hace falta. ¡O porque has leído en algún sitio que los raviolis aumentan la fertilidad!

Luke se echó a reír.

—Te prometo que eso no lo he leído en ninguna parte.

Lo miré.

—¡Te parece gracioso! Pues no me sorprendería que fuera así. No puedo creer lo mucho que sabes sobre qué comida es buena o mala para los bebés cuando ni siquiera tenemos uno aún. ¡No estoy embarazada, Luke!

La risa de Luke se desvaneció.

—Vale, vale. Lo pillo. Y entiendo que te sientas así, dada la manera como me he comportado.

—¿De verdad?

«Sé sincero, Luke, por favor. Dilo en serio».

Apoyó una mano en el sofá y la dejó entre nosotros.

—¿Me creerías si te digo que la única razón por la que quiero llevarte a ese lugar es porque me consta que mi esposa, Rose Napolitano, adora los raviolis tanto como su marido, Luke, ama el sushi? Y no porque existan segundas intenciones relacionadas con el posible embarazo de esa misma esposa...

Me encogí de hombros con una expresión de escepticismo en la cara.

—¿Quizá?

—¿Puedes intentar creerlo?

Bajo la luz cambiante contemplé a mi marido.

¿Podía?

Parpadeó una vez y luego otra. Tuve la impresión de que estaba nervioso. Algo chispeó en mi interior, el recuerdo vago de un tiempo en que creí que Luke era el único hombre al que podría amar. ¿Cómo sería volver a sentir lo mismo ahora, después de todo lo que habíamos pasado juntos?

La mano solitaria de Luke en el sofá me estremeció. La cubrí con la mía.

—Puedo intentarlo —le dije—. Lo intentaré.

—Entonces, deja que te lo pregunte de nuevo. Rose Napolitano, ¿te apetecería salir conmigo este sábado, solo porque deseo verte contenta y porque soy tu marido y te quiero mucho?

Luke se acercó mi mano a los labios y la besó.

Me reí, y eso rebajó mucho la tensión.

—Sí, Luke. Saldré contigo el sábado, única y exclusivamente porque te quiero.

En cuanto lo dije, sentí que mi cuerpo se quedaba sin fuerzas. Tuve la impresión de que acababa de admitir algo que, entre marido y mujer, en circunstancias normales, debería ser automático, pero que, en las nuestras, me dejaba en una posición vulnerable. Como si acabara de confesarle un secreto.

Sin embargo, entonces Luke sonrió también, con más ganas que yo.

—No había segundas intenciones, Rose. Solo quería hacerte feliz. Te lo aseguro.

Nos quedamos allí sentados, sonriéndonos como dos bobos. Luego Luke descorchó una botella de vino y nos emborrachamos un poco, charlamos durante horas y nos reímos, olvidando, por una vez, todos los problemas que habían estado minando nuestro matrimonio. Cuando Luke depositó la copa de vino en la mesita y se lanzó a besarme, dejé que siguiera, dejé que ambos nos enamoráramos de nuevo sin pensar en lo que saldría de ello o en cuáles serían sus motivos. Esa noche, al acostarnos, en mi interior había brotado una semilla de esperanza y me dormí satisfecha.

A partir de ese día Luke y yo comenzamos el largo y lento acercamiento hacia el otro. Poco a poco la felicidad regresó y empezó a cauterizar las heridas de nuestro amor, de nuestras vidas, de nuestro matrimonio. Lo bastante para que, cuando me hice el primer test de embarazo y vi las dos líneas que aparecían formando un positivo, sintiera temor, sí, e incluso algo parecido al remordimiento, pero también una punzada de esperanza. Quizá, después de tantas peleas y reticencias, tener un hijo con Luke sería algo bueno. No solo para él o para nosotros, sino para mí. También para mí.

—¿Una cuna?

La mirada de mi padre está cargada de incertidumbre. El papel de lija se ha arrugado por la firmeza con que lo aprieta.

Debe de ser la única persona en el mundo, aparte de Jill, que nunca me ha presionado lo más mínimo sobre el tema de los hijos, nunca me ha dado la vara con la maternidad ni ha cuestionado por qué siempre he sido alérgica a ella.

—No me gusta lo insistente que Luke se muestra contigo —dijo no hace mucho, después de que mi madre le contara que mi marido y yo habíamos discutido sobre el tema de los niños.

Me lo dijo por teléfono mientras yo volvía a casa de la

universidad. Pasaban coches, haciendo sonar los cláxones, la gente caminaba y arrastraba los equipajes al bajar del tren. Mi padre no tenía que especificar cuál era el objeto de la insistencia de Luke. Ambos lo sabíamos.

—No pasa nada, papá —le dije, aunque sí que pasaba, y por eso Luke y yo no parábamos de discutir.

—Tú sabes lo que te conviene, Rose, y confío en tu buen juicio. Tú también deberías confiar en él.

—Gracias, papá.

La conversación pasó a versar sobre temas menos polémicos, como la tormenta que se avecinaba y que se esperaban chubascos intensos durante un día entero.

Mi padre aún aguarda una respuesta. Sus ojos buscan los míos.

—Sí, papá. Una cuna. —Suelto todo el aire y luego ensayo mentalmente las palabras que mis labios aún no han pronunciado—. Porque estoy embarazada. —Por fin lo he dicho.

Mi padre es la primera persona en saberlo.

—Cariño... —Es lo único que sale por sus labios.

—Estoy intentando hacerme a la idea.

El sudor cubre la frente de mi padre, y se lo enjuga con el dorso de la mano.

—Rose, ¿estás segura de que quieres tenerlo?

Los ojos se me llenan de lágrimas.

—Papá...

Me encanta que mi padre me recuerde que existen opciones, que todavía puedo decidir entre seguir adelante o no en función de si es lo mejor para mí. Y lo ha dicho sin titubear.

En los segundos que transcurren entre su pregunta y mi respuesta, vuelvo a pensar en el ciclo de esperanza, duda, luego esperanza y luego más duda que me ha rondado la cabeza desde que me hice el primer test de embarazo, después el segundo y por último el tercero. Y siempre acabo decantándome por la esperanza, por ese lugar donde mi marido y yo hemos encontrado el camino de regreso al amor y a esa posibilidad nueva que supone un hijo.

—Voy a tenerlo —le digo a mi padre—. Tendré este bebé. Así que... ¿me harás una cuna, papá?

—Claro que te haré una cuna. —Suelta el papel de lija arrugado, se quita los guantes y los deja en la mesa que tiene a medio lijar. Abre los brazos para acogerme entre ellos—. Te haré la cuna más bonita que has visto en toda tu vida.

Esa noche, ya en la ciudad, mientras camino a casa desde la estación de tren decido que le contaré a Luke lo que acabo de explicarle a mi padre.

—Luke... —Lo llamo en cuanto entro en el piso. Está en la cocina, poniendo la pasta a hervir—. Hay algo de lo que tenemos que hablar.

Se vuelve hacia mí y repara en que estoy sin aliento; me mira con curiosidad divertida, como si no supiera qué pensar ni tuviera ni idea de si eso de lo que quiero hablarle es bueno o no tan bueno.

—Hoy he ido a ver a mi padre —prosigo.

Luke sostiene un cucharón de madera que gotea.

—¿Ah, sí?

—Sí. Y me ha dicho que está absolutamente dispuesto a hacernos una cuna.

Cuando la cara de mi marido se ilumina y el brillo alcanza sus ojos y su sonrisa, por mi cabeza pasa un pensamiento fugaz, una reflexión difusa que me dice que tal vez todo esto haya merecido la pena, que tal vez todo saldrá bien, y que tal vez algún día recordaré este momento y podré afirmar que tener un hijo fue la mejor decisión que he tomado en mi vida.

15

25 de septiembre de 2007

Rose: vida 5

El restaurante está hasta la bandera, hay clientes por todas partes, la cola atraviesa las puertas de cristal y llega hasta la calle. Empieza a caer la noche, pero hace aún una tarde perfecta; es uno de esos días entre el verano y el otoño que tienen lo mejor de ambas estaciones. Calor sin bochorno, brisa sin viento, una frescura en el aire que no alcanza a ser fría. Un lujo. La clase de tiempo en el que te apetece sumergirte, que te recibe con los brazos abiertos, que te relaja todos los músculos y te acaricia la piel. Un tiempo que te baja la guardia.

Mi guardia está bastante baja.

¿Hasta qué punto?

Me abro paso entre el bullicio de la gente, las risas, los ligoteos, las manos que sostienen copas de vino, los clientes que esperan para recoger sus pedidos…, hombres con mujeres, mujeres con hombres, mujeres con mujeres, etcétera, etcétera. Me dejo contagiar por su alegría, me empapo de ella mientras voy hacia la barra; absorbo la lujuria que flota en el ambiente, un poco descentrada, la verdad, tal vez incluso un poco fuera de mí.

Es una barra larga y ancha, de mármol reluciente, abarrotada a excepción de un asiento libre al lado de un hombre que está solo. Tiene una revista delante, doblada para no ocupar mucho espacio, y sujeta con los dedos un vaso chato lleno de un líquido dorado. ¿Bourbon? ¿Whisky? Lee con la cabeza inclinada, y ese gesto expone su piel desde el cuello de la camisa hasta el inicio del cabello.

Voy hacia él.

Este asiento es para mí.

Me acomodo sin decir palabra, tan solo con una sonrisa que proclama lo contenta que estoy de hallarme aquí y de haber ocupado precisamente este asiento. Luego cuelgo el bolso de la repisa de la barra, cruzo las piernas, una sobre otra, dejando las rodillas visibles por debajo del vestido verde sin mangas que me he puesto, y giro un poco el cuerpo hacia él.

Hacia ese hombre que no es Luke, ese hombre que no es mi marido.

Thomas.

Una parte de mí se pregunta si todo esto es un sueño o una alucinación.

Thomas se vuelve hacia mí, me mira a los ojos, me devuelve la sonrisa.

No. No, no se trata de una alucinación.

—Ya has llegado —dice en un tono bajo y tranquilo que contrasta con el griterío y las risas del local.

Tengo que inclinarme hacia él para oírlo.

¿Lo ha hecho con esa intención?

—Ya te dije que vendría.

—Lo sé, pero…

—Pero ¿qué?

—Pensé que podrías cambiar de parecer.

—No. Eso ni se me pasó por la cabeza. Ni me he planteado no acudir.

Su sonrisa se amplía.

—Yo tampoco.

Ahora sonreímos los dos, como esos estudiantes de secundaria con los que siempre me cruzo cuando voy hacia el metro. Parejas que se abrazan contra muros con manchas de humedad o en mitad de los andenes, bocas ávidas que sorben, lamen y se besan sin pensar en otra cosa. Siempre me ha gustado ver esas indisimuladas muestras de cariño, ese deseo. Casi me enorgullezco de ellos. Siento nostalgia por esa urgencia, la misma que nos perseguía a Luke y a mí al principio pero que no tardó en ser desplazada por la realidad de la vida adulta, por las carreras profesionales de ambos, por las decisiones acerca de viviendas y de tareas domésticas. Por las preguntas sobre esos hijos que aún no existían y que tal vez no existieran nunca.

—Me alegra volver a verte —digo a Thomas, y de repente soy consciente del paso que estamos dando.

La emoción y la tensión que noto en el cuerpo al estar cerca de Thomas están presentes en todas mis palabras y en todos mis gestos. Están en el aleteo de mis pestañas y en mi tono abiertamente seductor. Me imagino acercándome a él, posando los labios en los suyos sin el menor disimulo, en medio del bar, delante de toda la clientela del restaurante.

¿Él está imaginando lo mismo?

El camarero está frente a mí.

—¿Qué le sirvo?

—¿Tienen Sancerre? —le pregunto.

—Sí.

—Pues una copa de Sancerre, por favor.

Ni siquiera he dudado.

Y debería hacerlo. En teoría, debería sentirme horrorizada por tomarme con tanta naturalidad lo que sin duda es una catástrofe inminente. Pero esta noche no hay prudencia que valga, quiero ser imprudente, estoy dispuesta a encajar todas las posibles catástrofes, las calamidades que están lejos y cerca a la vez, y sobre todo esa que me mira con ojos pardos, más verdes que marrones, y que está a pocos centímetros de distancia. Casi rozándome.

Y mis dedos sucumben a la tentación del roce. Tocan su hombro, se deslizan levemente por su espalda.

La espalda de Thomas. De Thomas, que no es Luke.

—Yo también me alegro mucho de volver a verte, Rose —admite un poco más tarde, como si cada gesto de acercamiento hacia el otro, hacia todas las cosas que en realidad no deberíamos estar haciendo (quedar, tomar algo juntos en un bar, tocarnos con dedos, manos y cuerpos), cada pequeño paso requiera un nuevo saludo, otra confirmación, una serie de asentimientos mutuos.

La manera en que Thomas habla, el tono que usa, me dice todo lo que necesito saber. Es diáfano y acogedor, sí, una puerta abierta a todo esto (a él, a mí, a los dos juntos en un bar encantador en esta tarde preciosa), lleno de promesas, preñado de posibilidades.

Preñado como yo.

Estoy embarazada.

—Creo que voy a vomitar.

No se lo susurré a nadie en particular. Estaba de rodillas en el cuarto de baño con el estómago revuelto, las manos temblorosas y todo el cuerpo tiritando de frío como si estuviéramos en invierno cuando era pleno verano.

Luke y yo nos alojábamos en la casita de la playa que mis padres alquilaban para los fines de semana; fuera, las olas rugían porque se había desatado una tormenta. Reflejaban la sensación de mis tripas: aguas blancas agitadas, turbulentas, que no paraban de subir y bajar una y otra vez. Respiré hondo, solté el aire, y volví a inspirar. Los azulejos del cuarto de baño eran de un blanco reluciente que casi me obligaba a parpadear. Un antiguo lavamanos emergía del suelo, solitario, majestuoso y sólido.

Me mecí, con las manos apoyadas en el vientre, a punto de vomitar pero sin llegar a hacerlo. ¿Cuánto tardaría en pasarse ese mareo? ¿Enseguida? ¿Nunca?

Alguien llamó con suavidad a la puerta.

—Rose, ¿te encuentras bien?

En la casita solo estábamos mi madre y yo. Luke se había ido con mi padre a visitar un museo de helicópteros, una de las atracciones que ofrecía ese diminuto pueblo de Nueva Inglaterra. Mi madre les había dado una lista de cosas para que las compraran en el supermercado en el camino de vuelta, así que estarían un buen rato fuera.

—No sé —dije con voz débil, mi aliento era tan tembloroso como mi voz.

—¿Puedo entrar?

—Sí...

Apoyé la frente en el borde del inodoro. Es increíble lo que alguien puede hacer cuando tiene el estómago revuelto: posar la cabeza en un suelo sucio, pegar la mejilla al retrete. El barómetro del asco deja de funcionar.

—¡Cariño! ¡Qué mala cara! ¿Has comido algo que te ha sentado mal? Habrán sido las gambas que tomamos ayer al mediodía en aquel barucho de carretera.

La mera mención de las gambas, el propio sonido de la palabra, hizo que mi cuerpo se rebelara. Metí la cara en el inodoro. Pero nada. La saqué de nuevo, apoyé la frente y el codo en el borde curvilíneo del retrete y miré a mi madre.

—No sé lo que es.

Mi madre se dejó caer hasta el suelo y se cruzó de piernas.

—No te preocupes. Se te pasará enseguida. Seguro. Estas cosas nunca duran mucho.

La presencia de mi madre, dispuesta a sentarse en el suelo sin el menor miramiento para acompañarme, me ofreció más consuelo del que esperaba. Es increíble lo mucho que necesitamos a las madres hasta cuando somos adultos. Me invadió un sentimiento súbito de gratitud.

—También pudo ser la langosta de anoche —prosiguió mi madre—. Aunque espero que no. Ya sabes que es de esas cosas que, si te sienta mal, debes dejar de comer para siempre, y no querría que ese fuera tu caso. ¡Con lo que te gusta la langosta! Desde que eras pequeña... ¿Recuerdas cómo solías disfrutar hurgando en las patas para sacar los trocitos de carne? Tu padre y yo observábamos el tiempo que te demorabas con cada una. Nos parecía muy gracioso.

—Mamá —balbuceé—, ¿podemos dejar de hablar de comida?

—Ay, claro. ¡Lo siento! Bueno, veamos... qué otra cosa...

Se produjo un silencio de esos que revelaban que mi madre estaba dando vueltas a algo en su cabeza.

—¿Qué, mamá?

—Hummm... No estoy segura de si debería decirlo.

Moví un poco la cabeza, nada, apenas un centímetro, lo necesario para mirarla a los ojos.

—Ahora haz el favor de decirlo, mamá. No estoy para intrigas en este momento.

—Es que a lo mejor te enfadas.

—No me quedan fuerzas para enfadarme.

—Prométeme que no te disgustarás si te digo lo que pienso.

—¡Mamá!

Apoyó ambas manos en el suelo y se inclinó hacia delante, hasta que la barbilla le quedó a milímetros del retrete.

—Bueno, pues se me ha ocurrido que podrían ser náuseas matutinas. Que, por cierto, pueden darse a cualquier hora del día a pesar del nombre. Pero, claro, no puede tratarse de eso porque estás en contra de tener hijos, desde siempre. A menos que... A menos que Luke y tú hayáis cambiado de opinión y se te haya olvidado comentarnos a mí y a tu padre que lo estáis intentando. —Se echó un poco hacia atrás, como si quisiera marcar distancias por si me abalanzaba sobre ella. Su voz se convirtió en un murmullo—. ¿Ves por qué no quería decirte nada?

Y entonces, después de todos los estertores estériles, por fin agaché la cabeza en el inodoro y vomité. Mi madre me sostuvo, me abrazó, hasta que todo acabó. Luego me dio unos pañuelos de papel para que me secara la boca. Nos quedamos allí sentadas, sin decir nada, mientras las náuseas de mi estómago se desvanecían y el cerebro empezaba a funcionarme con normalidad otra vez.

¿Podría estar embarazada?

Sí. Sí, era posible.

Mierda.

En cuanto mi madre lo insinuó, supe que estaba en lo cierto. Que no se me hubiera pasado por la cabeza durante la hora entera que había estado tirada en el suelo, al borde del retrete, era incomprensible. Supongo que no lo buscaba y que no había aceptado por completo la idea de que mi cuerpo sucumbiera al embarazo, como si la resistencia mental fuera capaz de desconectar el sistema reproductor; como si todo se redujera a una cuestión de fe y, por lo tanto, no pudiera aplicarse a una atea del embarazo y de la maternidad como yo. En los últimos tiempos había fingido una especie de cesión hacia esas cosas, pero dicha actitud tenía más que ver con seguir la corriente a mi marido y así salvar mi matrimonio.

—¿En qué piensas, cariño?

—En que podría estarlo —susurré, sin atreverme a pronunciar la palabra.

—Tengo razón, ¿verdad? ¿Estás encinta?

Por encima de la preocupación, de la inquietud y del temor de estar pisando un terreno peligroso, distinguí en el tono de mi madre un destello de emoción. Por fin iba a hacerla abuela. Lo que más deseaba en el mundo y lo que, a la vez, jamás había esperado ver cumplido.

—Creo que sí —le dije.

Para ser justos con ella, en lugar de felicitarme contestó con una pregunta.

—¿Y esto cómo te hace sentir?

En ese momento intenté alegrarme, pulsar el interruptor de la maternidad. Intenté sumergirme en ese goce misterioso que comporta llevar dentro de ti a un bebé.

Pero ¿qué sentí en realidad?

Arrepentimiento. Miedo. Agobio.

Rabia.

¿Qué había hecho?

La palabra «aborto» flotó por mi cerebro como un bote salvavidas.

¿Podía nadar hacia él? ¿Debía hacerlo?

Si Luke se hubiera avenido a frenar su obsesión por los hijos durante un minuto, si hubiera dejado de controlar mi calendario menstrual y todo lo que comía desde que accedí a intentarlo... Si se hubiera conformado con volver a ser el Luke de siempre, el hombre que conocí y de quien me enamoré al final de la carrera, que era feliz haciendo el amor conmigo porque era yo, Rose, y no la madre en potencia de su hijo, quizá todo habría sido distinto. Quizá así ahora me alegraría del hecho de estar embarazada.

Hasta nosotras llegó el ruido de la puerta, que se abrió y se cerró, seguido de las voces amortiguadas de Luke y mi padre.

Arrugué los pañuelos con la mano izquierda.

—Mamá, prométeme que no dirás nada de esto a nadie.

Se inclinó para darme un beso en la frente.

—Te lo prometo, cariño. Te quiero. Todo saldrá bien. —Me miró a los ojos durante unos segundos—. De verdad.

—Yo también te quiero.

El camarero me sirve el vino y cojo la copa para acercármela a los labios. Doy un sorbo largo, disfrutando de sus notas ácidas y frescas. En cuanto se desliza por mi garganta, bebo otro sorbo; su sabor intenso y fuerte me parece perfecto.

—¿Está bueno? —pregunta Thomas.

—Sí. Hacía tiempo que no probaba el vino —le digo.

No lo he probado desde que me enteré de que estaba embarazada, pero eso me lo callo. Gracias a Dios no se me nota nada. Falta poco para que acabe el periodo en que puedo recurrir al aborto. Es en lo primero que pienso cuando me levanto, todos los días. En el aborto. ¿Debería hacerlo? ¿Voy a hacerlo? Pero sé que no. Prometí a Luke que intentaría esto del niño y estoy cumpliendo mi palabra. Lo que nunca le prometí es hacerlo de manera impecable.

Doy un nuevo sorbo y sonrío hacia la copa.

Resistencia.

Esta es mi muestra de resistencia, mi «Que te den, Luke»

en forma de copa de vino, parte de una rebelión que llevo urdiendo desde el momento en que ese estúpido palito de plástico y sus líneas dobles me comunicaron la noticia, desde que me encontré en esa ridícula posición de «mujer que siempre proclamó que no tendría hijos y que ahora espera uno». Gestante. Siempre he odiado esa palabra, seguro que se la inventó un hombre.

Pero no hay más culpable que yo, ¿no? Esto es lo que me pasa por ser cobarde, por querer salvar mi matrimonio a toda costa, por temer que Luke me cambie por cualquier mujer dispuesta a darle un hijo. Aquí tengo el premio de consolación, signos positivos y líneas y síes en palitos de plástico empapados de orina. Las consecuencias de mi pánico a quedarme sola.

Thomas acerca su taburete hacia el mío.

Esto no es más que otra consecuencia. Thomas forma parte de mi gran «Que te den, Luke».

Thomas y yo nos conocimos cuando pronunció una conferencia sobre una investigación suya que habíamos patrocinado desde mi departamento. Es sociólogo, como yo, en otra de las universidades de la ciudad. Conectamos al instante. Durante la recepción que siguió a su ponencia nos pasamos la velada charlando hasta que en la sala apenas quedó nadie más. Incluso Jill, que asistió al acto, se había marchado hacía rato. Cuando comentó que se hacía tarde y me preguntó si me iba con ella, le respondí con un claro movimiento de la cabeza. Le dije que me quedaba un rato más, lo cual la hizo reaccionar con una mirada de incredulidad que decía a las claras: «¿Qué diablos estás haciendo, Rose?».

Esa noche me dije que no había nada de malo en departir con un colega nuevo e interesante. ¿Acaso estaba prohibido? Pero a medida que pasaban las horas y yo iba siendo más consciente de la cercanía de Thomas, de su voz, de sus ojos y de todas y cada una de sus palabras, empecé a darme cuenta de que estaba en un lío. Y cuando nos despedimos, después de intercambiarnos los números de teléfono, a una parte de mí ya le importaban un bledo los posibles problemas.

Thomas observa su vaso, como si estuviera meditando sobre algo.

¿En qué piensa? ¿Tiene eso algo que ver con el hecho de que es un hombre soltero que está tomando una copa con una mujer casada? Quizá se lo esté repensando todo.

También yo me acerco a él. Me acerco tanto que nuestros muslos se rozan. Ninguno de los dos hace nada por evitarlo.

Me invade una especie de goce por el peligro. Tengo el cuerpo invadido por un bebé al que he cedido el espacio, pero al hacerlo también he cedido a otras fuerzas que escapan a mi control. Fuerzas que me resultan más agradables, que me hacen sentir caprichosa y al mismo tiempo feliz de sucumbir al capricho. Me siento glotona.

Thomas levanta la vista del vaso y, un segundo después, la posa en mí. Sonríe.

No va a marcharse.

Ojeo la revista que Thomas está leyendo, la que dejó a un lado en la barra cuando llegué.

—¿De qué iba el artículo? —le pregunto.

Quiero saber todo lo que pueda contarme. Tengo hambre de sus palabras, hambre de él.

Mientras responde me acabo el vino. Y pido otra copa.

La tarde en que me hice todos los test de embarazo, cuando salí corriendo hasta la farmacia para comprar más y bebí innumerables tazas de café helado y vasos de agua para hacer pis una y otra vez, Luke estaba en una sesión de fotos. Al llegar me encontró en la cocina, preparándole la cena.

Seguí todos los pasos que requiere una celebración fastuosa. Filete de nuestra carnicería favorita, una muy cara donde solo comprábamos para ocasiones especiales. Patatas rellenas, brócoli salteado con ajo, champán (para Luke, aunque yo pensaba beber un sorbo durante el brindis por nuestro futuro hijo). La carne todavía chisporroteaba cuando la puse en la bandeja, lista para ser cortada con el cuchillo afilado de sierra que había escogido para ello. Calculé a la perfección el tiempo a fin de tenerlo todo a punto cuando Luke entrara por la puerta.

Se suponía que estaba emocionada por la noticia. Intentaba estarlo.

Lo intentaba con tanto ahínco que me dolía la cabeza.

—¿A qué viene todo esto? —preguntó Luke mientras se me acercaba por la espalda—. ¡Vaya, champán! ¿Has comprado champán para un martes por la noche?

Cogí el cuchillo.

—¿Rose?

Cogí el tenedor con la otra mano, lo clavé en la carne y empecé a filetearla, un hilo de sangre oscura se derramó sobre la fuente de porcelana blanca que unos amables invitados a nuestra boda nos habían regalado. No podía hablar. No podía levantar la vista ni mirar a Luke.

Me quitó ambos utensilios y los dejó en la encimera. Luego sus manos se posaron en mis brazos, obligándome a darme la vuelta.

—¿Por qué lloras?

—No lo sé —dije.

Pero lo sabía.

Y Luke también.

—Cuéntamelo —me animó Luke con una voz que, pese a delatar preocupación, no lograba disimular del todo el nerviosismo subyacente.

Era incapaz de articular palabra, incapaz de contestarle. Quería morirme. Quería retroceder y deshacer todo lo que habíamos hecho, todo lo que yo había hecho, mantener de nuevo aquella estúpida discusión sobre las vitaminas y terminarla de manera distinta, abandonando a Luke, abandonando ese matrimonio. Había sido una boba al pensar que un hijo cerraría la brecha que se había abierto entre mi marido y yo, porque tenerlo nos separaría de todos modos. Pero lo que era aún peor, lo que no había previsto a pesar de que debería haberlo hecho, era que tener ese hijo iba a separarme de mí misma.

La vi con claridad. Vi a la Rose que yo era de verdad, la auténtica Rose, esforzándose por respirar, por encontrar su voz, por seguir viviendo, atrapada en esta otra y nueva Rose a la que no se le había ocurrido nada mejor que quedarse preñada de un hombre que ni siquiera se parecía a la persona con quien se había casado. Esta Rose que había doblegado su voluntad y sus propios deseos, que había renunciado a la elección que le correspondía por falta de valor para mantenerse firme.

«¿Cuál de las dos Rose saldrá vencedora?», me pregunté.

Mientras mi marido esperaba una respuesta, que le dijera algo, lo que fuera, me percaté de que las cosas siempre iban a terminar así. Luke solo podía salirse con la suya si yo renunciaba a mi decisión. Su alegría, su felicidad suponían mi renuncia. Estaba dándole lo que tanto quería, pero al hacerlo sacrificaba mi cuerpo y mi tiempo. Me sacrificaba a mí. Me había sacrificado a mí misma.

Mi llanto se volvió más copioso.

—Rose —repitió Luke.

—Lo siento —dije, pero la disculpa no iba dirigida a él.

Idiota, idiota, idiota. ¿Cómo había podido ser tan idiota? ¿Cómo me había hecho algo así? ¿Por qué había accedido? ¿Por qué no había luchado más por mí misma, por lo que sé que es mi verdad? Y ahora estaba atrapada. Tendría ese bebé. La alternativa me señalaría como un monstruo, un monstruo peor incluso del que era antes, cuando sencillamente no quería quedarme embarazada. Si ahora que lo estaba recurría al aborto, si abortaba ese hijo que Luke y su familia tanto deseaban, me convertiría en un monstruo asesino de niños. Y el divorcio sería, sin duda, el paso siguiente.

La presencia de Luke a mi espalda, sus brazos rodeándome me hicieron sentir presa, entre barrotes que cercaban mi cuerpo.

Me zafé de él y me dirigí hacia la mesa que había puesto con tanto esmero.

—Me he hecho un test de embarazo —le dije por fin.

Se sentó frente a mí.

—Deduzco que la prueba ha dado positiva.

Percibí su desesperación a pesar de mis lágrimas.

—Sí —logré pronunciar.

Luego cogí la botella de champán, que había descorchado antes de la llegada de Luke, y me serví una copa generosa. Me la bebí de golpe, de un solo trago, como hacen los alumnos con las jarras de cerveza. El burbujeo que noté en la garganta fue el primer momento satisfactorio del día.

Luke me observaba, alarmado.

—Rose, no puedes hacer eso.

—Claro que puedo. —Me serví otra copa, la llené tanto como pude sin que se derramara—. Esta noche puedo hacer lo que me dé la gana. Mañana ya empezaré a preocuparme de todo lo que hace falta para que no haya problemas con el niño.

Hizo amago de quitarme la copa, pero la aparté. El champán salpicó el suelo. La mirada de Luke, consternada por el bebé, claro, ya desde entonces, amplió la profundidad del odio que yo sentía, tiñéndolo de un intenso color magenta, el mismo del buen vino tinto.

—Vale, mañana —dijo Luke, y se levantó para servirse el filete que reposaba sobre un charco de sangre, ya casi frío.

Thomas y yo seguimos conversando en este ambiente elegante. Nos sonreímos. Pedimos algo de comer, más bebida, nos disponemos a pasar la tarde juntos.

No podría estar más contenta.

La gente dice que la maternidad supone un cambio absoluto, que te renueva del todo. Creo que si el bebé que llevo dentro tiene algún designio al respecto de mi ser, si él o ella planea crecer dentro de esta mujer, de esta Rose, tendrá que enfrentarse a la Rose de verdad, la Rose real que se aferra a su vida. Cambiaré, claro, pero el cambio me convertirá en una mujer que engaña a su marido. En una Rose que se rebela contra todo. En la antimadre.

El primer acto oficial de mi antimaternidad se produce en este restaurante, después de unas cuantas copas, cuando decido besar a Thomas mientras la noche cae como un manto de gasa sobre la gente, creando un velo de intimidad entre la luz de las velas.

Me inclino hacia él, sonriente de nuevo, mirándolo a los ojos con los míos entornados, como si asumieran un riesgo.

Esta vez, cuando ambas sonrisas se encuentran, le acaricio el cuello con la mano, deslizo los dedos por la piel de su nuca. Cruzo todas las distancias hasta que nuestros labios se conocen de verdad por primera vez.

Y siento que con ello vuelve un trozo de mí, de mi auténtico yo.

16 de julio de 2010

Rose: vida 2

Barcelona no se parece a ninguna de las ciudades en las que he estado a lo largo de mi vida. Su barrio Gótico tiene una estructura circular que va creciendo hasta convertirse en un laberinto de piedra, de callejuelas estrechas pavimentadas con adoquines donde apenas entra el sol.

—Es ahí mismo, Rose. ¡Por aquí!

Mi tía Frankie me coge del codo para guiarme hacia nuestro destino. Camina con paso ligero, el borde de su vestido roza el suelo y ella parece flotar en el aire.

—Ya voy, Frankie —le digo, y me río.

Es una persona enérgica, nerviosa. El cielo que nos cubre es un lienzo de un azul perfecto que aparece por encima de los edificios, el sol no ha llegado a su cenit pero brilla con ganas. El calor que noto en la cara, el calor del día, se añade al maravilloso paseo que hemos dado. Estoy bien. Me siento bien. ¡Estoy viva!

—Mira este sitio, Rose. ¿No te parece maravilloso?

La calle, que unos pasos atrás era tan estrecha que podías tocar ambos lados con solo extender los brazos, se ha ampliado al llegar a una especie de cruce, un punto de intersección entre tres calles. En el centro se alza un edificio triangular, cuya planta baja alberga un restaurante, con una terraza repleta de clientes que llegan hasta el exterior. Hay gente sentada en taburetes o de pie alrededor de mesitas altas. Charlan, se ríen, alzan la voz mientras se acercan a los labios copas de cava, vino o cerveza. ¿Quién bebe agua a la hora de comer? Aquí, nadie.

—Mira, hay un hueco ahí —dice Frankie, y se apresura a ocuparlo lanzando su capazo sobre uno de los taburetes redondos. Hace señas para llamar a un camarero al que se dirige en un catalán perfecto.

—¿Qué le has dicho? —pregunto.

Me señala un taburete vacío y me siento en él de un salto.

—He pedido una botella de tinto, una ración de queso manchego, pimientos asados… Los probaste anoche, ¿recuerdas? Esos que a veces pican. Y una ración de boquerones y una bomba. —Sonríe y se le iluminan los ojos.

—¿Qué es una bomba?

—Es mi tapa favorita, pero solo las de este restaurante. A ver, es una bola gigante de puré de patatas con carne en el centro, y todo frito y crujiente. ¡Dios, empiezo a salivar con solo pensarlo!

—¿Puré de patatas frito? —El estómago me brinca de alegría. Estoy hambrienta, y encantada de transgredir mis normas bebiendo vino a las dos de la tarde—. ¡Suerte que hemos pasado la mañana entera caminando!

Frankie se encoge de hombros sin dejar de sonreír.

—¡No acabo de creerme que estés aquí!

Lleva todo el día repitiendo lo mismo. Es agradable sentirse bien recibida. Que te quieran con tanto entusiasmo y sin el menor disimulo.

—Yo tampoco —le digo.

Y es la verdad. ¿Por qué retrasé tanto este viaje? Siempre

encontraba una excusa para no hacerlo: demasiado ocupada en el instituto, demasiado ocupada en la universidad, demasiado ocupada con el noviazgo y el matrimonio, demasiado ocupada con la tesis y las investigaciones. Siempre había dejado que el trabajo marcara mi agenda, centrada en proyectos y conferencias en lugar de ir simplemente adonde me apeteciera sin más razón que esa.

¿Por qué he tenido que divorciarme para dilucidarlo?

¿Para abrir mi vida a cosas nuevas y nuevas opciones?

Quizá Luke me hiciera un favor cuando me puso los cuernos. Eso adujo él, a pesar de que yo no paraba de repetirle que se equivocaba. Yo no quería el divorcio, y estaba en mi derecho de no quererlo.

Divorciarse es el proceso opuesto a estar ocupada. Es una especie de hueco en el tiempo y el espacio de la vida de alguien, un alejamiento de la responsabilidad, del sentido y del propósito, de las obligaciones con tu cónyuge. Me descubrí vagando de un lado a otro, suelta y libre de ataduras hasta extremos desconcertantes. No podía centrarme ni encontrar una tabla a la que aferrarme. Así que, cuando Frankie me escribió diciéndome que Xavi estaría fuera un mes durante mis vacaciones de verano, no me lo pensé dos veces y acepté de inmediato su invitación: «Sí, claro que iré, y me quedaré contigo tanto tiempo como me acojas».

Llega el camarero con el vino, descorcha la botella y llena dos copas enormes casi hasta el borde. Sonríe a Frankie, le dice algo en catalán y los dos se ríen. Es atractivo, y más o menos de mi edad.

—Su amiga habla un catalán perfecto —me dice en un inglés con un marcado acento extranjero.

—En realidad es mi tía.

—¿Su tía? No puedo creerlo.

Se vuelve hacia Frankie, le suelta un torrente de palabras y luego se va, abriéndose paso entre las mesas, con el sacacorchos alzado como si fuera un trofeo.

—¿Siempre ligas con los camareros? —pregunto a Frankie.

Se encoge de hombros.

—No estaba ligando.

Le lanzo una mirada cargada de escepticismo.

—Bueno, pues él sí.

—¡Por tu viaje a Barcelona! —exclama Frankie, proponiéndome un brindis.

Entrechocamos las copas.

—Gracias por invitarme. Y por no tirar la toalla conmigo, Frankie. —Empiezo a contagiarme del ambiente festivo que reina a mi alrededor—. Esto es increíble.

—Hablando de ligar, quizá deberías probarlo, Rose.

—¿Tú crees?

—¡Claro! Con los camareros, con los turistas, con los barceloneses. ¡Eres una mujer soltera! ¡Diviértete!

Llega un platito con pimientos y otro con queso; esta vez los ha traído otro camarero. Como un trozo de queso y otro más, después un pimiento; deseo llenarme un poco el estómago antes de seguir con el vino.

—Tal vez —casi concedo, y Frankie se ilumina al oírme—. Pero no te hagas ilusiones —le advierto, porque la conozco y sé que es de esas personas que hablan con cualquiera.

No necesita que la presenten para iniciar una conversación con alguien. Así entró Xavi en su vida. Estaba sentado a la mesa contigua, a ella le pareció mono y se puso a hablar con él, sin más.

—¿Echas de menos a Xavi? —pregunto para cambiar de tema.

—Sí. Quiero a ese hombre —afirma Frankie.

Mientras damos cuenta del queso, de los pimientos y de la famosa bomba, hablamos sobre el viaje de Xavi, de su vida en común, de las reformas que justo acaban de finalizar en su precioso apartamento del barrio del Born que cuenta con una terraza con vistas a las torres de la catedral gótica.

—Quiero un cuarto de baño como el tuyo —murmuro al recordar la ducha que he tomado esta mañana en un espacio acristalado de suelo a techo que daba a la azotea. Sus únicos vecinos son los pájaros que sobrevuelan el campanario, así que no hay ningún problema en disfrutar de un cuarto de baño inundado por la luz del sol.

—Puedes quedarte tanto tiempo como quieras —dice Frankie, y no es la primera vez que lo hace desde mi llegada.

—¡Estoy encantada de que mi padre tenga una hermana tan estupenda!

—¡Oh! ¡Rose! —Me coge la mano y la aprieta con fuerza.

Llegan los boquerones. Doy un trago largo a mi copa de vino. Empiezo a notar su efecto en las piernas, ese leve y agradable mareo, esa relajación que se extiende por todo el cuerpo.

—¡Y ten cuidado con esa oferta de que me quede tanto como quiera! Podría tomarte la palabra.

—¡A Xavi y a mí nos encantaría! ¿Para qué tenemos el cuarto de invitados? Podrías pasar aquí tu próximo año sabático.

Me río. Frankie vive con gran libertad. Ella y Xavi viajan mucho, tienen gente a cenar continuamente. Llevan la clase de vida que muchas personas anhelan, viven esa clase de sueño que solo se ve en las películas.

—Pues no creas que lo descarto —admito—. ¿Por qué no? En realidad, no hay nada que me impida pasar un semestre en Europa.

«No hay un Luke que me lo impida», me digo, incapaz de mantenerlo alejado de mis pensamientos. Para mi sorpresa, la descarga de dolor que suele acompañarme siempre que pienso en él se ha desvanecido un poco. Sigue ahí, pero se ha vuelto menos punzante con el paso del tiempo.

Frankie levanta la copa y volvemos a brindar. Se asegura de mirarme a los ojos cuando dice:

—¿Por qué no lo haces, Rose?

Mordisqueo otro pimiento mientras reflexiono sobre ello.

—¿Sabes una cosa? Desde que llegué no he llorado ni una sola vez. Me resulta imposible estar triste en esta ciudad.

La mirada de Frankie se ensombrece ligeramente.

—¿Quieres que hablemos de ello? —Su voz desciende una octava.

¿Lo quiero? Miro mi copa de vino, escucho el parloteo alegre de los clientes y me lleno de energía, me abrazo a este cojín blando y protector que me resguarda de los bordes afilados de lo sucedido.

—Bueno, ya lo sabes todo.

Aparte de Jill, Frankie ha sido la persona con la que he compartido todos los lúgubres detalles del engaño de Luke, de su abandono por otra mujer, del divorcio.

—Cheryl está a punto de dar a luz. —No puedo evitar que un matiz de sarcasmo agrio se filtre en mi voz cada vez que pronuncio su nombre. Cheryl, que está convirtiendo en realidad el sueño de Luke de ser padre.

—Cariño... —Frankie suspira.

—Ya. A veces me siento como si hubiera terminado viviendo en una peli mala de sobremesa.

Cierro los ojos, me concedo unos instantes para recuperarme. Recuerdo dónde estoy, cómo me encuentro, los pasos de gigante que he dado desde el primer momento en que

Luke se sinceró sobre Cheryl y, poco después, se marchó del piso y de mi vida para siempre. Recuerdo que estoy en Barcelona con la tía Frankie. Recobro el aliento, abro los ojos.

—Estoy mejor, Frankie, de verdad. Lo sabes. Los días pasan. El tiempo cura, y todo eso. —Frankie asiente, acaricio el pie de mi copa—. Luke, y todo lo que pasó, empieza a ser algo lejano, justo como debe ser. En parte, técnicamente está lejísimos, y debo admitir que eso supone un gran alivio. De modo que... mejor pasamos a otro tema, no quiero ideas tristes mientras estoy contigo en Barcelona.

Frankie se aparta un mechón de pelo canoso de la cara.

—¿Qué tal está tu padre?

—Bueno, trabajando mucho, como siempre. Él y mamá están emocionados con el plan de vacaciones de este verano. Se van a la playa, y eso les encanta.

—Tú también. Y yo. Creo que los Napolitano lo llevamos en la sangre.

Observo los pimientos y busco uno de los más pequeños, aunque no dejo de preguntarme si resultará ser uno de los picantes.

—Como la cocina.

—Creo que eso es más de la familia de tu madre.

—Mamá estaría contenta de oírtelo decir.

Frankie se baja del taburete para abrazarme. Es un abrazo fuerte, sus brazos me rodean y su mejilla se apoya en la mía. Intento no soltar ni una lágrima.

—Veo cosas de los dos en ti. Tanto de tu padre como de tu madre. Y es una combinación maravillosa. —Me suelta y vuelve a su asiento. Eleva la copa de nuevo—. Tus padres están encantados de que estés aquí. Están encantados de ver que tu vida avanza.

Brindamos, aunque apenas bebo esta vez.

—Vas a emborracharme, Frankie.

—Achisparse un poco a la hora de comer nunca está mal —dice ella.

Miro a mi alrededor, a toda esta gente que bebe y ríe, percibo el sonido de la alegría y noto que la felicidad se expande por todo mi cuerpo de una manera lenta y suave. Como otro boquerón en vinagre, y otro, y más queso y más pimientos, todo ello acompañado de más vino. La calidez del día, la belleza de la ciudad, la energía vibrante de mi tía, el sabor del vino al deslizarse por mi garganta..., es difícil resistirse a esto. Es difícil no ser feliz, no dejar que esta atmósfera me anime, me abra a algo o a alguien. A la propia vida.

—Estaré bien —digo un instante después.

Frankie me observa con la misma mirada intensa que adopta cuando tiene que comunicar algo importante.

—Ya lo estás.

19 de octubre de 2007

Rose: vida 5

Estoy tumbada en la cama, mirando el techo y escuchando una *playlist* con los auriculares puestos. Thomas la hizo para mí.

Actuamos como adolescentes. Solo nos hemos visto dos veces desde la cita en el bar, pero no hemos dejado de intercambiarnos largos y sentidos e-mails. Le escribo todos los días, y él a mí. A eso dedico las horas de despacho en cuanto termino de dar clase. Me siento ante el ordenador y le cuento la historia de mi vida, respondo las preguntas de su última carta y me intereso por las cosas que quiero saber de él.

Al principio se trató de un premio de consolación a cambio de vernos tan poco, para paliar la patente dificultad de encontrar la manera de encontrarme con él en persona. Luke se ha convertido en un padre al que debo eludir. Me paso el día pegada al portátil, obsesionada con actualizar la bandeja de entrada. Clic, clic, clic. Lo hago tan a menudo que he tenido que decirle a Luke que espero noticias sobre una beca o de la Junta de Revisión Institucional, o la aceptación de un artículo en una revista científica. La espera diaria de un correo de Thomas me enloquece hasta que llega ese ansiado momento en que la necesidad queda satisfecha y el nombre de Thomas aparece en lo alto de la bandeja de entrada. Los e-mails se vuelven más y más largos, más íntimos, más intensos.

Me encanta.

Me encanta volver a ser la Rose adolescente. Es como empezar la vida de nuevo, emprender un camino distinto con otra persona. Consigo fingir que mi vida real con Luke no existe. Que no llegué a escoger las cosas que me han conducido al momento de estar casada y esperando un hijo suyo.

Me sobresalto cuando alguien me saca uno de los auriculares del oído.

—Rose.

¡Sorpresa! Es Luke, que ha llegado antes de lo previsto.

—¿Qué escuchas? —pregunta. Me mira con una expresión de extrañeza en la cara.

Me siento en la cama y me quito el otro auricular.

—Nada importante.

—¿De verdad? Tenías los ojos cerrados y una sonrisa soñadora en la cara.

—¿Sí?

Sí. Ya lo sé. Intento disimular enrollando el cable de los auriculares. Me siento pillada. Culpable. Noto las mejillas sonrojadas. ¿Luke también lo ve? ¿Se da cuenta?

Pero él tan solo dice:

—Vamos.

—¿Qué?

—Tenemos revisión médica. —Enarca las cejas—. Por el bebé.

—Ostras, claro. Lo había olvidado.

¡Ja! ¡Genial! ¿Cómo podría olvidarme si me encuentro fatal a todas horas? ¿Si las tetas no dejan de dolerme? ¿Si ya estoy lo bastante embarazada para que empiece a notárseme? Aunque no lo suficiente para haber tenido que contárselo a nadie. Ni a Thomas. Deseo preservar ese espacio liminar con él durante un poco más de tiempo, este lugar donde sigo siendo solo Rose, la profesora universitaria sexy y divertida que flirtea, en lugar de Rose, la embarazada y futura madre que está a punto de ponerse como una vaca.

Luke deja escapar un suspiro largo y denso. Cruza los brazos, impaciente, como si estuviera regañándome.

Mi sensación de culpa desaparece.

Dos noches más tarde Thomas y yo estamos dando un paseo por la ciudad, cogidos de la mano.

—No quiero que te vayas a casa todavía —dice él.

Es tarde, está oscuro y la penumbra forma a nuestro alrededor una especie de escudo; nos sentimos seguros, a salvo de miradas ajenas. Somos dos críos convencidos de que nadie nos ve porque nos hemos cubierto con una manta. Sé que estamos corriendo un riesgo, que en cualquier momento tanto Thomas como yo podemos cruzarnos con un conocido. Un amigo de Luke o mío. No he hablado de Thomas a ninguna de mis personas de confianza. Ni a Denise, ni a Raya, ni tan siquiera a Jill.

—Yo tampoco quiero volver a casa —digo a mi vez. Porque allí me recordarán mi vida real. La misma que resulta tan fácil de olvidar cuando estoy con Thomas.

Thomas y yo hemos disfrutado de una cena agradable, hemos charlado durante horas de nuestras vidas y de nuestros pasados, de por qué él sigue soltero y por qué yo no; de su hermana pequeña a la que adora; de que se crio en las montañas pero al hacerse mayor descubrió que prefiere la playa, como yo; de su trabajo como profesor de Sociología, parecido al mío y a la vez completamente distinto. Thomas se centra en adicciones y adictos, en las circunstancias que conducen a la adicción, en los programas de rehabilitación que existen y las personas que los dirigen.

—Creo que no voy a volver a casa —agrego—. Al menos, aún no.

—Pero ¿no te esperan allí?

Thomas nunca pronuncia el nombre de Luke. Ni yo tampoco cuando hablo con Thomas. No fue una decisión consciente, simplemente lo hemos hecho así.

—Puedo quedarme un poco más —le digo.

Lo que no le digo es que Luke se ha ido a Boston, a una sesión de fotos. Que antes sus viajes de trabajo eran frecuentes, pero que desde que estoy embarazada apenas se va y eso está volviéndome loca. Que esperaba este viaje de mi marido a Boston como agua de mayo porque me dejaría el campo libre para cenar con Thomas, para pasar toda una velada con él. Que, técnicamente, podría estar fuera toda la noche si quisiera y nadie se daría cuenta.

Pero ¿quiero hacerlo?

Sí. No. No estoy segura.

—¿De cuánto tiempo dispones? —pregunta Thomas.

—De un rato —respondo sin concretar.

La seguridad de lo que podría —de lo que podríamos— hacer si le ofrezco esa información es lo que me frena a la hora de confesarle que Luke no está.

Thomas y yo no nos hemos acostado. Todavía no. He pensado en ello casi a todas horas desde la primera noche que salimos, pero dar ese paso me produce pavor. Tengo la impresión de que, si no pasamos de los besos, si solo nos enrollamos un par de veces en un rincón de un bar, esto no es una aventura de verdad. Que en cierto sentido significa que yo, Rose, no estoy haciendo esto realmente o que puedo echarme atrás en cualquier momento. Sin embargo, si Thomas y yo cruzamos esa línea, si dejo que las cosas vayan más lejos, ya no habrá vuelta atrás. No habrá manera de negar que esto es real.

Empieza a llover. Thomas me refugia debajo de los balcones de un edificio. Noto la suavidad de su jersey, su olor a cedro, madera y nardo.

—Iba a proponerte que diéramos un paseo por el parque —dice él—, pero me parece que no es una buena idea. —Extiende la mano hacia fuera y unas cuantas gotas de agua golpetean su palma—. Podríamos ir a tomar un café a algún sitio.

—Sí.

Lo estrecho entre mis brazos, apoyo la mejilla en su pecho y aspiro su aroma. Cuando levanto la vista, Thomas está mirándome con esos ojos cuajados de deseo, de necesidad, que me hacen perder el sentido. Poso una mano en su nuca y nuestros labios se juntan en un beso largo e íntimo. La callejuela donde nos encontramos está tranquila, vacía, y solo se oye el ruido de la lluvia. Pero en cuanto nos separamos me asalta de nuevo la preocupación de estar en un lugar público. Miro a mi alrededor, escudriño las esquinas.

—También podríamos ir a tu casa —propongo. El corazón se me acelera por los nervios, por la ansiedad. ¿Qué diablos estoy haciendo?

—Podríamos ir, sí. —Thomas parece sorprendido.

—Solo si te apetece.

—Me apetece.

Thomas hace girar la llave, abre la puerta, enciende la luz. Me había preguntado muchas veces cómo sería su espacio. ¿Lo tendría limpio y ordenado o hecho unos zorros? ¿Habría estanterías del suelo al techo, llenas de dos filas de libros, como las mías, debido a los estudios y a su posición académica? ¿Cama doble o individual? ¿Ambiente masculino, en tonos oscuros y grises? ¿Qué podría averiguar de él si mirara el contenido de la nevera?

Un gatito atigrado corre hacia nosotros y Thomas se agacha para acariciarle la cabeza.

—Hola, Max —lo saluda—. Me gustaría presentarte a Rose. Y pórtate bien.

Max me mira con desconfianza, me roza la pierna con la cabeza y da un maullido antes de desaparecer a toda prisa.

—Siempre he querido tener un gato —le digo. Y es verdad. Luke y yo hablamos de ello en alguna que otra ocasión, aunque nunca llegamos a decidirnos.

—Los desconocidos lo ponen nervioso —me explica Thomas—. De todos modos, con el tiempo irá cogiéndote confianza.

Con el tiempo. ¿Se refiere a esta noche o a dentro de unos meses o años? Quiero saber en qué términos piensa Thomas sobre nosotros, pero no me atrevo a preguntarlo. Más que nada porque yo tampoco lo sé. ¿Cómo saberlo? ¡Voy a tener el hijo de otro hombre!

Alejo ese pensamiento.

Thomas se dirige hacia la cocina, que está integrada en el salón, y vuelve con una botella de vino tinto, un sacacorchos y un par de copas. Entretanto echo un vistazo alrededor. En las paredes hay fotos enmarcadas de Thomas y de quienes supongo que son sus padres y su hermana. Es menuda, guapa, de rasgos morenos como los de Thomas. Tienen la misma sonrisa grande, ancha, que les ilumina la cara y los ojos. Veo una fotografía de Thomas con un grupo de tíos, que tal vez sean la pandilla universitaria de la que me ha hablado alguna vez. Las fotos son claramente no profesionales, a diferencia de las que tengo colgadas en mi piso. Me gustan. Suponen un agradable contraste con las que veo a diario.

El apartamento es pequeño, normal, sin nada destacable, un poco austero tal vez. Lo que más me llama la atención es la cantidad de libros que rebosan de unos estantes enormes, parecidos a los míos. Eso me hace sentir cómoda, a salvo. Los libros ejercen ese efecto sobre mí. Luego me fijo en una guitarra que está apoyada en otra pared, casi oculta por el sofá. Thomas me ofrece una copa de vino.

—¡Tocas la guitarra!

—En realidad, no paso del intento. Mi hermana, cuando viene, sí que la toca. Y lo hace muy bien, la verdad.

Miro detrás del sofá en busca de otros secretos y encuentro un par de balones de rugby.

—¿Cuándo vas a invitarme a un partido?

Thomas jugaba a rugby en la universidad y sigue haciéndolo. Me confesó que, aparte de su trabajo y su familia, el rugby era lo más importante de su vida.

—Cuando quieras. Solo que tendrías que escaparte durante un fin de semana.

Suspiro.

—Ya.

Ambos sabemos que no será sencillo.

Thomas señala el sofá. Dejo la copa en la mesita y me siento con las piernas dobladas. Ninguno de los dos dice nada. El corazón me late desbocado.

Thomas y yo no hemos estado nunca solos así.

Se inclina hacia mí y nos besamos, se acerca hasta poder rodearme con los brazos. Noto la firmeza de su mano en mi espalda. Me gusta la sensación de esa palma a través de la tela del vestido. Desearía sentirla en la piel. No tardo en ver cumplido ese deseo.

Todo pasa despacio, pero pasa y yo no lo detengo. Besos, susurros, botones que se desabrochan, cremalleras que descienden. Me dejo llevar por él sin dudarlo. Agradezco la penumbra que oculta la leve curva de mi vientre, agradezco el hecho de que aún no se me note. Cuando por fin nos vamos a su cama siento la frescura de las sábanas en la piel caliente y su abrazo hace que me olvide de cualquier otra cosa. Solo me importa el nosotros. Cierro los ojos.

No quiero que esto termine.

No quiero volver a casa.

No quiero tener este hijo.

No paro de repetirme: «Así son las cosas».

Si Luke consigue su bebé, yo consigo a Thomas.

Ese es el trato. El intercambio que voy a hacer.

Sé que lo que Thomas y yo hacemos está mal. Entonces ¿por qué no me parece que lo esté? ¿No debería sentirme peor?

Es como si estuviera montada en un balancín, y el embarazo me hubiera clavado al suelo. Luke me sujeta ahí, pegada a la tierra. Pero cada vez que veo a Thomas, él se coloca en el otro extremo y me eleva en el aire, equilibra las cosas de tal manera que vuelvo a flotar sobre el suelo de forma que consigo recuperarme y ver todo lo que me rodea con mayor claridad.

En algún momento tengo que dejar de portarme así. ¿No?

En algún momento tengo que renunciar a Thomas. ¿No?

Thomas me acaricia el vientre. Me besa la piel que queda justo encima del ombligo. Ni siquiera titubea, ¿por qué iba a hacerlo? Nunca antes ha visto mi cuerpo. No tiene ni la menor idea de que estoy embarazada.

En algún momento tendré que decírselo.

¿Qué hará él entonces?

Levanta la mirada.

—Me preguntaba si esto llegaría a pasar.

—¿Esto?

Me besa por todo el cuerpo hasta que nos quedamos cara a cara, desliza los dedos por mi espalda. Se aprieta contra mí.

—Esto.

Reacciono abrazándolo con las piernas, pegándome a él hasta que nos movemos como si fuéramos un único cuerpo. Nuestros labios apenas se rozan.

—Oh, esto.

Sonríe, cierra los ojos, se entrega a mí.

Se lo diré. Pronto. Pero no esta noche.

No quiero que el sueño de Thomas, de Thomas y yo, de la Rose que soy cuando estoy con Thomas, termine. Aún no. No estoy lista.

Un mes más tarde ya se me nota. No hay vuelta atrás. Está ocurriendo. Voy a tener un hijo.

El hijo de Luke.

Mierda.

Lo otro que está ocurriendo es que tengo una aventura con Thomas.

Quedamos una tarde para tomar café. Thomas pide un capuchino y yo un descafeinado. Odio el descafeinado, pero al parecer es lo que las mujeres en mi situación deben tomar.

He aprendido a ponerme vestidos que consiguen esconder mi «estado». Pero ya no puedo ocultárselo a Thomas. Me importa demasiado. Y además, pronto será evidente.

Casi ni nos hemos sentado a la mesa cuando lo suelto.

—Tengo que explicarte algo. —No le dejo intervenir, sigo adelante—: Estoy embarazada —le digo, y cuando percibo su mirada de sorpresa añado enseguida—: Es de Luke, de eso no hay ninguna duda. Ya... —Necesito decirlo, debo sacar las palabras de mi boca, de mi cuerpo—. Ya estaba embarazada la primera vez que salimos.

Thomas se queda boquiabierto. Parpadea a toda prisa.

—Pero... —No es capaz de continuar. La expresión de dolor en su rostro me da ganas de llorar—. ¿Embarazada?

Asiento.

—Yo... yo...

¿Qué puedo decir? ¿Cómo puedo expresar con palabras lo que he hecho?

Debo sincerarme.

—No quería quedarme embarazada, no debería haber permitido que pasara, y cuando lo supe me sentí enojada y...

Thomas niega con la cabeza.

—¿Decidiste que salir conmigo era una buena manera de expresar tu enfado?

Quiero cogerle la mano, besársela, pero no lo hago. No es posible. Estamos en un lugar demasiado público, con demasiada luz.

—No, decidí que quería estar contigo al menos una noche.

—Pero no ha sido solo una noche.

—No.

Los músculos del antebrazo de Thomas están tensos, tiene todo el cuerpo envarado. Odio lo que le estoy haciendo.

—Siento no habértelo dicho antes. He ido aplazándolo porque me gustas tanto que...

Aparta su capuchino.

—¿Te gusto tanto que no se te ha ocurrido revelarme ese pequeño detalle?

—Estoy revelándotelo ahora. —Soy patética, lo sé.

—¿Por qué? ¿Porque no te queda más remedio? ¿Porque acabaría enterándome de todas formas? —Thomas hace una bola con la servilleta y la arroja sobre la mesa—. Por Dios, Rose, ¿por eso siempre quieres que nos veamos a oscuras?

Bajo la mirada hasta mi vientre y luego la elevo otra vez.

—No lo sé. —Suspiro antes de admitirlo—: Sí. Soy una persona horrible, ¿vale?

Thomas niega con la cabeza.

¿Eso significa que no soy una persona horrible?

¿O que está tan disgustado conmigo que no sabe ni qué decir?

Apoyo las manos en la mesa, con los dedos cerca de los suyos.

—No te lo conté porque sabía que significaría el final de todo y no podía soportarlo. Ni siquiera puedo soportarlo ahora.

—Rose —dice Thomas—, me aseguraste que yo era la única persona a la que no mentirías nunca.

—Lo siento muchísimo —me disculpo.

«Lo he perdido. Ya está. Se acabó».

—Todo este tiempo, todos estos e-mails, y yo no era más que un pasatiempo...

—¡No eras un pasatiempo ni mucho menos! —Casi lo he dicho a gritos, así que bajo la voz—. Nunca has sido un pasatiempo. Ni lo eres ahora. Me...

«Me importas mucho. Estoy enamorándome de ti. Por favor, no me dejes».

Thomas se echa hacia atrás en la silla, entrecruza las manos en la nuca y mira al techo.

—No deberíamos habernos metido en esto. Eso ya lo sabía, pero ahora no me cabe ninguna duda al respecto.

¿Acaso tener una aventura estando embarazada es mucho peor que si la tienes sin estarlo? ¿Si solo estás casada? ¿Eso me convierte en una persona peor, en una mujer peor? Es probable. Sí.

—Lo sé —digo. Pero ¿lo digo de corazón?

Thomas se levanta, apenas ha probado el capuchino, su taza está prácticamente llena.

—Debo irme. Necesito tiempo para pensar.

—Lo entiendo. —Pero no es así. O no del todo. ¿Eso de necesitar tiempo significa que esta puerta aún tiene una rendija abierta?

—Y tú también —dice Thomas—. Deberías pensar en todo esto.

No le respondo. No necesito tiempo para pensarlo, esa es la verdad. Quiero seguir viendo a Thomas, con niño o sin niño. Podría estar a punto de dar a luz y seguiría queriendo verlo.

Lo observo mientras se va. A través de la cristalera de la cafetería lo veo alejarse hasta que dobla la esquina. No ha mirado atrás.

Deduzco que hemos terminado. Lloro durante todo el camino de vuelta y sigo llorando cuando cruzo el umbral de casa.

—¿Qué te pasa? —pregunta Luke.

Está en la cocina, trabajando con el portátil.

—Es cosa de las hormonas —le respondo.

18

19 de octubre de 2007

Rose: vida 4

Luke me sonríe por encima de su copa de vino. Hay tantas cosas detrás de esa sonrisa, tantas cosas detrás de la felicidad que percibo en sus ojos... Me complace saber a qué se debe y ser la única persona de la sala que está al tanto de la razón. Me complace que vuelva a mirarme así. No hace mucho, pensaba que no volvería a hacerlo.

—¿Un poco más de pollo, Rose? —Chris, el amigo de Luke, ya está de pie, en su papel de anfitrión, con el tenedor de servir en la mano listo para pinchar uno de los pedazos que quedan en la fuente—. Sé que te apetece. Te has zampado el primero sin respirar.

—Me encantaría, gracias —digo.

El embarazo me ha abierto un apetito voraz.

—Tu marido es un gran cocinero —comento a Mai, la esposa de Chris.

Observa a su marido mientras este me pone un segundo trozo de pollo en el plato.

—Suficiente, o en esta casa no comería nadie —añado.

Tienen dos hijos; esta es la primera vez que los vemos desde que nació el segundo. Nos han invitado a cenar porque les resultaba más sencillo recibirnos en su casa después de acostar a los críos, y de paso se ahorraban una canguro.

Cuando Chris va a llenarme la copa con más vino la cubro con la mano para impedírselo.

—¿No quieres más? —pregunta sorprendido.

—Está bien así.

Luke y yo nos hemos puesto de acuerdo en unas cuantas cosas, y una es que admitimos una copa de vino. Yo temía que se obsesionara más con detalles como este, pero hasta ahora se ha mostrado muy respetuoso con mis decisiones sobre lo que como y lo que bebo, sobre cómo enfoco la transición de la antimaternidad a este súbito embarazo.

—Como gustes. —Chris deja la botella en la mesa bastante cerca de mí, por si cambio de opinión.

Mai me mira, pero no dice en voz alta lo que intuyo que está pensando: «Espera, ¿no estarás...?».

Luke y yo no se lo hemos comunicado a nadie, excepto a nuestros padres y a Jill; los demás amigos, tanto los suyos como los míos, lo ignoran. Me gusta prolongar este momento en el que aún soy solo Rose, en el que nadie sabe que espero un bebé si yo no decido revelarlo. No es que ansíe hacerlo porque cuantos nos rodean están al tanto de lo mucho que me he resistido a la posibilidad de tener hijos y lo contundente que me he mostrado en mi deseo de no ser madre. Me espero su escepticismo. Lo sé porque ya lo he vivido con Jill.

Desde hace años, Jill y yo quedamos todos los miércoles, en su piso o en el mío, para charlar, beber vino y ponernos al día de todos los temas que quedan fuera de la universidad donde trabajamos. Fue precisamente el vino —mis pocas ganas de beber, apenas una copa en los últimos dos meses— lo que despertó las sospechas de mi amiga. Ese día estábamos en su casa, quedaba un tercio de la botella y Jill se empeñó en servirme otra copa.

—En serio, no quiero más. —Antes del embarazo, entre las dos liquidábamos una botella en una noche, a veces incluso una y media—. Tengo clase mañana a primera hora —añadí.

Durante las últimas semanas, desde que me enteré de que estaba embarazada, he ido variando las excusas: clases matutinas, falta de sueño, trabajo acumulado para el día siguiente. Lo que fuera, excepto la explicación real.

Jill sostenía la botella inclinada sobre mi copa.

—Eso nunca te ha frenado —dijo.

Me encogí de hombros.

—Curso nuevo, actitud nueva.

Apoyó la botella en la mesa. Luego se arrellanó en el sofá y me miró a los ojos.

—Rose Napolitano, sé cuándo me mientes. ¿Por qué lo haces? ¿Qué es lo que no me cuentas?

Me dispuse a apilar los platos vacíos para eludir sus preguntas.

—Eh —dijo Jill apoyando una mano en mi brazo—. Contéstame, por favor.

Desvié la mirada hacia los platos, hacia la mesita auxiliar, hacia cualquier lugar que no fuera la cara de mi amiga.

—Creo que no vas a alegrarte mucho cuando te enteres.

Hubo un instante de silencio hasta que Jill reaccionó.

—Rose... ¡Me tomas el pelo!

—¿Te lo imaginas ya?

—¡Estás embarazada!

Cogí una chocolatina de un bol que Jill tiene siempre en la mesita, le quité el envoltorio, me la metí en la boca y tiré el papelito en el plato de los desechos. Asentí, mastiqué, tragué.

—Será capullo... —masculló ella.

—No, la verdad es que todo es más complicado.

—¿Vas a abortar? Sí, ¿verdad? Te acompañaré, por supuesto. Si quieres, llamo yo. Ya sé que no es lo mismo defender la libertad de elección que decidirse a ejercerla.

Por eso me aterraba contárselo a Jill. Anticipé todas las suposiciones que ella daría por ciertas respecto a mis sentimientos y a lo que haría a continuación, y anticipé también que tendría que ir desmontando sus argumentos uno por uno. No podía echarle la culpa. Yo habría hecho exactamente lo mismo si las cosas hubieran sido a la inversa. Jill solo desempeñaba su papel de buena amiga lo mejor posible.

—Escucha —le dije al tiempo que le cogía ambas manos y la miraba a los ojos—, no voy a abortar, Jill. No tengo dudas al respecto.

Cuando abrió la boca para protestar, seguí hablando sin dejarla meter baza.

—Estoy segura. Voy a tener este hijo. —Respiré hondo y solté el aire despacio—. Lo quiero. Sé que te costará creerlo, pero es la verdad.

—Vas a tener un hijo. Tú.

—Sí, yo.

Jill apartó las manos, se sirvió el vino que quedaba en la botella y se tragó la mitad de un solo sorbo.

—¡Vaya!

—Lo sé.

—Me cuesta, Rose. Me cuesta mucho entender cómo es posible todo esto. Es cosa de Luke, ¿no? Al final te dio un ultimátum, ¿a que sí? ¿El niño o él?

—Sí. No. Bueno, al principio sí. Por eso decidí intentarlo, darle lo que quería para que no se fuera.

—A veces odio a ese tío.

—No lo odies. —Suspiré, harta ya de defenderme a mí misma y de defender de paso a Luke. Sabía que me tocaría hacerlo, pero la tarea estaba resultándome más ardua de lo que intuía—. Jill, comprendo por qué te sientes así. Ya sabes que me he sentido de ese modo durante bastante tiempo. Y soy consciente de que cuesta creerlo, porque apenas puedo creerlo yo, pero te aseguro que estoy bien. O tan bien como puedo estarlo. Y Luke y yo también estamos bien. Mucho mejor que antes.

Jill soltó un bufido.

—Claro. Como le has dado lo que quería…

—Por favor, no me juzgues así.

—No te juzgaba a ti.

—En parte sí.

Apuró el resto del vino.

—Es que… Es que… no sé qué pensar, Rose.

—Lo supongo. Pero si hay algo que de verdad necesito es no sentirme avergonzada del embarazo. No cuando esté contigo. Eres mi mejor amiga, necesito tu apoyo.

La cara de Jill adopta una expresión de horror.

—No pretendía avergonzarte.

—Tal vez no.

—¿Te da vergüenza estar embarazada?

Me miré las manos y de ahí pasé a fijarme en una manchita de café que había en el sofá de Jill.

—A veces sí. A veces me preocupa que esté fallándome a mí misma por hacerlo, pero, por lo general, estoy bastante emocionada. Contenta. Y me esfuerzo por seguir así.

—De acuerdo —aceptó Jill, aunque su voz seguía expresando una pizca de duda.

—Pues ya está.

Despejamos la mesa, llevamos los platos al fregadero y me marché a casa.

—¿Cómo te ha ido la noche con Jill? —me preguntó Luke cuando me metí en la cama. Estaba medio dormido, de espaldas a mí.

—Le he dicho que estoy embarazada.

—¡Vaya! —Se dio la vuelta, sus ojos brillaban en la oscuridad—. ¿Y cómo se lo ha tomado?

—No muy bien. Ha sido un poco rollo.

—Dale tiempo. Ya se hará a la idea. Lo mismo pasará con todos. Al final.

Me sorprendió la elección de palabras de Luke: «Se hará a la idea. Al final». Era lo mismo que la gente solía decirme sobre la maternidad desde hacía años. Y, al final, tenían razón. Pero ¿Jill necesitaría años para hacerse a la idea de la nueva Rose? ¿A cuantos conformaban nuestro círculo les sucedería lo mismo? Primero había tenido que soportar que todos me dijeran que debía tener un hijo, que era el paso natural, y me había tocado convencerlos de que estaba en mi derecho de negarme a la maternidad. Y ahora me tocaba aguantar las sospechas de la gente sobre mi cambio de opinión, sobre el hecho de que, sí, iba a tener un hijo. ¿Mi vida siempre sería igual?

Rose Napolitano, ¿mal si no eres madre y mal también si lo eres?

Chris y Luke se levantan para quitar la mesa. Al pasar al lado de mi silla, Luke se detiene.

—Te quiero —me susurra—. Estás preciosa esta noche.

Le dedico una sonrisa radiante.

Mai me observa. Se acerca la copa a los labios y da un sorbo, lo cual me produce un instante pasajero de envidia.

Se levanta y ocupa la silla de Luke, que ahora está vacía, a mi lado.

—¿Hay algo que Luke y tú no nos contáis?

Vuelvo la cabeza hacia la cocina. Luke y Chris charlan delante del fregadero. Me encojo de hombros, un gesto que no me compromete demasiado. Siento la tentación de responderle que sí, pero ya que Luke está respetando mi decisión de llevar las cosas con calma no quiero estropearle la oportunidad de compartir la noticia primero con Chris.

—Hummm… —Mai me sonríe—. No te preocupes, Rose. No le contaré nada a Chris. Pero si es lo que creo que es, estoy muy contenta por ti y por Luke. Me parece que te encantará ser madre. Yo tampoco lo tenía muy claro hace un tiempo, la verdad. Es duro, no te lo negaré, pero a la vez puede ser maravilloso. Lo mejor del mundo —añade.

Esbozo una sonrisa radiante por segunda vez en lo que llevamos de noche.

Quizá me equivoque. Quizá no todos dudarán de mí cuando se enteren. Quizá serán como Mai y simplemente lo aceptarán, se alegrarán por mí y por Luke.

Luke regresa de la cocina y apoya las manos en el respaldo de mi silla.

—¿De qué charlabais, chicas?

—Del gran juicio que se me viene encima —dice Mai.

Es una excelente abogada, fiscal federal, y al principio de la velada nos explicó que estaba a punto de empezar un juicio por asesinato.

Luke ocupa la silla que Mai ha vuelto a dejar vacía. Ella me aprieta la mano por debajo de la mesa y le respondo haciendo lo mismo. Me impregno de su amabilidad, de su fe en mí. Pienso que es verdad que aún estoy adaptándome a este nuevo camino de mi vida, que Luke y yo aún estamos adaptándonos juntos a él. Pero hoy es uno de los días buenos. Uno de los mejores. Me impregno de esta felicidad tanto como puedo y reservo parte de ella para los días malos que puedan venir.

19

15 de marzo de 2013

Rose: vida 3

—Haznos una pirueta, Addie —dice Joe.

Mi hija obedece. Las plumas que lleva prendidas en el pelo y cosidas en torno al cuello del vestido y a la falda flotan en el aire cuando gira.

Las cámaras centellean. Todo el mundo tiene una. Mi madre, el padre de Luke, la madre de Luke, Luke. Parece el baile de graduación. Mi madre le pasa la cámara a mi padre para que saque él la foto.

—Sonríe al abuelo —le dice, y ella lo hace.

Es la primera función de Addie y todos han acudido al pequeño teatro donde las niñas han bailado con todo su corazón esta tarde, completamente descompasadas, lo cual resultaba aún más encantador. Addie va vestida de cisne.

Mi madre le arrebata la cámara a mi padre.

—Enséñanos lo que hacen los cisnes, Addie.

Addie agita los brazos, sin demasiada gracia, debo reconocerlo, y las cámaras se disparan de nuevo. Nancy está grabando un vídeo con el móvil. Addie gira otra vez, para regocijo general. Luke se vuelve hacia mí y se encoge de hombros, como diciendo: «¿Qué vamos a hacer con estos abuelos a los que se les cae la baba?», y le respondo con una mueca que expresa la misma vergüenza ajena.

Addie es la gran conciliadora de la familia. La pacificadora. Un comité de la ONU en sí misma.

De repente, la niña bosteza de manera ostensible.

Todos nos reímos.

—Creo que va siendo hora de que los cisnes se acuesten —dice Luke, y coge a nuestra hija con un solo brazo.

—No, papá —protesta Addie, a pesar de que los ojos se le cierran.

—Qué monada —me dice Nancy, como si creyera que estoy haciendo algo bien en mi papel de madre.

Me empapo de su aprobación.

Mi madre asiente con la cabeza, pero acompaña el gesto con una mirada inquisitiva. Sabe que las cosas entre los padres de Luke y yo están tensas todavía, lo hemos hablado un millón de veces. Sonrío a mamá, para que sepa que todo va bien.

Salimos del teatro. Joe y mi padre se quedan atrás, charlando. Oigo retazos de su conversación y deduzco que mi suegro está preguntando a mi padre por el taller de carpintería. Mi madre y Nancy van unos pasos por delante, pero ignoro de qué hablan. No paran de volver el rostro para mirar a Addie, que ya se ha dormido con la cabeza apoyada en el hombro de Luke, así que supongo que su tema de conversación es ella.

En momentos como este me alegro de que esta personita haya entrado en nuestras vidas para remendar el tejido que nos une a todos con grandes puntadas. Intento no pensar en lo fácil que resultaría cortar esos hilos. Solo haría falta un tijeretazo y nos deshilacharíamos.

Aunque no estoy del todo segura de lo que siento por mis suegros, una pequeña parte de mí les está agradecida.

Quizá. A veces.

No lo sé.

Hay momentos en los que me digo que si Nancy y Joe no hubieran estado tan obsesionados con que su hijo fuera padre y con que yo le diera un bebé, tal vez Addie no existiría. Tal vez no habríamos llegado a tenerla. Tal vez no habría llegado a tenerla. Si no hubieran persuadido a Luke de que cambiara de opinión, y si Luke no hubiera hecho lo mismo conmigo, ahora mi pequeña no estaría aquí, vestida de cisne, adorada por todos. Adorada por mí, que nunca tuve el menor deseo de vivir esta adoración por un niño, y menos por uno propio.

Aun así, también hay otros días en que el rescoldo de la ira que aún siento hacia ellos se escapa con sigilo de la pequeña guarida que ocupa en mi mente y se convierte en deseos de cantarles las cuarenta, de soltarles cuanto Luke me prohibió decirles a la cara. Y eso hace que me pregunte si los perdonaré alguna vez. Si ese resentimiento envenenará para siempre mi vida con Luke.

—Rose, queremos hablar contigo.

Joe fue el primero en decirlo, quien sacó el tema en nombre propio y de Nancy hace bastantes años. Habíamos salido a cenar los cuatro a un buen restaurante.

—¿De qué? —pregunté mirando de reojo a Luke, que me rehuía. Tenía la vista fija en su plato, como si cortar la carne requiriera mucha concentración.

Por aquel entonces, Luke y yo llevábamos varios años casados y mi relación con sus padres no pasaba por su mejor momento. Mi relación con Luke, tampoco. Siempre que él proponía visitarlos, me negaba cada vez con más ahínco a acompañarlo. Empecé a pergeñar excusas: demasiados exámenes por corregir; planes con Jill; Raya venía a la ciudad; mi padre me había invitado a comer precisamente ese fin de semana, los dos solos... No tenía ganas de verlos, sobre todo a Nancy. Las cosas se habían puesto tensas entre nosotras.

Nancy no paraba de hacer comentarios elogiosos sobre mi inteligencia, lo cual sonaba bien, a no ser porque siempre añadía que eso significaba que mis futuros hijos con Luke también serían muy listos. Luego llegaba la pregunta sobre cuándo me quedaría embarazada, ¿cuándo?, ¿cuándo? Lo preguntaba a pesar de que sabía que Luke y yo no estábamos por la labor de procrear.

Joe se limpió las manos en la servilleta que tenía extendida sobre el regazo.

—En realidad, queremos hablar con los dos —aclara—. Sobre los niños.

Luke suspiró y dejó los cubiertos al lado del plato.

—Papá —dijo, en tono de advertencia.

Nancy se anticipó y apoyó la mano en la de su hijo, en un gesto que significaba: «Espera, déjanos terminar».

—Nos preocupa que estéis cometiendo un error —continuó Joe. Supongo que eso iba dirigido a los dos, pero solo me miraba a mí—. Sabemos que sería un error que no tuvierais un hijo. Lo lamentaréis. Sí, lo haréis, cuando ya sea demasiado tarde. Y entonces ¿qué pasará?

Yo meneaba la cabeza, exasperada. No quería mantener esa conversación mientras cenábamos en un restaurante. No quería mantener esa conversación en ningún momento. Lo que quería era que mis suegros respetaran la decisión que había tomado, la decisión que Luke y yo habíamos tomado.

Una cosa era que Nancy fuera soltando indirectas cuando hablaba conmigo, siempre en la línea de que el tiempo me haría cambiar de opinión, pero escenificar una intervención ya era harina de otro costal. Como si el hecho de que Luke y yo no tuviéramos hijos fuera algo que necesitara consejo, tratamiento, una cura.

—No voy a entrar ahí —afirmé al tiempo que doblaba la servilleta y la dejaba en la mesa—. No es asunto vuestro. Nos atañe a Luke y a mí, a nadie más. —Me llené los pulmones de aire—. No puedo creer que os atreváis a decir que haré que Luke se arrepienta de su vida.

—Pero yo no he dicho eso... —protestó Joe.

—No, pero quedaba implícito.

—Rose... —Su manera de pronunciar mi nombre contenía un atisbo de ruego—. Por favor, escucha lo que mis padres quieren decirte. Solo eso.

Me dieron ganas de zarandearlo. ¿Por qué me hacía pasar por ese trance? ¿Por qué dejaba que sus padres nos hicieran algo así, me hicieran algo así? La sangre corría a toda prisa por mis venas y noté que la piel se me calentaba. ¿Ese tono de súplica tenía que ver con los propios sentimientos de Luke? Tragué saliva. ¿Habían estado hablando sus padres con él a mis espaldas?

—No quiero escuchar nada de esto, Luke. ¿Por qué debería hacerlo? ¿Por qué deberías hacerlo tú?

Me levanté con tal brusquedad de la silla que osciló, sin llegar a caerse.

—No te enfades —me pidió Nancy—. Solo queremos hablar.

—Rose... —dijo Luke—. Siéntate.

No le hice caso.

—Ya sabéis cuál es mi postura, lo sabéis desde hace años. ¿Por qué no podéis respetarla? —Estaba alzando la voz, y los demás clientes se volvían hacia nosotros—. ¿Por qué no podéis respetarme? ¿Tanto os cuesta dejarme en paz sobre este tema?

—Claro que te respetamos —aseguró Joe.

—¿Cómo puedes decir eso?

Me brillaban los ojos. Parte de mí era consciente de que ese arrebato de rabia era un poco desproporcionado dadas las circunstancias, pero no era capaz de controlarlo. Me había hartado de esa presión que parecía proceder de todas partes y que estaba presente desde el momento en que Luke y yo bajamos del altar, desde los inicios de nuestro matrimonio. Moví la silla y la acerqué a la mesa.

—Me marcho.

Luke se levantó.

—Rose, no puedes irte.

—Claro que puedo.

—Mi padre nos ha traído en coche.

—Pues regresaré a casa a pie.

—¡No puedes andar ocho kilómetros en plena noche!

Me fui, sin prestar atención a los comensales de las otras mesas que estaban pendientes de la escena que habíamos montado. «Que miren», decidí. No me importaba lo que pensaran. Cuando empujé la puerta del restaurante inspiré hondo, tomé una gran cantidad de aire, y me dirigí al aparcamiento. Por un momento me dije que quizá estuviera sobreactuando y enseguida lo descarté. No tardé en oír pasos a mi espalda.

—Rose, ¿qué haces?

Luke corrió hasta situarse frente a mí y se quedó allí, con los brazos abiertos.

Me detuve. Cerré los ojos. Intenté ralentizar la respiración. ¿Tenía razón al comportarme de esa manera? ¿Me equivocaba? ¿Los padres de Luke sabían algo que él y yo ignorábamos? ¿Que ignoraba yo, al menos? ¿Debía escucharlos, darles la oportunidad de explicarse?

Pero ¿por qué tenía que hacerlo?

Caminé hacia una plaza de aparcamiento vacía y me senté en el suelo. Luke me siguió. Debíamos formar todo un cuadro, los dos tan arreglados sentados a oscuras sobre el asfalto y rodeados de coches vacíos.

—¿Sabías que tus padres tenían previsto sacar el tema esta noche? —le pregunté.

—No —dijo él, aunque en un tono no muy firme.

—¿Seguro?

—Ya te he dicho que no —respondió, esa vez con más contundencia.

—¿Qué es lo que quieres, Luke?

Se oía el canto de los grillos. Del restaurante salieron unos clientes y se encaminaron a un monovolumen aparcado en el otro lado. Luke estiró sus largas piernas, los pies rasparon la gravilla del suelo.

—¿Qué quieres decir? —Había una nota de pánico en su voz.

Por un momento pensé que la pregunta había sido poco clara, que tal vez Luke creyera que le preguntaba por el tema de los niños, por si quería tenerlos o no.

—Me refiero a qué es lo que quieres hacer ahora. ¿Piensas volver con tus padres o te vienes a casa conmigo?

—¿De verdad te vas?

—Sí. Puedo llamar a un taxi.

—Rose, por favor... —Luke se llevó las manos a la cara—. No quiero que dejes las cosas así.

—¿Yo? ¿Así que todo es culpa mía? ¡Tus padres me han tendido una emboscada! —Hice ademán de levantarme, pero Luke tiró de mí para que me sentara de nuevo. Lo miré, encolerizada—. ¡Y tú no has dado ni un paso en mi defensa, Luke! Te has limitado a dejarlos hacer. Como siempre.

—Son mis padres, Rose. —Su voz sonaba angustiada—. Y son tus padres también. Te quieren, Rose. De veras.

—No, no me vengas con que me quieren. Solo me quieren si cedo en este pequeño detalle. Cuando ceda. Entonces, a lo mejor, empiezan a quererme.

—Rose…

—Tienes dos opciones, Luke. O entras y les dices que nos negamos a cenar con ellos a menos que se comprometan a respetar nuestras decisiones, o me marcho a casa sola y tú te instalas esta noche en el sofá. Esta noche… y tal vez también mañana y lo que queda de semana.

—Estas opciones no me parecen justas.

—Pues son las que hay, así que elige.

El silencio de Luke se me hizo eterno. Luego se levantó, me dijo que volvería enseguida y se dirigió a toda prisa al restaurante. Luego, cuando salió y durante todo el trayecto en taxi hasta casa, no nos dirigimos la palabra, ni siquiera al acostarnos.

¿Qué más quedaba por decir?

Si en ese momento alguien hubiera afirmado que en poco tiempo estaría embarazada y daría a luz a Addie, lo habría mandado a la mierda. Estaba tan cansada, tan enfadada, tan harta de que la gente me presionara… Y no es que un buen día cambiara de opinión respecto a los hijos. No fue así.

Una mañana Luke y yo mantuvimos aquella estúpida discusión sobre las vitaminas prenatales, sobre su deseo de que las tomara y sobre el hecho de que yo le había prometido hacerlo y no había cumplido mi palabra. Recuerdo la ira que sentí cuando entré en el dormitorio, lo encontré con el frasco en la mano y él se puso a sacudirlo en mis narices. Una sensación extraña y paralizante se apoderó de mi corazón en ese momento, como si alguien lo hubiera encerrado en una caja que lo oprimía demasiado y no lo dejaba latir. Me faltaba el aire. Recuerdo que pensé: «¿Por qué no puedo respirar?». Jadeaba de manera ostensible.

Recuerdo que Luke gritaba: «¡Rose, Rose...!».

Se me nubló la vista y oí un ruido atronador. Al instante me desplomé y noté la mejilla apoyada en el parquet. Los jadeos continuaron, aunque fueron perdiendo intensidad. Cuando conseguí ver bien de nuevo, Luke estaba en el suelo, a mi lado, con la cabeza a mi altura.

Hice acopio de fuerzas para incorporarme y quedarme sentada, y Luke me cogió las manos.

—Creo que has sufrido un ataque de ansiedad —dijo mientras observaba mis dedos, esas uñas rotas que nunca tenía tiempo de limarme—. Y ha sido por mi culpa, Rose. Lo siento. Lo siento muchísimo.

Esas palabras —la disculpa por parte de mi marido, el reconocimiento de la responsabilidad, suya y no mía, en el caos desatado en nuestro matrimonio— funcionaron como un sortilegio, destensando las paredes que se habían cerrado en torno a mi corazón, ampliando el espacio. Algo surgió en mí en aquel momento, algo que me acercó a mi marido, a la posibilidad de volver a amarlo. Pensé en todas las conversaciones sobre niños que habíamos mantenido, todas las discusiones, toda la ira y el dolor, y me pregunté si no estábamos complicando las cosas mucho más de lo necesario. Ojalá pudiéramos dejar de preocuparnos por los deseos y las opiniones de los demás, por los deseos y las opiniones de los padres de Luke, y centrarnos simplemente en nuestros propios deseos y opiniones. Los de Luke y los míos. Ese «nosotros» que habíamos sido hasta que empezó el caos.

—Mírame —le dije entonces.

Cuando lo hizo, me permití pronunciar unas palabras que llevaba dentro sin saberlo, unas palabras que sonaron raras en medio de nuestro piso, unas palabras que en última instancia condujeron al nacimiento de nuestra perfecta y maravillosa hija Addie.

—¿Y si nos limitamos a ver qué pasa?

Cuando Luke y yo llegamos a casa después de la función de ballet, libres por fin de padres y suegros, Addie está roncando, las plumas del disfraz están tan derrengadas como ella.

—Voy a acostarla —susurra Luke.

Miro a mi marido, asiento con la cabeza.

Busca su mochila y de ella saca la cámara para dármela.

—Deberías echar un vistazo a las fotos de esta tarde, hay algunas estupendas.

Sonrío y la cojo.

—No me cabe duda —digo, y contemplo a mi marido, que desaparece con Addie en la habitación de la niña.

Mientras miro las fotos en la pantalla de la cámara, imágenes de Addie y de la familia que Luke y yo hemos construido juntos, toda la parte difícil, toda la tensión que nunca ha abandonado por completo la relación que mantengo con los padres de Luke, se desvanece. Al menos ahora. Al menos durante cinco minutos lo único que veo es una familia preciosa. Mi familia.

Hay algo en lo que Luke y yo hemos ido alejándonos con el transcurso de los años. La paternidad es como abrirse paso en el agua. El esfuerzo interminable de impulsarte con los pies y de mover manos y brazos mientras la cabeza se sumerge y sale a la superficie. Una serie de movimientos constantes, todos pequeños, sin que ninguno de ellos te lleve a ningún sitio en concreto.

Pero cuando veo a Luke andar de puntillas y contemplo a nuestra hijita, dormida en su hombro, me maravillo de cómo sus ligeras respiraciones parecen entrar en mis propios pulmones y activarme el corazón; pienso que Addie es el enlace perdido entre Luke y yo, lo que nos mantiene juntos, y agradezco que los dos hayamos terminado en este punto, con ella aquí, a pesar de todo lo que sucedió antes de que naciera.

Me quito la bufanda y el abrigo, enciendo las luces y me siento a la mesa de la cocina para mirar las fotos de la función de Addie. La primera imagen que aparece es la hilera de cisnes en el escenario, capturados en mitad de un salto, con los pies a pocos centímetros del suelo, las bocas abiertas y una expresión de gozo en sus caras. Hay primeros planos de Addie con los brazos formando un óvalo, como manda la primera posición, codos infantiles que sobresalen en ángulos extraños, fotos de las niñas en un círculo imperfecto con las plumas de los tutús torcidas. Voy pasando fotos, sin dejar de sonreír, hasta que llego a otras que Luke ha hecho en los últimos tiempos. Hay unas cuantas de mí, trabajando en mi escritorio, un montón de Addie: Addie lista para ir al colegio por la mañana, Addie en pijama a punto de acostarse. Hay una fantástica de mi madre, en la cocina, con la cuchara de madera en la mano y el delantal puesto haciendo un guiño a la cámara.

Luego me topo con una foto mía que no sabía que Luke me había sacado. Es de hace unas semanas, de una charla que di sobre mi proyecto de investigación. Ni siquiera sabía que Luke hubiera asistido al acto, no me lo dijo, y doy tantas conferencias que no espero que venga a oírlas todas. Estoy en el atril, con la mirada puesta en el auditorio lleno y un brazo en alto. Se me ve muy seria, absolutamente entregada a lo que digo. Es una buena foto, una foto que me representa muy bien. Siento una potente descarga de amor por Luke al verla, ya que valoro el hecho de que mi marido haga algo así: asistir al evento y sacar fotografías sin que yo se lo pida, sin tan siquiera contarme que estuvo allí, quizá solo porque me quiere y porque quería escuchar lo que yo tenía que decir, sin más. Esa corriente de amor fluye por mis venas hasta alcanzar los dedos de mis manos y de mis pies.

De repente deseo besarlo; deseo cogerlo de la mano y llevármelo a la cama. Luke y yo seguimos teniendo relaciones sexuales, una vez cada dos meses, una vez al mes si hay mucha suerte, pero se trata de algo maquinal, obligatorio, la representación del matrimonio, el cumplimiento de lo que mandan los cánones en las parejas casadas, más allá de que no les apetezca demasiado. A la mayoría de mis amigos, ya sean gais, lesbianas o heterosexuales, les sucede lo mismo. Al cabo de un tiempo el deseo se esfuma y, o bien tomas la decisión de mantener cierta regularidad en la actividad sexual, o simplemente lo dejas correr.

Si la paternidad es como abrirse paso en el agua, el matrimonio es como el mar. Las mareas suben y bajan, de vez en cuando hay una gran ola o un huracán que altera los sentimientos de uno de los dos en una dirección y luego, años después, en otra. Quizá Luke y yo nos dirigimos hacia una nueva dirección, una buena. Quizá lo que hace falta es que yo tome la iniciativa, que marque el camino.

Sigo revisando las imágenes que hay en la cámara de Luke, una por una, observándolas, pensando en que en cuanto vuelva de acostar a Addie me lo llevaré a la cama y en lo mucho que se alegrará de que, por una vez, sea yo quien pida sexo.

Entonces me topo con una foto que me para el corazón.

Es de una mujer que se ríe con la cabeza echada hacia atrás. Lleva un suéter de un brillante color verde. Da la impresión de que está en un parque. Sigo buscando, a ver si hay otras, pero solo encuentro esa, situada entre unas cuantas fotografías de las navidades y otras de Addie en el colegio.

Cheryl.

El nombre flota por mi mente como un susurro.

No hay nada que indique que ese sea su nombre, ninguna razón para pensar que se llama Cheryl…, ninguna, aparte de ese instinto conyugal y la nota que encontré en la chaqueta de Luke el mes pasado cuando me disponía a llevarla a la tintorería. Me aseguraba de haber sacado todas las monedas de los bolsillos antes de dejarla en el mostrador para que el dependiente se hiciera cargo Era un pedacito de papel cuidadosamente doblado, con dos líneas marcadas que lo dividían en cuatro cuadrantes. En él había escrito: «Tienes mucho talento, Luke. Es genial. Cheryl». Su letra era perfecta. Quienquiera que lo hubiera escrito, esa tal Cheryl, tenía una letra preciosa.

Contemplé el papelito y me dije que lo más probable era que no tuviera ninguna importancia, que debía de ser una nota de agradecimiento ofrecida por uno de los miembros de una pareja de prometidos que habían solicitado los servicios de Luke. Pero, incluso entonces, no me lo creí del todo, y una nube de inquietud empezó a formarse sobre mi cabeza mientras estaba en el interior de la tintorería aún. Reaparecía de vez en cuando, al recordar esa nota, esa letra, ese nombre, Cheryl, que se había quedado impreso en mi cerebro y me acechaba desde allí.

Oigo el suave ruido de las pisadas de Luke que salen del cuarto de Addie, el crujido de la puerta al cerrarse.

Me apresuro a volver a las fotos de la función, a las de Addie vestida de cisne. Paso la foto que me había llevado a pensar que mi marido sigue enamorado de mí, la que me había hecho desear llevármelo a la cama, una tentación que se ha desvanecido, absorbida por la súbita nube que ha traído mi hallazgo.

Voy hacia el sofá, me echo una manta sobre las rodillas. Bostezo de una manera exagerada.

Luke se acerca y se deja caer a mi lado, coge un extremo de la manta y se cubre las piernas.

—Ha sido una bonita noche, ¿no crees?

Luke y yo formamos una estampa perfecta: dos padres cansados pero felices, casi abrazados, encantados de haber visto bailar a su adorable hijita ante la mirada igualmente encantada de sus respectivos padres, los abuelos de Addie. Luke se acurruca a mi lado, a la espera de que yo reaccione.

—Eso pensaba yo —digo por fin.

Cuando Luke me mira, me pregunto si se ha dado cuenta de que la respuesta que le he dado estaba en pasado.

20

5 de agosto de 2008

Rose: vida 5

La vista es espectacular.

—Me alegro mucho de que decidiéramos darnos este lujo —digo.

«Me alegro mucho de que me perdonaras. Me alegro mucho de que volvieras a mí».

Observo a Thomas de una manera posesiva, ávida, como si temiera que fuera a desaparecer de mi vida en cualquier momento. Él deja su equipaje en la banqueta y se acerca a los ventanales que dan al océano.

—Es un lugar perfecto —dice.

—Lo es. —Estoy muy contenta. Dichosa.

¿Sentimos dicha solo cuando somos conscientes de que la felicidad es huidiza? ¿Que no durará, por mucho que deseemos lo contrario?

—Me encanta estar aquí contigo —le digo.

Estoy radiante. Ofrezco la mejor versión de mí misma cuando engaño a mi marido. Cuando dejo atrás ese bebé llorón que Luke tanto deseaba y que me convenció para que tuviera, a pesar de todas las alarmas que sonaban en mi interior advirtiéndome: «No, Rose, no lo hagas, te conoces muy bien y sabes que nunca has querido ser madre».

—He leído que el restaurante del hotel es estupendo —comenta Thomas, y viene hacia mí. Me abraza—. ¿Tal vez deberíamos ir a comer?

Me apoyo en él, dejo que su cuerpo fuerte me sostenga, dejo que las corrientes de deseo, que son igual de fuertes, me recorran por dentro hasta que me pongo de espaldas al rugiente océano y guío a Thomas hacia la cama.

—Tal vez podríamos dejar lo de comer para luego —propongo riéndome al tiempo que lo empujo contra las carísimas sábanas blancas, suaves y frescas.

—No tengo nada que objetar —dice Thomas.

La cuestión es que amo a Addie. La adoro.

El día que nació, cuando vi su carita por primera vez, sentí esa oleada de amor maternal de la que todo el mundo habla. Tuve todas esas sensaciones que me habían anunciado —posesión, miedo, alegría, protección, el deseo de abrazarla hasta casi asfixiarla, una combinación de emociones que llegaban hasta la locura maternal—, seguidas del intenso convencimiento de que nunca podría perderla de vista. Era maravilloso y horrible a la vez.

Todo ello quedó eclipsado enseguida por la abrumadora realidad de que era madre. Para siempre. Sin posibilidad de devolver a Addie al lugar de donde vino. Lo que había hecho me abocaba a una responsabilidad permanente. Los esfuerzos cotidianos que comportaba, unidos a una constante falta de horas de sueño, sobrepasaban a veces ese amor, esa magia fugaz.

Lo único que me mantiene cuerda es Thomas. Cuando aquel día se marchó de la cafetería dudé si volvería a verlo. Pasaron dos semanas en las que no tuve noticias de él. Pero luego, hacia finales del semestre de primavera, un ansiado e-mail apareció en mi bandeja de entrada. En él, Thomas reconocía que, aun sabiendo que estaba mal, quería seguir viéndome; que, pese a todo, no podía dejar de pensar en mí. El alivio que sentí ese día fue casi tan poderoso como el amor que pronto sentiría por Addie. Prometí a Thomas que nunca volvería a mentirle, y no lo hice. No lo he hecho.

Y así comenzamos a vernos de nuevo, y cuando lo hacíamos, en las noches en que Thomas y yo nos las arreglábamos para cenar o merendar juntos en una cafetería, todo el mundo deducía que Thomas era el padre del bebé que crecía dentro de mí, redondeando mi vientre cada vez más. Yo no los sacaba del error. Por una vez, no estaba por la labor de corregir y de explicar, de decirles que «no, este hombre no es el padre, sino alguien con quien tengo una aventura».

Aparte de eso, no obstante, me di cuenta de que me encantaba tener ese secreto compartido con Thomas, el aire escandaloso que envolvía toda la historia, la idea de lo atónita que la gente se quedaría si supiera la verdad. Me hacía sentir mejor, como si una pequeña parte de la persona que solía ser antes de meterme en la antesala de la maternidad todavía existiera, agazapada dentro de mí. O quizá no era una parte tan pequeña, y eso, Thomas y nuestra aventura, fuera la prueba de ello.

—¿Cómo va el congreso? —pregunta Luke.

Miro por la ventana, disfrutando de la visión del mar. Thomas me aguarda en el restaurante del hotel. El océano presenta un color azul profundo moteado de puntos blancos. Soplan aires de tormenta.

—Oh, bueno, ya sabes, lo de siempre. Lleno de hombres

trajeados que no paran de hablar de sus apasionantes proyectos.

Ya se me da bien mentir. Se produce un silencio al otro lado de la línea, una pausa pensada para recordarme la pregunta que debería formular sin que Luke tuviera que sacarla a colación. Así que la hago, por fin, porque en realidad me importa y porque quiero demostrar que no se me ha olvidado que tengo una hija en casa.

—¿Cómo está Addie? ¿Ha comido bien?

—Addie y yo estamos muy bien. Pero creo que te echa de menos.

—Dirás que echa de menos a la mamá vaca.

—¿Tienes que expresarlo en esos términos, Rose?

—¿Qué tiene de malo? Se me antoja una descripción muy adecuada.

Addie rompe a llorar. Oigo sus berridos como si mi hija tuviera la boca pegada al teléfono. Por un instante el corazón me da un vuelco y siento el deseo de cogerla en brazos. Siempre me pasa lo mismo con Addie: aguanto un poco, pero no mucho. Cuando la llevaba dentro, había momentos en que me maravillaba al notar sus pataditas, sus movimientos. Sin embargo, había muchos más en que me molestaba cada pequeño tirón porque me recordaba que ella estaba allí.

—Tengo que dejarte —dice Luke—. Buena suerte con la presentación —añade antes de colgar, aunque no suena muy sincero.

Tecleo un mensaje para Thomas: «Ya está. Bajo en cinco minutos».

Cuanto más atroz es el engaño, más me siento yo misma. La Rose que era antes de quedar invadida por la maternidad se debate por respirar y va regresando poco a poco. Puedo sentirla expandiéndose y ocupando todo mi cuerpo, apartando cualquier retazo de instinto maternal. Me pregunto si estos terminarán atravesándome la piel y cayendo al suelo. Luego aparecería alguien para barrerlos y tirarlos a la basura.

Me pongo un vestido, orgullosa de caber en él teniendo en cuenta que hace solo unos meses que di a luz. Acto seguido, me sonrío en el espejo del cuarto de baño, me retoco el carmín de los labios y bajo al restaurante para disfrutar de una espléndida cena con el hombre del que estoy enamorada, el hombre que no es mi marido ni el padre de mi hija. Ni siquiera me siento culpable. Debería sentir más culpa, ¿no?

—¿En qué estás trabajando ahora? —me pregunta Thomas.

Levanto la vista de la hamaca donde he pasado un rato tumbada, en el porche encantador del hotel, lo más cerca posible del océano azul que esta mañana ha amanecido sereno, casi como un lago, después de la tormenta de anoche. La zona está llena de sillas y cojines de colores, y al final de la ancha terraza está esta hamaca. Desde el momento en que la vi, cuando entrábamos las maletas, supe que me instalaría en ella para leer o escribir durante todo el fin de semana.

Thomas acaba de ducharse y se ha puesto unos tejanos y un suéter fino. Se agacha para darme un beso y lo arrastro hacia la hamaca conmigo, el ordenador portátil casi acaba en el suelo.

—Ten cuidado —me advierte.

—Ya es un poco tarde para tener cuidado, ¿no crees? Hemos pasado a la fase de rebelión abierta.

—Si es así, me encanta la rebelión —dice Thomas—. Se ha convertido en mi estado favorito. —Intenta escudriñar la pantalla del portátil, lo abre un poco más para verlo mejor—. ¿Es algo nuevo?

—Sí. Empecé hace unas semanas. Pero solo es un tanteo.

Thomas se coloca el portátil delante y se pone a leer.

Me recuesto en los almohadones. El sol entra por los resquicios del techo y me calienta la piel.

En los últimos meses, Thomas y yo hemos estado leyendo nuestros respectivos proyectos. Es una parte de la relación que he disfrutado mucho, la manera en que podemos compartir esta faceta de nosotros mismos. Luke dejó de hablar de trabajo conmigo, tanto del suyo como del mío, hace mucho tiempo. A veces, si puedo escaparme, me acerco a ver un partido de rugby de los que juega Thomas, o él se reúne conmigo y con Jill para tomar café. Por fin le expliqué a Jill lo de Thomas.

Ella ni se inmutó. No creo que se sorprendiera siquiera. Lleva mucho tiempo enfadada con Luke, y arde en deseos de que lo abandone. Me parece que espera que Thomas sea el acicate que necesito para decidirme. Ojalá fuera tan fácil.

¿A la madre de un bebé se le permite abandonar a su marido? ¿Cuánto tiempo debería pasar para que ese paso se considere aceptable? Pero, al mismo tiempo, si fui una mujer embarazada que tenía una aventura y ahora una madre primeriza que sigue adelante con ella, ¿en qué empeoraría mi conducta si dejara al padre de la criatura?

Unas olitas surcan el agua, fraccionando la luz. Una mujer sale de un coche y corre hacia la tienda de la esquina, de donde reaparece un minuto después con un periódico y vuelve a subirse en el vehículo. Una chica con coleta hace footing.

Thomas levanta la vista de la pantalla.

—Este ensayo es muy distinto de lo que sueles escribir. Se diría que son unas memorias.

No advierto su expresión al decirlo porque lleva las gafas de sol puestas. ¿Le gusta? ¿No le gusta?

—Puede que sean unas memorias —admito.

Son escritos sobre todos los pensamientos que han pasado por mi cabeza sobre la maternidad antes de que Addie existiera, sobre todas las emociones que me embargan ahora que la tengo, las incertidumbres, la ira y el resentimiento, mezclados con el amor por esa personita que está en mi vida para siempre. Empezar me costó mucho, pero ya va saliendo solo. Cojo la mano de Thomas, observo las líneas profundas de su palma.

—Pero ¿te gusta? —pregunto. Antes de que Thomas pueda contestar sigo hablando—: Es probable que sea una idea horrible. Después de tener a Addie temí que no volvería a trabajar, ya lo sabes... Como mínimo estoy haciendo algo.

Thomas deja el portátil a un lado, en la hamaca. Se descalza y sube los pies, de manera que ambos nos quedamos sentados muy juntos, apretujados, mirando al océano.

—Me gusta, Rose. Creo que es fantástico.

—¿De verdad?

Asiente con la cabeza.

—Sin duda. Ojalá pudiera escribir así.

—Si lo hicieras, ¿sobre qué escribirías?

Thomas se queda un momento callado mientras el sol sigue acariciándonos, llenándonos de paz y de bienestar. El pensamiento de que esto acabará pronto y tendremos que volver a nuestras vidas aparece en mi mente, pero lo echo de inmediato.

—Creo que escribiría sobre mi familia, sobre mi infancia en las montañas. Sobre la relación que mantengo con mi hermana. No lo sé. —Se quita las gafas de sol y se frota los ojos—. O tal vez sobre por qué empecé a investigar el tema de la adicción, qué me llevó hasta él. Todos esos compañeros de instituto cuyas vidas terminaron siendo muy diferentes de la mía...

—Me encantaría leer ese libro —le digo.

Thomas me da un beso en el cuello.

—Bueno, a mí me encantaría leer el tuyo, así que estamos empatados. Lo cual significa que debes terminarlo para que pueda hacerlo.

—Sienta bien volver a escribir —admito—. Incluso aunque no acabe en nada.

—Estoy seguro de que acabará en algo —dice.

Me acurruco a su lado.

—Creo que, si intentara publicarlo, Luke me abandonaría.

Las palabras salen de mi boca antes de comprender que son ciertas.

—En ese caso, sí que deberías publicarlo —dice Thomas, y no hay ni un atisbo de humor en su tono de voz.

—Pero... ¿y Addie? ¿Qué pensaría Addie cuando tuviera la edad de leerlo?

—Rose... —Thomas vuelve el rostro hacia mí—. Addie pensará que tiene una madre que se esforzó por entender lo que significa para ella tener una hija, después de haberse opuesto a ello durante mucho tiempo.

Suspiro.

—Eso es precisamente lo que me preocupa.

He intentado jugar a las casitas por Luke, por Addie. He intentado ser esa ama de casa perfecta, sobre todo durante los primeros días, al regresar del hospital. He soportado el tiempo alejada de la universidad, de la enseñanza, de las horas de despacho y de ver a mis colegas. Sin embargo, estoy impaciente por volver a clase dentro de un par de semanas. Luke insiste en que me tome libre también el próximo semestre, pero no paro de decirle que no, de ninguna manera. Nunca me ha atraído la idea de usar parte de los ahorros que he acumulado obsesivamente para poder quedarme en casa otros cinco meses con Addie.

Ese dinero no estaba pensado para cubrir un permiso de maternidad. Eran ahorros para proyectos de investigación, para escribir un libro como resultado de esas investigaciones, para costearme la posibilidad de dar clases en el extranjero. Las mujeres con carreras académicas cogen la baja y luego tienen que esforzarse mucho para volver a su puesto. Eso nunca iba a pasarme a mí, y no estaba dispuesta a convertirme en una de ellas.

Puede que haya dado a luz y que tenga un bebé, pero esto no cambia el hecho de que soy una madre reticente y una esposa más reticente aún.

Con relación a Thomas, no lo soy, claro.

No siento la menor reticencia hacia él.

—¿Por qué estás aquí? —pregunto a Thomas de repente.

El sol ha cambiado. Thomas se aparta unos centímetros y se pone otra vez las gafas de sol.

—¿A qué te refieres?

—A qué haces aquí conmigo. Estoy casada, acabo de ser madre. He parido hace cuatro días, casi literalmente.

Mientras digo todo eso, deseo poder tragarme esas palabras. ¿Es un intento de sabotaje por mi parte? ¿Acaso no estábamos disfrutando de una tarde apacible y bonita, tumbados en este precioso porche?

Thomas se incorpora.

—¿A qué viene esto?

—Estaba pensando en Addie. En que no la quería y en que ahora que la tengo intento ser una buena madre... y estoy fracasando. De manera evidente. Soy un fracaso como madre y, sin duda, un fracaso como esposa.

Thomas se ha quedado inmóvil.

—Creo que la pregunta adecuada sería: ¿Qué estás haciendo tú aquí, Rose, conmigo? Por las mismas razones que acabas de citar.

Vuelvo el rostro hacia el de Thomas.

—No puedo dejar de verte. No lo soporté ni siquiera durante esas dos semanas en que no estuvimos juntos, mientras aún estaba embarazada.

—Bueno, yo sigo intentando dejarte y tampoco puedo —confiesa Thomas.

El pánico se abre paso dentro mí.

—¿Todavía lo intentas?

Thomas se aparta; no nos rozamos ya.

—Rose, me dije que no debía pasar este fin de semana contigo. Que cada vez que hacemos algo así solo logramos complicar las cosas. Me dije que debía llamarte y cancelarlo todo.

El pánico aflora.

—¿Estuviste a punto de cancelarlo? ¿De verdad te planteaste no pasar este fin de semana conmigo?

Mi voz se vuelve aguda, a pesar de que la sorpresa está fuera de lugar. Lo comprendo perfectamente. Soy una mujer casada y con una hija. ¿Qué está haciendo conmigo? Es atractivo, divertido, amable, un profesional excelente…, podría tener a cualquier otra mujer a su lado si quisiera, si lo intentara.

—Pero no lo hice —responde él—. ¿Estás llorando, Rose?

Me llevo un dedo a la mejilla y noto que se me humedece.

—Creo que sí.

—¿Quieres decirme por qué?

—Por lo mismo de siempre.

Recuerdo nuestra llegada al hotel y pienso que los primeros momentos que pasamos juntos siempre están llenos de gozo, de emoción, porque nos congratulamos de haber logrado dos noches enteras, cuarenta y ocho horas para nosotros dos solos. Me siento descarada, feliz, yo misma, y siempre tengo la impresión de que durará para siempre. Pero a medida que pasan las horas la felicidad se disipa y de repente puedo verlo, ahora mismo lo veo: el momento en que Thomas y yo tendremos que decirnos adiós de nuevo, regresar a nuestras respectivas casas, a nuestras respectivas vidas; el momento en que volveré a ser madre y esposa, alguien que no soy. Y él regresará a sus amigos, su trabajo y sus colegas, a las largas conversaciones telefónicas que mantiene todos los días con una hermana a la que aún no conozco, con unos padres a los que quiere con todo su corazón y que ni siquiera saben que existo. Cuando estalla la burbuja, la separación es lo único que alcanzo a ver.

Thomas guarda el portátil en la bolsa y me tiende la mano.

—Vamos —me dice.

—¿Adónde? —le pregunto, aunque conozco la respuesta.

Nos vamos a nuestra habitación, a la cama, haremos el amor y luego nos abrazaremos. Es lo que hacemos siempre que la realidad se impone. Y la realidad siempre lo hace, más pronto o más tarde.

Thomas no dice nada, se limita a guiarme hacia la planta de arriba. Antes de entrar en la habitación, antes de abrir esa puerta, se vuelve hacia mí y me mira a los ojos.

—Yo no me iré a ninguna parte, Rose.

—¿No?

—No. No podría.

—¿Por qué?

—Porque te quiero —dice sin rodeos, como si no tuviera que pensárselo siquiera. Y tal vez así es. Tal vez no hay vuelta atrás para ninguno de los dos.

—Yo también te quiero —le digo, porque sé que para mí tampoco la hay.

De esto no me cabe ninguna duda.

El otro momento de llanto del fin de semana se produce cuando me toca marcharme, cuando Thomas tiene que dejarme en la esquina de mi calle. Lo veo partir, regresar a su propia vida, una vida que está completamente separada de la mía. Sé que debería sentirme fatal por lo que he hecho este fin de semana, lo que les he hecho a Luke y a Addie, por toda la acumulación de engaños. Pero no puedo sentirme así. ¿Cómo puede una arrepentirse de amar a alguien hasta tal punto? ¿De estar con alguien que me hace recordar quién soy de verdad?

Arrastro la maleta por la acera y, a dos manzanas del edificio donde resido, llegan las lágrimas. Cuando estoy a una sola manzana, el llanto es tan sobrecogedor que apenas me deja respirar. Me quedo en la acera, sollozando, y los transeúntes me miran como si estuviera chiflada.

Hay una iglesia cerca, pequeña pero bonita, y entro en ella con maleta y todo. La luz que atraviesa las vidrieras tiene matices rojizos, anaranjados y rosáceos, rayos que cruzan el espacio vacío y oscuro, motas de polvo que centellean y danzan en el aire. A estas horas está vacía. Paso por delante de la pila de agua bendita y me siento en el último banco. Lloro hasta que ya no me quedan lágrimas.

Luego, cuando por fin recobro el aliento, mientras los verdes y amarillos y violetas de la ventana se iluminan por el sol, me levanto y me arrastro de nuevo hacia la luz del día, hacia el bullicio de las calles, hacia el piso que comparto con mi marido y con mi hija Addie. Camino hasta la puerta y sé que en cuanto cruce este umbral debo asumir de nuevo mi papel de madre, el único que pensé que nunca representaría en esta vida, el único que nunca quise para mí. Y, sin embargo, aquí estoy.

21

2 de marzo de 2008

Rose: vida 4

—Luke, algo no va bien.

Estoy en la cocina. Mi mano se agarra al borde de la encimera negra justo donde hay una hendidura. Hundo el dedo en ese valle rugoso y me quedo allí.

—¿Luke? —grito en voz más alta.

La cabeza me da vueltas y el pulso me retumba en los oídos. Por fin sé qué quiere decir la gente con esa frase. Me siento en el suelo, sobre las migas y otros restos de suciedad que se me han caído mientras intentaba hacer la cena. Las rodillas se me doblan en ángulos rectos, el bulto inmenso que ocupa la parte media de mi cuerpo está rígido, endurecido de una manera que me resulta nueva. No es la dureza habitual del vientre de una embarazada a la que me había acostumbrado ya. Algo ha cambiado.

Estoy a punto de echarme a gritar cuando Luke aparece desde el pasillo con los auriculares puestos, absorto en lo que sea que escucha. Corre hacia mí en cuanto me ve en el suelo.

—¿Has roto aguas?

—No —le digo—. No lo creo.

Ambos miramos hacia ese punto situado entre mis piernas, escudriñamos mis pantalones de color gris marengo para averiguar si la parte interior de los muslos está húmeda. No lo está. A lo mejor solo estoy histérica y no pasa nada.

—¿Crees que ha llegado la hora? —pregunta Luke.

Su voz tiene esa nota alegre que he llegado a adorar a lo largo de estos meses, perceptible desde que le anuncié que estaba embarazada. Abraza la preocupación que también advierto en su voz.

Dejo que me abrace también a mí. Necesito ese cariño.

Desde el inicio del embarazo, la felicidad de Luke se ha filtrado en mí y se ha propagado como si fuera una medicina que necesitaba sin saberlo. Ha curado nuestro matrimonio. Nuestra relación nunca ha sido mejor.

¿Quién iba a decir que el embarazo pudiera ser la respuesta?

Siempre había pensado que más bien nos destruiría en lugar de hacernos felices.

Y de repente un dolor atroz me recorre el vientre y me pongo a gritar.

Un día, hace alrededor de tres meses, Luke llegó a casa más temprano de lo habitual; me sorprendió, porque no lo esperaba hasta dos horas después. Entró en la cocina y me pilló hablándole en voz alta a mi vientre. Bueno, al bebé. Sí, me había dado por ahí, aunque no lo hacía nunca delante de nadie, sobre todo delante de Luke.

Yo solía llegar a casa de la universidad sobre las tres y, a veces, me daba por ponerme a cocinar algo sabroso. Esa tarde estaba preparando una salsa que comporta tres buenas horas de esmerada cocción. Me hallaba en la fase de trocear los ingredientes básicos.

—¿Sabías que con apio, zanahorias, una cebolla y un

poco de ajo puedes dar un toque delicioso a casi todo? Un día ayudarás a mamá a preparar esta salsa. Quizá le pida al abuelo que te haga un taburete o una escalerita para que llegues hasta la encimera y veas lo que preparo. Apuesto a que el abuelo estaría encantado. Cocinaremos juntas, y estarás orgullosa de ti misma cuando pruebes lo que has hecho con tus manitas. Mi madre, tu abuela, adora cocinar, y me transmitió ese amor, el mismo que yo quiero inculcarte.

No soy nada ñoña, y odio el sentimentalismo que suele rodear a las mujeres encinta, esos cuentos de que se les caerá la baba con el bebé, ese «No sabes lo que es, espera y verás». ¡Ni de coña!

Pero también es verdad que hablar con el bebé mientras estaba sola en casa se había convertido en una nueva norma. Es muy extraño. Tú eres tú, un ente individual y separado del resto, pero durante un periodo de nueve meses te conviertes en dos personas en una. No sientes de verdad esa parte hasta que empiezas a notar que el cuerpo te cambia, hasta que ves la prueba fehaciente de ello cada vez que bajas la mirada: hay algo ahí, dentro de ti. El tú que conocías ha cambiado. Se ha expandido. Y cuando el feto empieza a moverse y a dar patadas ya no te cabe ninguna duda: has dejado de ser una sola persona para convertirte en dos.

En realidad, es algo bastante bonito.

Así que ahí estaba yo, absorta en mi charla mientras empezaba a trocear la panceta. Me hallaba en mitad de una frase cuando oí ruido a mi espalda. Me callé, solté el cuchillo y di media vuelta. Y ahí estaba Luke, observándome con una expresión ridícula en la cara.

—¿Cuánto tiempo llevas aquí? —grité.

Noté que las mejillas se me enrojecían. La sangre ascendía por mi cuello provocándome una sensación ardiente en la frente y las orejas. Tenía los dientes apretados. Me sentí pillada en falta.

Luke esbozó una enorme sonrisa.

—No mucho… —empezó.

—¡No te creo! ¿Qué has oído? —chillé.

—Rose, cálmate. ¿A qué viene este enfado?

Fui a la cocina y apagué el fuego de un manotazo.

—No deberías espiarme.

Luke se echó a reír a carcajadas. Me dieron ganas de pegarle.

—Te enfadas porque estás avergonzada. No deberías estarlo. No te espiaba, me he limitado a escuchar.

—Sin mi permiso.

—Bueno, sí, supongo que sí. Lamento haberte disgustado. Pero era tan dulce oírte hablarle así al bebé, Rose… ¡Me he quedado atónito! No me lo esperaba, y no he podido evitarlo; quería oír lo que le decías. ¿Lo haces a menudo?

Apreté los puños. Intenté respirar hondo para calmarme. Aún notaba el ardor en la piel. El embarazo había tenido sus más y sus menos, algunos ratos buenos y muchos enloquecedores. Dado que todo el mundo sabía que no quería hijos, ahora que iba a tener uno me sentía vigilada, cansada de que los demás se preguntaran qué tal llevaba el embarazo, como si tuvieran algún derecho a juzgar, controlar y opinar sobre mi conducta. Estaba muy sensible con el tema.

—Rose… —La risa de Luke se había disipado. Dio un paso hacia mí. Aparté la mirada de la tabla de cortar—. Me ha hecho feliz oírte. A veces me pregunto si te sientes conectada con el bebé. No lo demuestras cuando estoy por aquí, y nunca me atrevo a preguntártelo porque sé que todo esto ha sido difícil para ti.

Posó las manos en mis antebrazos y me besó en el cuello.

—Te quiero. Siento haber estado escuchando sin tu permiso. No volverá a suceder.

—Sí que lo hago —admití. Como no podía decirlo mirándolo a la cara, se lo dije a la cocina, a la cazuela donde había echado ya el ajo y el aceite de oliva—. Hablo con el bebé —aclaré—. A todas horas, ¿vale?

—Vale —susurró Luke, y apartó los dedos de mis brazos.

Sabía que debía confiar en Luke. Aunque la gente que me rodea se mostraba dura en ocasiones, Luke se había mantenido firme. El embarazo había mejorado mucho las cosas entre nosotros y estábamos cada día más unidos. Aun así, en ese momento no me sentía capaz todavía de mirarlo a los ojos, de manera que seguí desviando la vista a la izquierda, como si contemplara los trocitos de panceta que acababa de cortar.

—Me he acostumbrado a que ella, porque es ella, ya sabes que de eso estoy segura, esté conmigo a todas horas. Es alguien real. Para mí ya es una persona. No sé cómo explicarlo.

Creo que para entonces Luke había dejado de respirar.

—Y como es una persona, le cuento cosas. Pero no quiero seguir hablando de esto. Ni tampoco que se lo cuentes a nadie. —Mi voz se elevaba de nuevo, flotando por el suculento aire que se respiraba en la cocina—. ¡Y a tus padres menos aún!

—Mis labios están sellados —prometió—. Sin embargo, lo que te he dicho iba en serio. No tienes por qué avergonzarte de nada. Y mucho menos delante de mí.

Pero me daba vergüenza. Estaba segura de que, en cuanto los demás se enteraran, empezaría a oír ese sonsonete burlón: «Mira que te lo dije, te advertí que te pasaría en cuanto te quedaras embarazada. Mira a Rose jugando a las mamás, ¡quién lo habría imaginado!».

—Es algo íntimo —me limité a concluir antes de seguir con la comida.

Con el tiempo, toda esa resistencia se esfumó. Luke y yo manteníamos largas y animadas conversaciones con nuestra futura hija que se convirtieron en bromas divertidas y privadas entre los dos. Contamos a mi barriga anécdotas de nuestras familias y cosas que nos habían sucedido ese día en el trabajo, a él o a mí. Le enseñé a cocinar y a obtener financiación para un estudio a través de la Junta de Revisión Institucional de mi universidad. Luke le enseñó a montar muebles de IKEA. Vimos nuestros programas favoritos con ella, la llevamos de paseo por el barrio y a todos los restaurantes que nos gustaban.

Mi vergüenza desapareció.

Se transformó en felicidad, esperanza. Alegría.

La sangre empapa mis mallas grises.

—Dios mío —dice Luke una y otra vez—, Dios mío, Dios mío. Vale, hay que llevarte al hospital. ¿Puedes levantarte?

Oigo la voz de Luke, pero me llega como si él estuviera mucho más lejos. Amortiguada. Y eso que tengo su cara delante de la mía. ¿Por qué no lo oigo mejor? Lo veo todo borroso, no consigo enfocar la vista. Manos invisibles me empujan hacia el suelo desde la cabeza y desde los hombros. Me tumbo de lado y me quedo allí. ¿A qué viene que me toquen tantas manos? ¿De quiénes son? En casa solamente estamos Luke y yo.

—Rose...

Noto la madera suave y fresca bajo la mejilla.

—¡Vengan rápido! ¡Dense prisa! ¡Rose!

Un millón de manos me presionan por todo el cuerpo intentando volverme más compacta. Pesan tanto... ¿Son manos de verdad? Alguien me levanta el brazo.

Ha sido Luke. Oh, vale, solo Luke.

Lo miro. Por un momento me embarga una sensación de paz.

Cuando vuelvo a abrir los ojos me ciega un resplandor más brillante que el del sol.

—Hola... ¿Dónde estoy? ¿Qué hora es?

La cabeza me da vueltas. Noto el cuerpo entumecido.

—¡Rose! ¡Se ha despertado!

Es la voz de Luke. Y él... ¿dónde está?

—¿Luke?

—Estoy aquí.

Me obligo a volver la cabeza. Parece una misión imposible, pero lo logro. Ah, sí. Aquí está. A mi lado.

—¿Qué haces de rodillas en el suelo, Luke? ¿Estás llorando?

—Rose... —No dice nada más, tiene el rostro surcado de lágrimas.

¿Por qué no siento el cuerpo?

—¿Por qué no siento el cuerpo? —le pregunto, ya que se me antoja probable que él sepa la respuesta. Alguien tiene que saberla—. ¿Estoy en el hospital?

Hay algo que no recuerdo.

Una enfermera se acerca a Luke. Lleva un bebé en brazos. Luke la mira y coge al bebé.

Los párpados me pesan, pero me obligo a mantenerlos abiertos.

—El bebé, el bebé... ¿He tenido el bebé?

Los recuerdos se deslizan por mi mente, despacio, uno

por uno. Estoy en casa. El dolor. La sangre entre las piernas. Y luego… nada. Me asalta un pánico intenso.

—¿La niña está bien? ¿Ha pasado algo?

Luke se mueve un poco y me enseña los brazos para que pueda ver al bebé que acuna en ellos.

—Te presento a nuestra hija, Rose. Está bien. ¿Qué digo bien? Es perfecta.

¡Y así es! Tiene los ojitos cerrados y unos labios perfectos, y la naricita más hermosa del universo. Pero ahora tengo la impresión de que alguien me agarra por los pies, y eso me distrae; es como si quisieran meterme debajo del agua.

—Hola —consigo decir.

Luke estalla en sollozos.

—¿Lloras de felicidad? —le pregunto.

No me contesta.

Ojalá dejara de lloriquear.

—Creo que al final me han drogado para el parto —digo, en un intento de bromear.

Luke y yo habíamos discutido mucho sobre las ventajas y desventajas del parto natural frente a las cesáreas y epidurales. Yo aseguraba que quería estar inconsciente durante toda la experiencia, lo cual siempre hacía enfadar a Luke. De todos modos, creo que al final me he salido con la mía. Me planteo decirlo para hacer otra broma, pero Luke está tan afectado que opto por callarme.

Además, ahora que la niña ya ha llegado, ¿qué importancia tiene?

—¿Están aquí mis padres? —pregunto. La habitación me da vueltas—. Quiero a mi madre.

—Vienen de camino. No tardarán, Rose.

Hay algo que Luke no me cuenta. Lo noto.

Extiendo los brazos hacia la niña. Nuestra hija.

—Déjame verla —le digo.

Luke obedece y se mueve un poco para que la vea mejor.

—¿Cómo vamos a llamarla? —pregunto.

Habíamos decidido esperar hasta verle la cara para escoger su nombre. Un poco por eso, y un poco por superstición, la verdad es que no llegamos a decidir nada. Además, tampoco sabíamos con absoluta seguridad si sería niño o niña.

—Creo que deberíamos llamarla Rose —dice Luke.

—¿Rose? Eso es absurdo. —Intento reírme, pero no puedo, mi cuerpo se resiste a hacerlo—. En mi cabeza siempre he pensado en ella como Adelaide. Addie. Ya sé que está anticuado, pero...

—Rose... —Luke empieza a hablar, tal vez conmigo. Su voz se pierde otra vez. ¿O está hablando con el bebé y por eso de repente me cuesta tanto entenderlo?

Justo entonces, lo que sea que me cogía de los pies se aferra a ellos con fuerza y da un potente tirón. Me sumerjo en el agua y eso sofoca cualquier otro ruido.

Cuando tenía seis o siete años me metí en el océano sin que mi madre se diera cuenta. Había mucho oleaje ese día. Un temporal había recorrido toda la costa y las aguas habían estado revueltas, pero entonces brillaba el sol y el océano era un mar de luz. Me interné en el agua, sin miedo, como una boba. Mi padre me había enseñado a sortear las olas grandes y pensé que podría apañármelas sola. La primera fue la más alta que había visto nunca. Me hundí y la dejé pasar, tal como papá me había enseñado, orgullosa de mí misma; pero al salir a la superficie llegó otra, más alta aún, amenazante y directa hacia la orilla. Me cayó encima antes de que pudiera evitarlo, y me absorbió. La sensación fue como si me engullera algo tenso, oscuro, de una fuerza atroz. Algo que no iba a soltarme nunca..., eso pensé, al menos. Sin embargo, ese día tuve suerte y de repente apareció mi madre, que, armándose de valor, me agarró con fuerza de la mano y me sacó del agua.

Ahora, por un instante, consigo salir a la superficie en busca de aire. Al hacerlo oigo voces.

—Mamá, ¿eres tú? —consigo decir, o quizá no, porque nadie parece oírme.

—¡La perdemos! —grita un médico.

—Te quiero, Rose. Te quiero tanto... Lo siento —dice Luke.

No lo veo, así que debe de estar susurrándome al oído.

Otra ola llega entonces, la más grande de todas. El mundo se desvanece, yo me desvanezco con él.

Y me voy.

CUARTA PARTE

Sale Rose:
vida 4

Aparecen otras Roses:
vidas 6 y 8

22

15 de agosto de 2006

Rose: vidas 6 y 8

Luke se ha plantado junto a mi mesilla de noche. Nunca se acerca a ese lado de la cama. En la mano sostiene un frasco de vitaminas prenatales. Lo levanta.

Lo sacude como si fuera un sonajero.

—Me lo prometiste —dice en un tono neutro, despacio.

Asiento con la cabeza con la misma lentitud.

—Así es. Tienes razón.

—¿Ah, sí?

Mi marido parece sorprenderse de que lo admita con tanta facilidad.

Yo también, pero es la verdad. Se lo prometí y no he cumplido mi palabra. ¿Por qué no decirlo en voz alta? ¿Qué puedo perder?

—Sí. Y lo siento.

Luke se sienta en el borde de la cama. Si estuviera fotografiándose a sí mismo, el pie de foto podría ser: «Luke. Retrato de un cónyuge engañado».

—¿Por qué has dejado de tomarlas?

Voy a sentarme junto a mi marido, ese hombre que en los últimos tiempos se me antoja un extraño.

—No lo sé. Bueno, sí, en parte sí. Para empezar, me sientan fatal al estómago. Pero supongo que sobre todo no las tomo porque no quiero. Porque, como sabes, nunca he querido tener hijos.

—Pero dijiste...

—Dije que me tomaría las vitaminas. Sí.

—Pensé que eso era como decirme que estabas abierta a intentarlo.

—A mí nunca me pareció lo mismo.

Luke hace girar el frasco entre sus manos y el ruido de las pastillas llena el silencio. La etiqueta ofrece tantas promesas... ¡Ácido fólico! ¡Hierro! La palabra ESENCIAL escrita en mayúsculas por todas partes.

—¿Para qué ibas a tomar vitaminas prenatales si sigues sin estar abierta a la posibilidad de que tengamos un hijo?

—Para hacerte feliz —le digo, y luego me arrepiento un poco. Aunque en parte es así, no es del todo verdad—. Para que dejes de presionarme.

Levanto las piernas y las cruzo sobre la fina y tiesa colcha blanca, la que ponemos durante el húmedo y bochornoso verano que sufrimos en esta ciudad. Añoro la que ponemos en invierno, gruesa y mullida, porque se me antoja más acogedora, más suave y protectora.

—Pensé que así dejaríamos de discutir. Y en realidad hasta ahora ha sido así.

—¿Ahora estamos discutiendo?

—No lo sé. ¿Tú qué crees?

Luke se vuelve para mirarme. Sube las piernas a la cama y las cruza, de manera que estamos en la misma postura.

—No quiero discutir. No nos dejemos arrastrar a una discusión, ¿vale?

—De acuerdo —acepto. Nos miramos, sin saber muy bien cómo seguir—. ¿Y ahora qué?

Mi marido se encoge de hombros, las mangas cortas de su camiseta gris se elevan un par de centímetros y dejan al descubierto sus bíceps, fuertes gracias al equipo de fotografía con el que siempre carga. Me sorprende de repente lo atractivo que Luke sigue siendo, algo que, al parecer, se me ha olvidado durante estos últimos meses. Me dan ganas de besarlo, de acoplarme a su cuerpo.

Podría besarlo, claro.

Como esposa suya, debería hacerlo.

¿No?

¿No es así como las esposas rebajan la tensión, y resuelven peleas y desacuerdos? ¿Sexo compensatorio? Pero Luke y yo nunca hemos sido una de esas parejas, y además jamás he entendido el concepto. El sexo no es lo que me apetece cuando discuto con Luke. Más bien me dan ganas de lanzar cosas, de dar gritos o de lloriquear durante veinticuatro horas.

Pero ¿y si por una vez, solo por un rato, me dejo de ideas y de preocupaciones, y aparto de la mente todo este tema del bebé que ha estado impidiéndome acercarme a Luke? ¿Y si dejo que sean la suerte y la biología las que decidan mi futuro? ¿Las que elijan por mí si seré madre o no? Si pasa, bienvenido sea, y si no, Luke no podrá decir que no lo intentamos. Podré argüir que puse de mi parte, o al menos que acepté abrazar la idea de ser madre, algo que, vaya por Dios, el destino no nos tenía reservado. Tema zanjado, en un sentido u otro.

Sería bonito poder decir que lo intenté.

La posibilidad se extiende ante mí, alentadora, susurrante.

El primer paso que doy por ese camino es un simple gesto, un mero roce de los dedos sobre el brazo desnudo de mi marido. Tras eso sigo adelante y paso a acariciar la mejilla de mi marido y a besarlo. Besarlo en serio. Se han acabado las palabras, las discusiones, las decisiones.

De momento me lanzo a ello.

Como si fuera un experimento.

23

3 de julio de 2007

Rose: vidas 6 y 8

—¿Mamá?

—¿Sí, cariño?

Mi madre está en la cocina, entretenida con la masa de hojaldre. Lleva una camiseta ancha, roja, blanca y azul, manchada de harina. «¡Hay que dejarse llevar por el espíritu del Cuatro de Julio!», exclamó cuando apareció a desayunar vestida con los colores de la bandera. Estamos pasando unos días en la casa que mis padres alquilan durante las vacaciones de verano todos los años, la que está prácticamente en la playa.

—¿Papá y tú os planteasteis alguna vez no tenerme?

El mango del viejo rodillo, suelto tras años de uso, hace ruido al presionar la masa. Mi madre saca el papel para hornear, lo espolvorea con harina y una nubecilla blanca se eleva en el aire húmedo.

—¿De qué estás hablando, Rose?

El vaso de plástico que contiene mi café con hielo ha manchado la servilleta, el hielo casi se ha fundido. Doy un sorbo, muerdo la pajita. El sonido de las olas llena el silencio. ¿De verdad quiero contárselo? ¿En serio voy a hacerlo?

Sí.

—Cuando tú y papá intentabais que te quedases embarazada, ¿alguna vez pensasteis en olvidaros del tema? ¿En no tener hijos?

El rodillo hace un clinc al impactar contra la masa. Mi madre se detiene y levanta la vista.

—Claro que sí. ¡Muchas veces!

—¿De verdad? —A pesar de que soy yo quien ha formulado la pregunta, mi voz rezuma escepticismo.

Mi madre frunce el ceño. Tiene la frente perlada de sudor. Sigue sujetando el rodillo con ambas manos. Lo aparta de la masa y lo sostiene a la altura de la cintura.

—Rose, cuando te pasas diez años intentando tener un hijo, hay muchos momentos en que tirarías la toalla. Y no porque no te quisiéramos, ya lo sabes.

—Claro —me apresuro a decir—. Me parece lógico.

Mi madre deja el rodillo y se sacude la harina de la camiseta patriótica. Desde la terraza nos llega el ruido de una silla sobre el suelo y deduzco que mi padre acaba de cambiar de postura.

—¿A qué viene esto?

Me planteo cambiar de tema, pasar a otro más trivial, pero al final me lanzo:

—Supongo que será una sorpresa para ti, pero… —Trago saliva—. Luke y yo hemos estado intentándolo.

Mi madre levanta los brazos, y todo su cuerpo se agita como si fuera una marioneta. El rodillo acaba cayendo al suelo con estrépito.

—¿Qué?

—¿Va todo bien ahí dentro? —pregunta mi padre desde la terraza.

—¡No pasa nada, papá! —le grito.

—Pero vosotros no queréis tener hijos —susurra mi madre—. Tú nunca los has querido. Me has torturado con eso desde que eras adolescente, advirtiéndome que no esperara nietos. No te creo —rezonga.

Está claro que ha sido un error.

—Vale, pues no me creas. Siento habértelo contado.

Me bebo el resto del café, que ya está a temperatura ambiente, y me dispongo a salir de la cocina cuando una mano cubierta de harina me agarra del brazo.

—Espera —dice mi madre—. Quédate y hablemos.

No me digno volver la cabeza.

—Me ha costado mucho sacar el tema y no pienso hablar de él si vas a ponerte difícil o a hacerme sentir avergonzada. —Respiro hondo, mis pulmones se llenan de aire caliente—. Esto no me resulta fácil.

Oigo que mi madre inspira profundamente.

—Rose, puedes hablar conmigo de lo que quieras. No debería haber reaccionado así. Me has pillado por sorpresa, eso es todo. Nunca pensé que...

—Ya lo sé.

—¿Por qué no vamos a sentarnos al dormitorio? Allí tendremos un poco de intimidad.

Mi madre me adelanta y me guía hacia la habitación en la que duermen ella y mi padre, un cuarto desde el que se ve el mar si te sitúas en el punto justo, a un lado de la ventana. Luke y yo dormimos en la habitación pequeña, al otro lado del pasillo. Mi marido está haciendo fotos al santuario de aves que hay en el otro extremo de la playa mientras que mi padre está en la terraza, leyendo al sol.

Mamá se sienta en la cama y me invita a hacerlo a su lado. Luego coge una almohada y se la acerca al pecho, abrazándola con ambas manos. Está llenándolo todo de harina, hay manchas blancas en la colcha gris y en la almohada. Tiene harina incluso en el pelo, porque se ha pasado la mano por la cabeza, pero no se lo digo.

Me siento, e intento calmarme y hablar tranquila, olvidando todas las dudas que me asaltaban sobre la conveniencia de mantener esta conversación.

—Al principio no fue exactamente una decisión. Luke y yo solo nos... abrimos a la posibilidad —explico, y mi madre me mira con una expresión de incredulidad en la cara—. Vale. Decidí que no quería seguir comiéndome tanto la cabeza con esto. Que era mejor dejarse llevar. Si me quedaba embarazada, pues bien, y si no..., bueno, pues también.

—Vaya, Rose. ¡Vaya! ¡Vaya!

La frustración me acaricia la piel.

—Mamá, si lo único que vas a hacer es expresar tu sorpresa, dejo el tema ahora mismo.

Mi madre suspira y desvía la mirada hacia la ventana.

—Claro que no, cariño. Solo tienes que concederme un poco de tiempo para acostumbrarme. Son muchas cosas a las que hacerme a la idea. —Sonríe y aplaude, alborozada. Luego se sobrepone a esa alegría—. Vale, ya he tenido mi momento de regocijo. Ahora estoy tranquila, lista para escucharte. Dime, ¿cuándo ha sido? ¿Desde cuándo Luke y tú estáis... dejando que pase lo que tenga que pasar?

—Hace casi un año.

—Cariño, un año no es nada. Sobre todo si no estáis intentándolo de manera activa.

—Tal vez sea el destino el que esté decidiendo por nosotros.

—Tal vez.

—En realidad, nunca hemos dicho en voz alta que lo estábamos intentando.

Mi madre vuelve a fruncir el ceño.

—¿Cómo es posible?

Pienso en el día de esa discusión que acabó en sexo.

—No sé, mamá. Simplemente dejamos de hablar de la cuestión. Ha sido una especie de acuerdo tácito. Supongo que Luke tiene miedo de abordar el tema de manera directa por si me enfado y le digo que se olvide de ello.

Mi madre suelta un bufido.

—¿Harías eso?

Decido ser sincera.

—No lo sé. Podría ser.

—¡Pobre marido tuyo!

—¿Pobre marido mío? ¿En serio, mamá?

—Rose, creo que en este tema estaría bien que os pusierais de acuerdo.

Me levanto para conectar el aire acondicionado. El calor me está matando. Y me preocupa que Luke vuelva de su expedición fotográfica y nos oiga. El aparato zumba un poco antes de empezar a funcionar de verdad. Noto el aire frío y me quedo delante de las rejillas, con las manos alzadas para sentirlo más.

—Luke y yo nunca estaremos de acuerdo en esto. —Miro a mi madre—. Este es el máximo acuerdo al que vamos a llegar.

Mi madre se mueve para ponerse más cerca de mí.

—¿Y te parece justo?

Doy la espalda al aparato de aire acondicionado, que ahora suelta un aire helado. No tardaré en sentir frío, pero no me aparto. No me gusta que mi madre me haga estas preguntas, no tengo una buena respuesta para ella.

—Y bien, ¿te parece justa toda la presión que he tenido que aguantar yo para tener un hijo que nunca he querido, mamá?

Oigo suspirar a mi madre.

—Rose... No. Supongo que tampoco es justo.

Estoy temblando.

—¿No estarías enfadada si estuvieras en mi lugar?

—No lo sé. Me cuesta entenderlo, Rose. Soy una de esas personas que tú desprecias, una mujer que creció soñando con tener descendencia y que necesitaba un hijo como si su vida dependiera de ello, así que hice todo lo posible por tenerlo. Ser madre ha sido toda mi vida.

—Mamá... —Vuelvo a la cama y me siento a su lado—. Yo no te desprecio.

Inclina la cabeza y me observa con sus ojos castaños.

—Pero tampoco respetas a las mujeres como yo. Soy la última persona que querrías ser.

—Eso no es verdad. —Lo he dicho, pero ¿seguro que no tiene razón?

—Claro que es verdad. Te has pasado la vida tratando de ser lo contrario a mí, dedicándote a todo lo que yo nunca hice. ¡Y por eso me siento muy orgullosa de ti! Te has convertido en tu propio yo... ¡Un yo maravilloso y triunfador! Y lo mejor de todo es que me consta que adoras lo que haces. —Baja la vista hasta la alfombra y estruja con más fuerza la almohada—. Pero a veces me ha costado comprenderte. Siempre he pensado que un hijo tuyo nos uniría más. Y he deseado tener un nieto, por supuesto. Sin embargo, lo que me he preguntado de verdad es: si tuvieras un hijo, ¿me necesitarías de nuevo? ¿Podría serte útil? Eso me encantaría. —Se ríe, aunque es una risa triste—. Al menos en eso podría ayudarte... En lo que respecta a tu carrera, pocos consejos puedo ofrecerte.

Sus palabras flotan en el bochornoso aire de verano.

—Mamá, lo siento.

Me mira a los ojos. Con dureza.

—No tienes por qué sentirlo. Está bien que seas distinta de tu madre.

No sé qué decir. En cierto sentido, mi madre ha sido exactamente el modelo de persona en quien yo no quería convertirme: una madre a tiempo completo, que se quedaba en casa para cuidar de su hija, que se ha pasado la vida en la cocina, limpiando y cuidando de mí y de mi padre. Me situé en el camino opuesto, y no tuve el menor reparo en expresarlo en voz alta y a menudo. Nunca me callé sobre eso, nunca dejé de decir que no quería parecerme en absoluto a ella cuando fuera mayor.

Si tuviera una hija, ¿me haría lo mismo? ¿Intentaría convertirse en alguien opuesto a mí y advertírmelo a todas horas? ¿Disentiría de todas las decisiones que he tomado? ¿Sería yo capaz de soportarlo? ¿Cómo lo aguanta mi madre?

—Ya sabes que te quiero —le digo. Y añado—: A veces me porto contigo como un mal bicho. Ojalá no fuera así. Lo siento mucho.

Mi madre se echa a reír, y esta vez son carcajadas sinceras, sin el menor atisbo de tristeza.

—No eres un mal bicho. Ni se te ocurra decirlo.

—Sería una mala madre —prosigo—. Tal vez sea esa la respuesta, ¿no? Debería escuchar a mi instinto y salvar a mi futura hija del trauma de tener una madre como yo.

—¡Rose! ¡No digas eso tampoco! Además, no creo que sea cierto. Estoy segura de que serías una buena madre. Una gran madre. ¡Y yo sería una abuela estupenda!

—Lo último te lo compro, mamá. —Pongo la mano en la cama, al lado del pie de mi madre—. Pero tengo mis dudas sobre la primera parte de lo que has dicho.

Mi madre se quita un poco de harina de la cara.

—Eso no lo sabrás hasta que lo intentes.

—Ya, bueno. Al paso que vamos, no lo descubriré nunca. Y tal vez sea lo mejor.

—Quizá sí. De todos modos, creo que tú y Luke deberíais seguir intentándolo, por si acaso resulta que luego te encanta. Y si no te quedas embarazada, también podríais pensar en la adopción. —Habla en un tono de voz suave, pero alentador—. Es una posibilidad, ¿no?

La temperatura de la habitación ha bajado y a mi madre se le está poniendo la piel de gallina.

—Volvamos a la cocina —digo—. Papá debe de estar preguntándose dónde nos hemos metido y Luke no tardará en llegar.

—De acuerdo, cariño —asiente mi madre un instante después.

Las dos nos levantamos de la cama. Mamá apaga el aire acondicionado y la estancia se queda de nuevo en silencio.

—¿De verdad te parece bien que acabe teniendo un hijo sin estar segura de querer tenerlo?

—Sí.

—Pero ¿por qué?

—Porque tengo fe en ti, Rose Napolitano —dice justo antes de abrir la puerta.

24

22 de abril de 2009

Rose: vida 5

Mi marido duerme a mi lado en la cama.

Addie duerme junto a mi otro costado.

Solo me falta que Thomas esté tumbado a mis pies.

En cierto sentido, Thomas está aquí. Siempre lo está, al menos en forma de recuerdo, de deseo, incluso cuando intento ahuyentar su presencia. Es lo que hago ahora. Me prometo que es lo que haré de ahora en adelante.

La luz de la mesilla de noche ilumina a Addie, pero no parece molestarle. Está hecha un ovillo a mi lado, en esa posición tan graciosa que adopta para dormir, con el culito en pompa y soltando el aire por la nariz en forma de leves gruñidos. Ese ruido es una de las cosas que más adoro de ella. Es algo absolutamente irracional, tan irracional que me convence de que quizá llegue a ser una buena madre. Su aliento en mi oído, ese ligero jadeo, tan espontáneo.

La pequeña Snuffy. Así la llamo. No tardé mucho en ponerle ese apodo. Me sentaba a escuchar a Addie como si estuviera ante la radio, la miraba como se mira un programa de televisión. Los sonidos que emite cuando duerme me hacen pensar en unas cuerdecitas, campanas de una iglesia que me cuelgan del corazón y tiran de él cada vez que los oigo. Podría pasarme el día entero escuchándola, observándola, como si fuera un espectáculo que me tiene enganchada.

—Hola, pequeña Snuffy —le susurro, pero solo porque Luke duerme y no puede oírme.

Nunca diría algo así delante de él. Si me oyera, haría una mueca de triunfo con la que vendría a expresar que ya lo sabía, que tenía muy claro que toda mujer tiene el instinto maternal dentro, incluyéndome a mí, su arisca esposa. El apodo es un pequeño secreto que compartimos Addie y yo.

También lo son las fotos que le hago, cada primero de mes, que van marcando un hito tras otro en la vida de mi hija. Dentro de nada, hará catorce meses que habita este planeta.

Addie se mueve, desplaza ligeramente el culito y suelta un profundo jadeo. Y tengo que taparme la boca para no echarme a reír.

A veces no es solo mi historia con Thomas lo que me hace desear salir de este matrimonio. A veces es por Addie, porque me gustaría ser yo misma con ella y no tener que compartir la paternidad con Luke. A veces quiero descubrir qué significa ser Rose, esa madre reticente que acaba encontrando su propio camino hacia la maternidad a pesar de todo. Quiero ser madre sin notar la mirada evaluadora de Luke un día sí y otro también. Si me siento loca de amor por esta hijita que ronca por la nariz y que duerme con el culito en pompa, quiero poder expresarlo sin disimulo, sin tener que soportar el «Ya te lo decía» cuando se entere. Así que, a veces, la posibilidad de abandonar a Luke no tiene nada que ver con Thomas.

Me muerdo el labio.

Acabo de hacer lo que me había jurado no hacer, y encima en dos ocasiones. He permitido que el nombre de Thomas acuda a mi mente. Cada vez que sucede, me duele. Como Addie, Thomas parece tener un juego de cuerdas prendido de mi corazón. Ojalá pudiera cortarlas.

Thomas y yo estamos en una pausa de nuestra relación.

No durará. Nunca son muy largas. Estar sin Thomas es como intentar aguantar la respiración debajo del agua. Solo lo consigo cierto tiempo antes de sentir que me ahogo.

Pero lo intento. De veras.

—Tengo que salvar mi matrimonio —le dije a Thomas la última vez que nos vimos.

Fue hace tres semanas. Yo estaba en la cama, contemplando su espalda, la curva de sus músculos y el brillo de su piel suave. Luke y Addie también estaban acostados con nosotros, al menos en espíritu. Luke flotaba a mi lado y Addie se hallaba acurrucada debajo de las sábanas, y ambos observaban la escena que Thomas y yo componíamos, desnudos en una habitación de hotel un martes por la tarde, llenándome de una sensación de culpa que cada día se vuelve más profunda, me invade hasta la médula. Antes mi historia con Thomas no me hacía sentir culpable, pero a medida que se prolonga y que Addie va creciendo, me siento peor. Luke y Addie siempre me observan cuando amo a Thomas, y yo lo amo a todas horas; ahí radica el problema.

Thomas se volvió hacia mí en la cama.

—No, Rose.

—Sí.

—Otra vez no.

—Tengo que hacerlo.

Él tenía ya los ojos enrojecidos, llorosos.

—No tienes por qué hacerlo. En realidad, deberías hacer

lo contrario. —Extendió la mano hacia mí—. Deberías acabar con ese matrimonio en lugar de salvarlo.

Dejé que me abrazara. Lo deseaba, lo deseaba siempre, incluso cuando me esforzaba por no desearlo.

No había nada como el cuerpo de Thomas, la sensación de tocarlo, el roce de mi piel con la suya. Siempre me dejaba llevar, siempre me entregaba a ese hombre de la misma manera en que nado en el océano. Me rindo ante Thomas como si no tuviera nada que perder, cuando, de hecho, podría perderlo todo. Marido, hija, familia.

Sin embargo, al igual que no soporto ya que mi marido me toque, tampoco soporto que Thomas no lo haga. Anhelo apropiarme de él, siempre, y desearía poder tocar cada centímetro de su piel al mismo tiempo. Nunca me canso de Thomas. Me preguntaba si algún día lo haría.

—Te amo —me susurró en el cuello.

Me moví para quedarme de cara a él y así poder mirarlo a los ojos.

—Y yo a ti. Pero no podemos seguir así.

Lo dije con los brazos rodeando su cuerpo, la mano en su pelo, apretándome contra él como si pensara que así podría atravesarlo o, mejor aún, como si así pudiéramos fundirnos en uno, convertirnos en una sola persona. Nunca antes había deseado tanto habitar un corazón, acurrucarme en esas cámaras misteriosas. Quería invadir las partes más inaccesibles de Thomas, quería las llaves, quería que me las entregara para siempre.

Se suponía que debía querer todas esas cosas con Luke, se suponía que esa clase de amor incomprensible debía estar dirigido a mi hija. Y así es, en cierto modo. A veces querer a Addie tiene algo de locura. Es terrible, maravilloso, aterrador.

Pero amar a Thomas es otra clase de locura. En Thomas me encuentro a mí misma, encuentro nuevos afluentes y nuevas avenidas, encuentro anhelo y esperanza y deseo, y también calma, silencio y quietud. Él es un lugar al que puedo ir a descansar, donde puedo yacer sin moverme, ni siquiera un centímetro, sin ponerme nerviosa. Puedo abrazarme a su cuerpo, cerrar los ojos y ser solo Rose, yo, la esencia de la mujer que soy. La mujer que ya no consigo ser ni hallar cuando estoy con Luke.

Los besos de Thomas eran intensos primero y perezosos después, como si dispusiéramos de todo el tiempo del mundo cuando en verdad apenas nos quedaban unas horas en esa habitación de hotel, donde habíamos corrido las cortinas con el fin de alejar al resto de la ciudad el mayor tiempo posible y fingir que no seguía allí, al otro lado, esperándonos.

Lo sacrificaría todo por este hombre. Sin ninguna duda.

Y entonces ¿por qué no lo hago? ¿Me miento a mí misma al pensar en todo esto? Mis actos no reflejan este sacrificio. Mis actos dicen: «Eres cobarde, Rose. Nunca darás el paso definitivo para estar con este hombre, no lo has hecho hasta ahora y no tendrás valor para hacerlo».

Por fin Thomas y yo nos soltamos. Tenía que irme a casa. Addie debía cenar, Luke tenía que irse a una sesión de fotos; la vida real se imponía. Thomas empezó a vestirse. Yo también. Nos quedamos a unos metros de la puerta, incapaces de mirarnos a la cara.

—Por favor, deja de llorar —le dije.

Resistí la tentación de acariciarle la mejilla, a pesar de que me moría de ganas de hacerlo. Tenía que endurecerme antes de llegar a casa. Tenía que endurecer el corazón para alejarme de ese hombre. Pero no era capaz de hacerlo.

Se secó los ojos con la mano.

—¿Cuándo volveré a verte?

—No lo sé, Thomas —le dije—. Te amo.

Y salí huyendo.

Luke cambia de postura, todavía dormido; por un momento su cuerpo titubea entre rodar hacia nosotras o en el sentido opuesto. Se decanta por esto último. Mi cuerpo se destensa.

He empezado a fantasear con la posibilidad de que Luke muera, sobre cómo serían las cosas en mi vida sin él. Supondría un alivio enorme, y no solo por Thomas. Con Luke siempre me siento observada, evaluada, vigilada. Siempre estoy actuando, intentando conseguir su aprobación, esforzándome por decir y hacer lo correcto con Addie, sobre Addie.

Recuerdo la primera vez que me di cuenta de que mi marido me miraba de manera distinta, juzgando mi conducta, y recuerdo la sorpresa que me provocó.

Fue un sábado por la tarde del mes de agosto, no mucho después de la discusión que tuvimos con los padres de Luke durante aquella cena. Asistíamos a una fiesta de cumpleaños, la hija de un amigo cumplía su primer año de vida. El aire acondicionado del interior del piso lo convertía en un refugio frente al calor de la calle. Jugué un poco con el bebé, le dije hola y, junto con los demás invitados, admiré su habilidad para gatear, recientemente adquirida. Pero, con sinceridad, estar pendiente de una niña de un año no es mi pasatiempo favorito.

Prefiero charlar con los adultos, que me hablen de sus trabajos o sus viajes. En realidad, cualquier tema de conversación me seduce más que el de los niños. Nunca he sido de esa clase de personas que disfrutan jugando con ellos, que los hacen reír o rabiar. En la mayoría de las ocasiones, cuando veo a un adulto entreteniendo a un montón de críos alborotados, lo primero que pienso es: «¡Qué suerte que no soy yo!» o «¿Por qué alguien de su edad se pone a hacer algo semejante si la sala está llena de adultos interesantes con quienes pasar el rato?».

En mitad de la fiesta, cuando acababa de llenarme el plato de comida, Luke se me acercó. Señaló a los niños que había en el otro extremo de la habitación. Jugaban, saltaban y gateaban.

—¿No te parecen adorables?

Cogí una miniquiche casera y me la metí en la boca.

—¿Tú crees? ¿Estás seguro? —Me reí, pero Luke no lo hizo.

Tenía una expresión impasible en el rostro, difícil de interpretar. Se llenó el plato.

—Me gustaría que te interesaran más los niños —dijo, y se alejó antes de que tuviera oportunidad de contestarle.

Una oleada de pánico se me instaló en el pecho, en los pulmones. ¿Los padres de Luke habían vuelto a presionarlo a mis espaldas? ¿Estaba cambiando de opinión sobre el tema?

Pero ya que sabía que estaba bajo vigilancia, me dispuse a repartir el tiempo entre los adultos que había en la fiesta y el hatajo de críos que habían traído consigo. Me obligué a sentarme en el suelo a charlar con uno mientras la niña del cumpleaños gateaba a nuestro alrededor. De vez en cuando, levantaba la vista y me encontraba con la mirada atenta de Luke.

—Sé que has estado haciéndolo solo para demostrar algo —me dijo de camino a casa.

Me ofendí.

—¿Por qué te pones así? Y, además, ¿qué importa cómo sea con los niños? Ni que fuéramos a tener uno.

Luke se paró y ambos nos quedamos en la acera, absorbiendo el calor que emergía del asfalto. Tuve la impresión de que iba a añadir algo, pero no lo hizo. En su lugar, echó a andar de nuevo.

El pánico que se había instalado en mi interior creció y se expandió. ¿Qué diablos estaba pasando?

Corrí detrás de Luke. Mi ánimo oscilaba entre el miedo y el enfado, pero este último acabó imponiéndose. Tenía ganas de pegarle.

—¿Quién te has creído que eres para decir esas cosas, Luke? Tampoco yo te he visto tirarte al suelo para jugar con esos críos —dije en tono irónico—. No me ha parecido que te interesaran mucho.

No nos dirigimos la palabra en todo lo que quedaba de tarde.

Luke sigue durmiendo y se ha dado la vuelta. Ahora lo tengo más cerca. Me aparto un poco, no mucho, porque no quiero despertar a Addie.

¿Hay más mujeres que fantasean con la muerte de su marido o es solo cosa mía? Tal vez sea esta una parte habitual del matrimonio: el deseo de liberarse, la oportunidad de volver a empezar y tomar decisiones distintas. A veces Luke muere atropellado por un autobús que no llegó a ver. O en un accidente de avión cuando regresaba de un viaje. Nunca es víctima de un crimen. Es siempre el destino lo que lo aleja de mí definitivamente.

Pero entonces pienso en Addie. Esa sería la peor parte. Ella lo echaría de menos. Sé que lo haría.

¿Y yo?

Tal vez me quedara destrozada. Tal vez sería lo peor que

podría sucederme. Tal vez, en cuanto Luke no estuviera, me daría cuenta de lo mucho que lo quería, de que no podía vivir sin él, de que perderlo era una auténtica tragedia.

Más bien tengo la sensación de que me lo tomaría bien. Ya nadie juzgaría mi conducta con Addie, nadie calificaría mis actos con ella como propios del instinto maternal o como la prueba evidente de un fracaso estrepitoso. Podría hablar sin ambages de lo mucho que me llena mi carrera sin tener remordimientos por Addie. Podría quejarme cuando estoy cansada, o enfadarme cuando Addie se pone pesada... ¡o sentarla delante de la tele sin que Luke me reprendiera por ello, por el amor de Dios! Podría ponerle los apodos más cursis del mundo sin tener que preocuparme de si alguien me oye. Podría, por fin, disfrutar de ser madre. Podría permitirme disfrutarlo.

¡Eso sería muy liberador!

Observo a Luke, veo la sombra que dibuja la lámpara sobre su silueta.

Podría pedirle el divorcio.

Es lo que debería hacer, ¿no?

La postura de perrillo de Addie la lleva a girar sobre la cama. Abre un ojo a medias, pero vuelve a dormirse enseguida, su respiración es más profunda ahora, constante.

—Buenas noches, Addie —le digo en voz baja.

Apago la luz.

«Echarías de menos a Luke».

Ese pensamiento es casi un susurro en la oscuridad.

Incluso después de tener en cuenta todo lo que ganaría con la ausencia de Luke, me consta que esa es la verdad. Ojalá no lo fuera, pero es así.

14 de julio de 2007

Rose: vida 6

—¿Y si adoptáramos, Luke?

La pregunta flota en el aire del vagón de metro después de que yo la formule. Volvemos a casa de un concierto en un bar. Es tarde, estamos cansados, pero se trata de ese cansancio agradable que procede de haber pasado un buen rato. Apenas hay pasajeros en el vagón.

Luke, que tenía la cabeza apoyada en mi hombro, la levanta y se vuelve hacia mí.

—¿Adoptar un hijo?

Me río de su sorpresa y le doy un codazo.

—Bueno, es lo que la gente suele adoptar.

¿De qué creía que hablaba? ¿De adoptar un gatito? ¿Un perrito? Aunque también es verdad que hemos logrado mantener el pacto de no hablar de tener hijos, y eso a pesar de que llevamos casi un año sin usar ningún método anticonceptivo.

—Ya ves que el embarazo no tiene visos de suceder…

—Así es —admite él.

—A lo mejor no puedo quedarme embarazada. O, bueno, a lo mejor eres tú el que no puede dejarme embarazada.

Decirlo en voz alta supone un alivio. Hablar de lo que hemos estado haciendo sin evidenciarlo de manera patente.

—Puede ser —concede Luke.

—De todos modos, ¿qué opinas de la adopción?

Estamos cogidos de la mano, y Luke contempla nuestros dedos entrelazados. Las puertas del metro se abren y se cierran, el tren avanza hacia la siguiente estación.

—No lo sé. Si te digo la verdad no lo he pensado mucho. —Levanta la vista—. ¿Y tú?

—Un poco —confieso. La conversación que tuve con mi madre la semana pasada en la casa de la playa no se me ha ido de la cabeza, así como su idea de que yo podría ser una buena madre. Que lo sería—. En realidad, creo que me gustaría. Quizá fuera un buen acuerdo para ambos, ¿sabes?

Luke no contesta.

Decido seguir hablando. Cierro los ojos durante un instante para intentar organizar mi discurso.

—Tal vez si quitamos el embarazo de la ecuación, y toda esta historia de intentar tener un bebé sin conseguirlo, me sentiría menos presionada. —El tren llega a otra estación. Ya casi estamos en casa—. Pero la adopción nos daría ese hijo al que criar los dos juntos, ¿no crees?

Un grupo numeroso de adolescentes entra en el vagón charlando y riéndose. Quizá vienen de una fiesta o del parque que hay cerca de esta parada. Se sientan en el banco que tenemos enfrente y animan el vagón con su energía.

—Se diría que te emociona la idea —dice Luke.

—No sé. Tal vez. Sí, tal vez.

Una de las chicas se separa del grupo y tira de otra hacia el extremo opuesto del vagón. Allí empiezan a besarse.

—¿Crees que esta idea podría emocionarte a ti también?

—Quizá sí —dice él.

—¿Te importaría pensar en ello?

—De acuerdo. Sí. ¿Por qué no? Aunque la verdad es que

me parece que deberíamos seguir intentándolo. Como hasta ahora.

¿Puedo acceder a eso? ¿Seguir metidos en esta historia tácita pero esta vez admitirlo en voz alta, hacerlo de manera intencionada? El eco de las palabras de mi madre resuena en mi cabeza. Ella cree que yo sería una buena madre y expresó su confianza en que todo saldría bien.

—De acuerdo. Sí. ¿Por qué no? —digo, imitando las palabras de Luke.

Parece darse por satisfecho. Me aprieta la mano. Me besa en la mejilla.

Las parejas casadas no tenemos nada que ver con los adolescentes. Las dos chicas de la otra punta del vagón están abrazadas, sus cuerpos se tocan. Luke y yo no nos enrollamos ya en los trenes, pero la conexión que siento con él en este periodo de mi vida es amable, estable. No es nada malo, solo distinto.

El metro llega a nuestra parada. Como estamos cansados, nos vamos directamente a la cama en cuanto entramos en casa. Nada de besos ni de sexo, solo pijamas y apagado de luces. Es un alivio no tener que concebir un hijo esta noche. Antes de dormirme, vuelvo a pensar que la adopción podría ser la solución perfecta para nosotros.

Dos líneas de color rosa aparecen en el palito de plástico, una al lado de la otra.

Positivo.

Estoy embarazada.

Es como si la charla con Luke sobre la adopción de la noche anterior hubiera conjurado al bebé. O tal vez fuera la otra charla, la que tuve con mi madre en la playa. Cojo el teléfono para llamar a mi marido, pero enseguida lo dejo. Se lo diré en persona. Estará encantado.

¿Y yo? ¿Estoy contenta?

La adopción se me antojaba una gran idea. Luke estaba en lo cierto: empezaba a emocionarme con esa posibilidad.

Con cuidado, seco el palito y lo dejo en el mueblecito del cuarto de baño, al lado de la toalla pequeña.

¿Cómo se lo diré a Luke? ¿Es mejor optar por un tono informal? «Hola, Luke, ¿qué tal el día? El mío ha sido interesante. He descubierto que estoy embarazada». ¿O me decantaré por escenificar un gran momento? Tengo tiempo para ir a comprar una cajita, algo sencillo, sin floripondios. De buen gusto. Tal vez una de color azul agua o rosa palo... ¿A quién quiero engañar? Mejor una de color amarillo brillante o verde menta para ser políticamente correcta. Podría depositar el palito dentro, cerrar la tapa y envolver la caja con un lazo. Dejarla ante Luke a la hora de cenar, hacer que la abra como si fuera un regalo.

¿No es un poco ridículo?

Sin embargo, se trata de un regalo, ¿no? Algo que solo yo puedo dar a mi marido, algo que solo una mujer es capaz de ofrecer. Aparto esa idea, ya que no me gusta la sensación de que el bebé es el objeto de un canje, como el dinero. La reemplazo con otros pensamientos sobre cómo decírselo a Luke.

Podría esperar a que estemos en la cama, escribirle una nota y dejársela en la almohada. «¿Qué es eso, Luke? —podría exclamar—. ¿Ha venido a verte el ratoncito Pérez?». Dios, qué cursilada. E igual de ridículo que lo de la cajita.

Una sensación extraña va apoderándose de mí a medida que las distintas posibilidades se acumulan en mi mente; es una especie de burbujeo, una chispa alegre que me asciende por la garganta.

Es felicidad.

Estoy contenta. Eso creo, ¿no?

Estiro los brazos, muevo las muñecas, abro las manos. Salgo del cuarto de baño y me dirijo al comedor.

¿Puede ser verdad? ¿En serio me alegro de estar embarazada? ¿Siempre podría haber sido así de fácil, una cuestión de dejarse llevar, de poner el resultado en manos del destino, ya fuera en un sentido u otro?

Me detengo a medio camino, justo antes de llegar a la cocina. Me quedo completamente inmóvil.

Y espero.

¿Se desvanecerá la emoción ahora que he dejado de moverme? ¿Se esfumará si permito que la certidumbre del embarazo impregne mi cuerpo hasta llegar a las extremidades, como un goteo lento y medicinal? Permanezco un buen rato quieta, veinte minutos o tal vez más. Respiro, parpadeo, me pregunto si la felicidad se disgregará en átomos sin dejar rastro. Paseo la mirada por la casa: la gran mesa de madera cubierta de cartas en el rincón, la pila de *The New Yorker* por leer, una sudadera que Luke dejó en el respaldo del sofá.

La felicidad tarda un rato en disiparse, pero lo hace. Se convierte en otra cosa. Algo parecido a la serenidad.

—¿Quién eres? —digo en voz alta hacia el vacío.

No, se lo digo a ella, a mi cuerpo, a mi vientre. A mi futura hija, porque estoy segura de que es una niña aunque apenas tenga el tamaño de un alfiler.

Qué difícil es hacerse a la idea.

Cojo el monedero, me pongo las chanclas y salgo corriendo hacia la farmacia. Compro seis test distintos. Algunos expresan el resultado con un «sí» o con un «no», otros con signos positivos o negativos, y otros con rayitas horizontales. Quiero estar absolutamente segura de la noticia. No quiero dar falsas esperanzas a Luke.

¿O no quiero dármelas a mí misma?

De camino a casa llamo por teléfono a Jill. Descuelga enseguida.

—Eh, ¿qué tal?

Inspiro.

—No te lo vas a creer —digo, y me callo.

Jill ignora que Luke y yo dejamos los anticonceptivos. Mis amigas se han hartado de su obsesión por la paternidad, de que nuestro matrimonio haya quedado definido por la cuestión de si voy o no a ser madre. Jill me sugirió que abandonara a Luke debido a todo eso. No le tiene mucha simpatía. Ya no.

—¿Qué es lo que no voy a creerme? —pregunta Jill.

Necesito decirlo en voz alta a alguien que no sea Luke. Necesito ensayar las palabras.

—Pues que… estoy… embarazada. Estoy embarazada.

Bueno. Ya está.

Jill se queda en silencio.

—Di algo.

—Oh, Rose. ¿Estás bien? —pregunta, pero sigue adelante sin esperar a que le conteste—: ¿Estás pensando en el aborto? ¿Quieres que te acompañe? Ya sabes que lo haré. Voy para tu casa.

—¿El aborto?

Sostengo el teléfono apoyado en el hombro mientras abro la puerta del piso. Entro pensando que el aborto todavía es una opción. Ni siquiera se me había ocurrido hasta que Jill lo ha mencionado. Pero es verdad, podría hacerlo antes de que Luke llegara a casa esta noche. Podría abortar como quien se presenta a una revisión de la vista. Nadie se enteraría. Ni siquiera Luke.

Oigo el tintineo de las llaves de Jill al otro lado del teléfono.

—Voy para tu casa.

—No, no vengas. Estoy bien.

—¿Estás segura, Rose? ¿Por qué no hablamos de lo que quieres hacer?

—Ya lo estamos hablando.

—Sabes a qué me refiero —dice ella.

Entonces lo suelto:

—No pienso abortar.

—¿En serio? —La duda en su voz es como un ancla y arrastra mi anterior felicidad hacia el fondo del mar.

Intento no dejar que su reacción me afecte. No debería sorprenderme. Es lo que cabe esperar de Jill y de cualquiera que me conozca.

—Sí. En serio. Voy a tener este hijo. De veras.

—Rose, me da la impresión de que estás convenciéndote a ti misma.

—¿Y eso sería tan horrible?

—No estoy segura de que estés pensando con claridad —dice Jill.

Me siento en una de las sillas de la cocina; quiero estar tranquila, firme.

—En verdad creo que la noticia me alegra, Jill. Sé que solo intentas portarte como una buena amiga, pero hablo en serio. Por favor, cree en mí.

Otro silencio.

Las palabras que acabo de decirle, la manera en que he expresado la idea, casi se me antoja un error. «Por favor, cree en mí» me parece lo contrario de «Por favor, créeme». ¿Qué quiero de Jill ahora mismo, qué necesito de ella? ¿Que exprese su fe en mi capacidad maternal, la misma que albergaba mi madre?

Me pego el teléfono al oído con fuerza.

Luego Jill vuelve a hablar.

—Vale. Ahora dime quién secuestro a mi mejor amiga y la reemplazó por una mujer que quiere tener hijos.

—Sigo siendo yo, Jill.

Pero ¿es así?

Mis palabras salen con una inesperada facilidad, como si aceptara de repente un papel que las mujeres llevan representando desde el origen de los tiempos. No deseo despojarme de él. Dejo que se asiente en mí. Intento acostumbrarme a él.

Llevo un vestido floreado, ligero, vaporoso, la clase de atuendo que me encanta cuando hace calor y quiero sentirme fresca. El sol me ha bronceado los brazos y los pies, ahora descalzos. Llevo un tiempo deseando reanudar mis clases a finales de agosto, impartir un seminario especial que he ideado a partir del estudio que acabo de publicar. Me emocionó mucho conseguir la beca la primavera pasada.

¿Tener un bebé cambiará algo de todo eso? ¿Algo de mí?

¿Quizá? ¿Probablemente?

Me doy cuenta de que no me importa.

Al menos, no lo bastante para cambiar de opinión sobre el bebé.

Las clases seguirán estando ahí después de tener a mi hija. Mi cuerpo volverá a su talla habitual (eso creo, o espero), y llegará un día en que podré ponerme otra vez este vestido (¿no?). La emoción de mi investigación no se desvanecerá, ni siquiera si la propia investigación se retrasa un poco.

—Voy a verte —insiste Jill.

—Ya te he dicho que estoy bien.

—Rose —pronuncia ella, y mi nombre suena a franqueza, a empatía—, voy a verte porque necesito mirarte a la cara. Me... me siento un poco aturdida. Y preocupada. Y solo quiero asegurarme de que estás segura de todo esto. No puedo evitarlo —añade.

—Lo entiendo —le digo a Jill—. Claro. Ven.

Me decido por la cajita de regalo para Luke. En verde menta.

Cuando llega, Jill ya se ha ido, no del todo convencida de que esté siendo sincera conmigo misma sobre el tema del embarazo. Decido que no pasa nada y que, con toda seguridad, acabará entendiéndolo. Espero a Luke junto a la mesa de la cocina. Y cuando llega, apenas le concedo tiempo para que deje la bolsa en la silla antes de ponerle la caja en las manos.

—¿Y esto qué es? —pregunta sorprendido.

Noto algo en mi interior que no sé describir. Tiene un poso de certidumbre, de seguridad en que, pase lo que pase, todo saldrá bien. Estoy yo, está Luke, está el bebé.

—Ábrelo —le digo sonriente—. Ábrelo ahora mismo. Va a cambiar tu vida. Y la mía. La de los dos.

26

2 de mayo de 2013

Rose: vidas 1 y 2

—Tu madre no se encuentra bien.

Es lo que mi padre me dice en cuanto descuelgo el teléfono.

—¿Papá?

—No está bien. Estoy preocupado.

Mi padre no es un hombre asustadizo. Y mi madre nunca está enferma. Es una mujer de hierro.

—Espera un segundo. —Me levanto a cerrar la puerta del despacho y vuelvo a coger el teléfono—. ¿A qué te refieres con que no está bien? ¿Tiene la gripe, un resfriado, o…?

—No lo sé, Rose. Anoche estaba doblada de dolor, pero no quiere ir al médico. Se negó en redondo a que la llevara al hospital. Ya la conoces. —Suspira—. Es muy terca.

Igual que yo. En eso siempre hemos sido idénticas. Odio la idea de que mi terca madre de hierro esté sufriendo. Me aterra.

—¿Es la primera vez que le pasa?

Se produce una pausa larga. Se oye otro suspiro.

—No.

—¿Desde cuándo le ocurre, papá?

—Desde hace unos meses.

—¡Papá!

El corazón se me acelera. Giro con la ayuda de la silla y me sitúo de cara a la ventana del despacho. De repente, los brotes sonrosados del árbol se me antojan fuera de lugar, suponen un contraste demasiado grande con la inquietud que percibo en la voz de mi padre, con la idea de que mi madre pueda estar enferma.

—¿Dónde está ahora?

—En la cama.

—¿Y tú?

—Sentado en el sofá, esperando que mejore, que baje a decirme que ya se encuentra bien. No consigo ponerme a trabajar.

—Lo más probable es que no sea nada —le digo.

—Sí.

El corazón me late más aprisa aún. Noto sus golpes a través de la tela del vestido.

—Voy para allá.

—¿No tienes que dar clase?

—Sí, pero no importa. La cancelaré. Hasta pronto.

—De acuerdo. —Parece aliviado.

—Te quiero —le digo, y cuelgo. Ya tengo las llaves en la mano.

Cuando llego a su casa me encuentro a mi padre sentado en el comedor con las manos en el regazo y la mirada perdida. Al principio tengo la impresión de que no advierte mi presencia, pero luego se vuelve hacia mí. Percibo que está muy nervioso.

—Papi —le digo, aunque nunca lo llamo así, no desde que era una cría. Algo en su mirada me asusta.

—Debes convencer a tu madre de que vaya al médico —dice—. Ha de ir cuanto antes.

Me quedo en medio de la sala. Mi padre, el carpintero fuerte, parece de repente muy pequeño. Hundido.

—Si tú no has podido convencerla, ¿cómo voy a hacerlo yo?

Niega con la cabeza.

—No lo sé, Rose. A mí no me hace caso. ¿Puedes intentarlo tú?

—Sí, claro.

—Sigue empeñada en que es solo un dolor de estómago. Tal vez lo sea. Pero lleva meses con la misma historia.

—Tal vez lo sea —repito.

—No para de decirme que exagero, que me pongo melodramático.

Mi padre no es ni una cosa ni la otra, ambos lo sabemos.

Nos miramos a los ojos. Los dos querríamos que fuera verdad, que papá esté exagerando, que esté tomándose las cosas a la tremenda. Queremos que la tozuda de mi madre tenga razón; queremos equivocarnos para que mamá pueda reírse de nosotros y soltarnos la cantinela de «Ya os lo decía yo», una de sus frases preferidas, que dentro de un tiempo nos recuerde el follón que organizamos sin motivo alguno.

Le digo que sí a mi padre con la cabeza, varias veces, con ademanes breves, nerviosos.

Voy hacia su cuarto.

Llamo con suavidad a la puerta. Casi preferiría no entrar.

—¿Sí?

Ese «sí» suena ronco, fatigado. Impropio de mi madre.

—Mamá... Soy yo.

—¡Oh, Rose! ¡Pasa! —Su voz ha cambiado, ha recobrado casi toda su vitalidad habitual.

Pero ¿no estará representando un papel? ¿Acaso finge estar bien ante su única hija?

Abro la puerta. Está en la cama, con las rodillas pegadas al pecho. Se vuelve hacia mí e intenta sonreír, como si no pasara nada, pero su sonrisa se transforma en una mueca.

—¡Mamá!

Deja de fingir. Apoya la cabeza en la almohada y gime de dolor.

Me acerco a la cama, me siento a su lado con delicadeza.

—No estás bien.

—Ya se me pasará. Siempre lo hace.

La habitación está en silencio. Ni siquiera miraba la tele mientras estaba hecha un ovillo.

—Mamá, por favor... Papá dice que llevas meses así.

—Es un exagerado.

—No lo es, y lo sabes.

Mi madre cambia de postura para verme la cara, y noto que le cuesta. No le digo nada porque sé que no me hará caso. Está temblando a pesar de que hace más bien calor, así que saco la colcha de debajo de su cuerpo, despacio, con cuidado, y la arropo. Luego me tapo un poco yo también. Ella cierra los ojos, pero sé que no duerme.

—Me estás asustando, mamá —susurro.

—No te asustes. Yo soy la única que tiene derecho a asustarse, por ti.

Su respuesta me da ganas de emprenderla a puñetazos con la cama.

—Eres exasperante —le digo apretando los dientes.

—Háblame de tu vida. Ponme al día.

—No.

—Por favor...

—Solo si, a cambio, vas al médico.

—¿Me estás chantajeando?

—¡Sí!

—Eres peor que tu padre.

—No. Lo que pasa es que los dos te queremos y necesitamos asegurarnos de que todo va bien. Deja de portarte como una cría.

Mi madre suelta un bufido.

—Mira quién habla.

No le respondo. Me cruzo de brazos mientras espero a que tome una decisión. La decisión correcta.

—Vale, iré al médico.

La miro, ha vuelto a cerrar los ojos.

—¿En serio?

—Sí. Pero solo si me cuentas todo lo que te pasa. Con detalles. Sin olvidarte de nada.

—De acuerdo. Te contaré lo que quieras.

—Y no te inventes nada, o no hay trato.

Me río, no puedo evitarlo. Abre los ojos y percibo un atisbo de buen humor en ellos. Eso me anima.

—Perfecto —le digo, y saco el móvil.

Su mano se cierra en torno a mi brazo.

—¿Qué haces?

—Llamar al médico.

—Rose, has dicho que...

—Te contaré lo que quieras saber en cuanto hayamos pedido cita.

Le aparto la mano y busco en la agenda el número de la doctora que visita a mi madre desde siempre, la misma que me visitaba a mí también cuando era pequeña. Las dos la adoramos.

Mamá se queda en silencio, me oye hablar con el secretario de la consulta mientras le explico lo que le pasa y pido una cita para tan pronto como sea posible. Oigo que la doctora puede recibirla al día siguiente a primera hora y digo que sí, que allí estaremos.

En cuanto cuelgo, mi madre no pierde el tiempo.

—¿Estás saliendo con alguien?

—Vaya. —Dejo el teléfono en la mesilla de noche y me acerco un poco a ella—. Quieres ir directa a los cotilleos, ¿eh?

—Me has prometido contármelo todo. Ese era el trato, lo tomas o lo dejas. O no iré a esa cita que has concertado a una hora inhumana.

—Muy bien —le digo.

Me lanzo a ponerla al día de los últimos acontecimientos de mi vida, que no son muy distintos a los que le conté la última vez que charlamos. Le hablo de los chicos que he conocido, le cuento alguna anécdota divertida sobre unos tipos que ya pertenecen al pasado; le digo que no hay nadie especial, nadie desde Luke, y eso que han transcurrido años ya. Que ahora pasan días enteros sin que piense en él, algo que creía imposible cuando nos separamos. Le explico a mi madre que he dejado de entrar en sus redes sociales para ver fotos de Luke, de Cheryl, su nueva esposa, y del bebé, y mi madre afirma que eso está bien, que es lo más sano. Me dice que debo tener paciencia, que ese alguien especial aparecerá algún día, que está segura de eso.

Pasa la tarde, y mi madre y yo charlamos y charlamos, más de lo que lo hemos hecho en años. Hay momentos en que de verdad parece que nada va mal y tengo la impresión de que se trata de una de mis visitas habituales. Pero enseguida recuerdo por qué estoy aquí en uno de los últimos días de clase del semestre, porque lo veo en la cara de dolor de mi madre, en su posición fetal, como si quisiera proteger su cuerpo.

Cuando eso pasa dejo de hablar, y ella cambia de postura para intentar estar más cómoda. Durante esos silencios sigo pensando en lo mucho que necesito a mi complicada madre, la única persona que me ha conocido desde el primer segundo de mi existencia. Si del abandono de Luke salió algo positivo es esto: la relación con mi madre cambió a partir de entonces, nos unimos. Nos unimos más que nunca.

—No puedo perderte —le digo ahora.

—Ni que fuera a marcharme. Soy tu madre. ¿Adónde iba a ir?

Me callo. No quiero pensar en ello.

—Te saco de quicio, Rose —comenta mamá entonces—. Siempre me lo dices.

—Ya, pero en el buen sentido.

Vuelve a cerrar los ojos.

—¿Te acuerdas de cuando eras pequeña y tenías pesadillas? Te venías a la cama conmigo. Me encantaba.

—¡Mamá! ¿Te encantaba verme muerta de miedo?

—No. Me encantaba que te acostaras en mi cama.

—Pero ¡si siempre te despertaba! Dudo que eso te gustara.

Me mira, ha abierto los ojos.

—No me importaba, Rose. Me encantaba tenerte aquí. Me encanta tenerte aquí ahora. Siempre me encantará que estés cerca de mí.

27

18 de diciembre de 2009

Rose: vida 8

El sexo planificado va a acabar conmigo.

Su propia esencia, el hecho de tenerlo decidido, como si fuera una obligación, como si fuera equiparable a fregar los platos o pasar el aspirador. Se ha convertido en una tortura. ¿Alguien es capaz de pensar que el sexo pueda ser algún día como barrer el suelo? A mí me gustaba el sexo. Me encantaba. Disfrutaba con Luke en la cama. Pero ahora la simple perspectiva de quitarme la ropa, tumbarme junto a él y esforzarnos por engendrar un hijo me llena de aprensión. Llevamos años intentándolo. Lo que una vez dejamos al azar ha pasado a ser un requisito de este matrimonio que detesto con todas mis fuerzas. Y de paso detesto a Luke. Detesto su piel, su cuerpo, su boca, su aliento.

¿Esto les pasa a todas las parejas casadas? ¿O solo a las que intentan tener hijos? Las que lo intentan y fracasan, claro. Aunque, en nuestro caso, es Luke quien lo intenta. Yo más bien le permito intentarlo.

«¿Rose? Voy de camino a casa. Llegaré enseguida».

Escuchar el mensaje de Luke me estremece de la cabeza a los pies. Viene corriendo a casa porque hoy nos toca sexo. Tenemos que cumplir con la obligación de someternos a la agenda que dicta mi cuerpo, mi reloj biológico que no para de hacer tictac a todas horas, mis órganos reproductores que, de acuerdo con el calendario, mi temperatura corporal, el dolor que siempre siento en el abdomen, ya sea en el lado izquierdo o el derecho en función de qué ovario esté proporcionando el óvulo ese mes, anuncian a gritos: «¡Ya! Hazlo ahora o volverás a fracasar. ¡Volverás a ver esa única línea rosa en el test en lugar de las triunfales dos!».

Luke ha llevado el calendario. Entre las parejas que conozco que han tenido problemas para concebir suele ser la mujer quien lleva el control de su fertilidad, la que cuenta los días y marca los que tienen mayor posibilidad de lograr el ansiado embarazo. Sin embargo, en este matrimonio es Luke quien se encarga de esa agenda, de los altibajos de la ovulación, y aunque estoy segura de que muchas mujeres agradecerían este nivel de implicación, no soy una de ellas. Luke está tan desesperado que a veces creo que, si pudiera, se arrastraría hasta mi útero con su esperma en una botella para unirlo a uno de mis óvulos, lo sembraría allí y controlaría su crecimiento sin tener la menor consideración por mi comodidad o incomodidad.

Ojalá pudiera extirparme los ovarios. Ojalá hubiera nacido sin ellos.

Voy a nuestra habitación y me quedo allí de pie. La cama es un revoltijo de sábanas enredadas, almohadas medio caídas, prendas de ropa por todas partes. Cojo unas mallas grises que se han dado de sí por la parte del trasero y tienen agujeros en las rodillas, y también mi sudadera ancha favorita, la que lleva la palabra WEEKEND impresa en el pecho y me llega hasta las rodillas. Me pongo los calcetines gruesos estampados con los colores del arcoíris porque estoy helada y luego me recojo el pelo en una coleta. Ni siquiera me he duchado.

Supersexy. Así soy yo.

No he tenido clases y, por lo tanto, no he ido al despacho. Para colmo, es final de semestre y tengo fechas límite para peticiones de becas y una inmensa pila de trabajos por corregir en la mesa de la cocina. ¿Quién tendría tiempo para ducharse con este panorama? ¿Quién tendría ganas de sexo con este panorama?

—Luke, hola.

Cojo la llamada al primer timbrazo. Una diminuta parte de mí alberga la esperanza de que lo hayan retenido en la maldita sesión de fotos y esté llamando para cancelar el polvo de la tarde.

—Rose, me sabe mal tardar tanto en llegar, pero estaré ahí en cuanto pueda. Te lo prometo.

—No tienes por qué disculparte —le digo—. Tómate tu tiempo. Y si no consigues llegar a casa antes de que me vaya a la cama tampoco pasa nada. Pero no me despiertes. Mañana me espera un largo día de clases.

—No, no, estaré ahí antes de que te acuestes. ¡No podemos perder esta oportunidad! Es tu día más fértil. ¡Hasta ahora!

Cuelga.

—¿Cómo vamos a perder esta oportunidad? —le digo al teléfono inerte—. ¡Sería un pecado! ¡Estoy hasta el moño de los dichosos días fértiles!

Y luego pienso en otras cosas que podría decirle:

«Luke, he decidido irme de viaje un par de días. ¡Habrá que esperar a los días fértiles del mes que viene!».

Me dirijo al comedor, cojo el portátil y uno de mis montones de exámenes por corregir; luego vuelvo a la cama, me acomodo sobre unos almohadones y me pongo a trabajar. Será mejor que haga algo útil antes de que Luke llegue y tenga que dedicarme a aprovechar el día fértil.

—Ya sabes que Maria y yo lo hacemos una vez por semana. Los lunes.

Jill me hablaba de su vida sexual con su compañera en un restaurante cerca del campus. Nos acompañaba Brandy, otra profesora casada y amiga nuestra.

—Pero el sexo planificado es lo peor —protesté, porque últimamente era mi queja habitual siempre que salía con Jill y otras amigas. Pedí perdón con la mirada a Brandy; había perdido la capacidad de ser discreta—. Lo odio con todas mis fuerzas.

Di un mordisco al sándwich para dejar de soltar frases tan patéticas.

—Por lo que veo, las cosas entre tú y Luke van genial —repuso Brandy en tono simpático. Es muy guapa, tiene unos ojos grandes y oscuros y unos rizos envidiables—. Debo decirte que en esto estoy con Jill. Tenerlo previsto para una o dos veces por semana me salva de un montón de líos en casa. Mira, estoy intentando conseguir una plaza fija, siempre tengo artículos que terminar, y no me quedan ganas de mantener discusiones con Tarik sobre nuestra relación. Ese es el camino más fácil. Te lo quitas de encima y ya estás libre para otros siete días. ¡Con suerte, a veces hasta catorce!

—La terapeuta nos dijo que una vez por semana era lo necesario para mantener el vínculo —prosiguió Jill usando su tono más sarcástico al tiempo que dibujaba comillas en el aire con los dedos—. A mí me parecía horrible, pero la verdad es que no está tan mal. Fue Maria quien decidió que debía ser los lunes. Le cuadra mejor con su agenda.

—¡Es la conversación más deprimente que han tenido las feministas en toda la historia! —exclamé, y mis amigas se echaron a reír—. Deberíamos llamar a Gloria Steinem para decirle que la siguiente generación ha fracasado totalmente en el tema del sexo.

—O también podríamos congratularnos por hacer lo necesario para conservar nuestras carreras profesionales. No voy a mentiros: me gusta que haya alguien en casa cuando llego al final de la jornada. ¡Y Tarik se encarga de la limpieza! Mientras todo siga siendo así haré lo que haga falta para que funcione. A fin de cuentas, se trata de... ¿qué?, ¿diez o quince minutos de mi tiempo de vez en cuando?

Jill se echó hacia delante y a punto estuvo de meter la blusa en el plato de sopa.

—La verdadera pregunta, Rose, es si todo esto te merece la pena para conservar a Luke. ¿Por qué sigues con él en realidad? ¿Al menos lo sabes?

Bajé la vista. No era la primera vez que pensaba en eso, o que Jill me planteaba esa pregunta. ¿Por qué seguía con Luke después de todo lo que me estaba haciendo pasar? ¿Por qué estaba con alguien cuya proximidad me hacía sentir incómoda, cuyo cuerpo me esforzaba por evitar?

Mi única respuesta sincera era que seguía con él por miedo. Miedo al cambio, miedo a la soledad, miedo al dolor que tendría que superar si perdía a Luke. Y me dolería. Quería a Luke. En algún lugar de mi interior aún se hallaban aquellos sentimientos que me inspiraba al principio, cuando éramos felices. Porque lo fuimos. Antes pensaba que nunca sería tan feliz como cuando estaba a su lado. Que era el amor de mi vida. Que estaríamos siempre juntos.

¿Acaso no es lo que piensan todas las parejas casadas? ¿Lo que piensan cuando están en el altar, delante de sus amigos y parientes, ilusionadas ante esa nueva vida que emprenden juntos? Ni siquiera terminas de creer a esas personas mayores que te advierten que el matrimonio no es un camino de rosas, que las cosas se pondrán difíciles, que a veces odiarás al otro. Nunca crees que eso os pasará a ti y a tu amado. Eso solo les sucede a los otros.

¿Cuánto tiene que soportar un matrimonio antes de que uno de los dos tire la toalla? ¿Antes de que prefieras dar la espalda a un amor que una vez fue tan real como tus propias manos? ¿Cuándo sabes con certeza que lo que tuvisteis un día ya no volverá, que no puedes volver atrás?

¿Por qué nadie te advierte de lo frágil que es el amor? Y, cuando te avisan, ¿por qué no les prestas más atención y te preparas así para dar a ese amor el agua, el cariño y la luz que necesita para sobrevivir?

—La inercia es algo poderoso —dije por fin a Jill y a Brandy—. ¿No es verdad?

—Sin duda —convino Brandy.

Las tres nos quedamos calladas.

«Inercia» era la palabra clave, lo que me mantenía atada a mi matrimonio. Sabía que la separación sería dolorosa y no deseaba vivir ese dolor. Aún no.

—La inercia también es útil para las fechas límite, para terminar de corregir exámenes y para proseguir con las investigaciones —añadí para dar un toque más ligero a la charla—. Creo que el divorcio no ayuda tanto.

El aborto espontáneo fue lo que provocó la obsesión de Luke, este cambio maniaco que afecta a nuestro matrimonio y a nuestra vida sexual.

Estuve embarazada durante un par de semanas. Me dolían los pechos, tenía náuseas y me sentía más agotada que nunca. El test confirmó mis sospechas. Fue hace casi un año, es decir, un año después de que empezáramos a intentarlo. Mi primer error fue contárselo a Luke.

Esa tarde, al llegar de la universidad, me puse a hacer la cena para los dos. No recuerdo el menú. Pasta, supongo. Estaba aturdida.

Luke llegó a casa y se quitó el gorro, los guantes y el abrigo.

—Huele que alimenta.

Vino a la cocina y me rodeó con los brazos, algo que solía encantarme. Me besó en el cuello.

En ese momentos las cosas nos iban bien. Después de la pelea por las vitaminas y a partir del momento en que dejé de usar métodos anticonceptivos, abriéndome así a la posibilidad de que tuviéramos un hijo, habíamos pasado un año maravilloso en el que volvimos al lugar que yo creía perdido para siempre.

No reaccioné.

—¿Pasa algo? —preguntó Luke.

—No —dije. «Sí».

—Rose, noto que te pasa algo. Es…

—¿Qué?

Puede que no recuerde lo que cociné esa noche, pero sí que recuerdo ese momento. Apagué el fuego y fui a sentarme a la mesa de la cocina. Luke me siguió y se sentó frente a mí. Yo había visto el resultado del test, lo había tenido en la mano, sabía que era real, pero aún no podía creérmelo. Tal vez fuera verdad para el resto de las mujeres, pero no para mí.

—Me he hecho un test de embarazo —le dije por fin.

¿Cómo describir la cara que puso Luke? ¿Alegre? ¿Esperanzada?

—¿Y…? —Su voz denotaba nerviosismo.

—Dio positivo. —Las dos palabras sonaron tranquilas en medio de tanta expectación.

Luke se levantó con tanta brusquedad que tiró la silla al suelo.

—¿Estamos embarazados?

Hubo un momento breve, provocado por ese uso de la primera persona del plural, en que todo en mí se alarmó. Fue como el primer picor de una alergia. Habíamos vivido un periodo de felicidad, pero en cuestión de segundos todo había cambiado.

—No estamos embarazados, Luke —le dije—. Yo lo estoy. Es mi cuerpo el que deberá tener al bebé, no el tuyo.

—¡Es fantástico, Rose! —Luke asentía con la cabeza y movía las manos. Se dirigió hacia el botellero que teníamos en la pared y volvió a la mesa—. Hemos de librarnos de todo el vino de la casa. Si tú no puedes beber, yo no lo haré tampoco.

Siguió hablando de todas las cosas que teníamos que dejar, arreglar o hacer en la casa para prepararnos para el bebé. Para prepararme para el bebé.

Cada frase de Luke aumentaba mi incertidumbre. Quería rodearme el cuerpo con los brazos, gritar que era mío, negarme a que me tocara. Quería levantarme a sacar todas las botellas de vino y guardarlas en un armario de mi despacho. Beber entre clases. Lijar los bordes de la mesa y del resto de los muebles hasta dejarlos afilados.

—Debo contárselo a mis padres. —Cogió el móvil—. Luego llamaré al médico para pedir cita.

Dos días después fuimos a ver a la doctora, y me confirmó que estaba embarazada. Luke aún no me había preguntado cómo me sentía.

¿Acaso le daba miedo oír mi respuesta?

Deambulé por el mundo, preguntándome si acabaría pillando la alegría de Luke en torno al embarazo, si se me contagiaría como un virus, un virus especial que curaba las dudas. Durante dos cortas semanas Luke estuvo en las nubes. Buscó sesiones de parejas que estaban esperando un hijo y de parejas con niños recién nacidos. Silbaba y cantaba por la casa, llegaba de trabajar con ganas de hablar de lo que debíamos y no debíamos hacer durante el embarazo; se acabó el sushi, y también ese queso que me gustaba tanto, porque estaba seguro de que mataría al feto. Contaba historias de bebés adorables a los que había fotografiado, anécdotas sobre la dicha de ser padre.

Intenté dejarme llevar por esa excitación, flotar en ella como si fuera una corriente en el mar. Pero no era lo bastante fuerte; me hundía hacia el fondo, como una roca.

Una mañana, cuando llevaba más de una hora despierta, algo sucedió. No sentía náuseas ni estaba cansada, los pechos ya no me dolían. Había tenido calambres los últimos días. No les había dado más importancia, pensé que eran una consecuencia más del embarazo. Pero esa mañana, cuando volví a sentirlos y fui al cuarto de baño, vi sangre. No era tanta como para asustarme, y además los calambres no eran intensos. Los que sueles tener durante el periodo.

¿Me había bajado la regla? ¿El embarazo había sido un sueño?

¿Era libre?

¿Me había salido la carta que me sacaba de la cárcel?

Me acerqué a la farmacia y compré tres test de embarazo. Luke estaba trabajando fuera de la ciudad. Cuando llegué a casa, me hice los tres, uno detrás de otro.

Todos dieron negativo.

Recuerdo haberme quedado mirando los resultados. Haberlos alineado en el mueblecito del cuarto de baño. Como si verlos colocados así me ayudara a convencerme de la autenticidad de lo que indicaban. Surgieron las preguntas. ¿Cómo podía haber estado embarazada durante unos días y luego ya no? ¿Qué fue lo que provocó que ese bebé que llevaba dentro hubiera desaparecido? ¿Había hecho algo mal? ¿Cómo podía un bebé haberse alojado en mi cuerpo y poco después decidir irse sin tan siquiera consultármelo?

¿Y cómo me hacía sentir todo eso?

¿Triste? ¿Desorientada? ¿Aliviada?

La regla, o lo que fuera, siguió a lo largo del día, haciéndose cada vez más abundante. Lo único que tenía claro entonces era el temor a que llegara la noche, a compartir la noticia con Luke.

Lloró. Sollozó. Le sostuve la mano, los dos sentados a la mesa de la cocina. En un momento dado me dirigió una mirada escrutadora.

—¿Por qué no estás llorando? —preguntó.

—He llorado todo el día —mentí. Quizá el llanto me llegaría al día siguiente, o al otro.

Luke asintió, recobró la compostura.

—Tenemos que empezar a llevar un calendario.

Le solté la mano.

—¿Qué?

—Debemos saber el día exacto en que ovulas. Hay que llevar la cuenta de todo.

Me quedé inmóvil, parpadeando.

—Si ha pasado una vez, puede volver a pasar —sentenció.

Cuando por fin llega Luke de la sesión de fotos ni siquiera lo oigo entrar.

Estoy absorta en el ensayo que una de mis alumnas del curso de graduación ha redactado porque es un texto excelente, y me entretengo fantaseando con el momento en que le anuncie a esa chica que me encantaría dirigir su tesis. Todo ello no es precisamente un afrodisiaco para el sexo.

—Hey, Rose. Hola. —Luke está en el umbral de la puerta.

—Ah, hola. —Levanto la vista del portátil. Me quito las gafas.

—Llevo aquí al menos dos minutos y ni te has enterado. —Parece molesto.

—Sí, lo siento. ¡Tengo una alumna tan buena…! Estaba pensando en el e-mail que voy a mandarle.

No responde. Supongo que porque tiene otras cosas en la cabeza, como la Tarea del Día. Se acerca y se quita el reloj; lo deja en la mesilla de noche. Vuelvo a ponerme las gafas y me concentro en la pantalla de nuevo. En un momento Luke se quita la camisa, los pantalones, los calzoncillos y se mete en la cama; yo sigo completamente vestida, completamente sin duchar, completamente entregada al brillante texto de mi alumna.

—Rose —dice Luke por fin, y ese es su único paso, si es que puede denominarse así. Su tono tiene una nota de impaciencia y otra de súplica.

«Diez minutos —me digo mientras aparto el portátil—. Quince como mucho. Y se acabó».

¿Por qué busqué a mi marido ese día, ahora tan lejano, después de la pelea? ¿Por qué no lo aparté? ¿Debería haberlo hecho? ¿Habría estado mejor si ese día me hubiera cuadrado y lo hubiera abandonado, si hubiera terminado con este matrimonio?

—Tengo demasiado frío para quitarme la sudadera —le anuncio a Luke.

—No pasa nada.

Ya está tirando de mis mallas. Lo dejo hacer porque ¿qué otra cosa me queda? ¿No me comprometí a esto? ¿En lo bueno y en lo malo, y esto viene a ser lo peor? El sexo forma parte del contrato matrimonial, así que, allá vamos. Sexo.

Además, tampoco es que tenga que esforzarme mucho para esta parte del tema bebés. En todo lo demás está claro que sí. Pero ahora Luke es quien debe tener un orgasmo, el que tiene que aportar el esperma. Gracias a Dios que no tengo que sentir un orgasmo para que se produzca el embarazo porque eso sí que no sucederá. No en estas circunstancias.

Me tumbo con la cabeza vuelta hacia un lado.

Casi es de noche. El sol se pone muy temprano en invierno.

Luke y yo ni siquiera nos besamos; ya no lo hacemos nunca. Y me parece bien, porque no me apetece. Las ganas de besar a mi marido se acabaron en cuanto empezó con el calendario de ovulación. Un besito en la mejilla, vale, pero de aquellos besos largos y demorados que solíamos darnos no queda ni rastro.

Me fijo en mi retrato que Luke tiene siempre en su lado de la cama: la Rose feliz, la Rose que se ríe… ¿Adónde ha ido? ¿Sigue oculta en algún rincón dentro de mí? ¿O se ha marchado para siempre? ¿La ha matado este matrimonio?

¿Cuánto tiempo más puede durar esto? ¿Se acabará alguna vez?

¿Y si nunca me quedo encinta?

¿Tendré que pasar por esto durante el resto de mi vida? ¿O al menos hasta la menopausia?

Y pensar que hubo un tiempo en que esperaba en esta misma cama, desnuda y excitada, con el fin de sorprender a Luke en cuanto llegara a casa… Era entonces la misma persona que salía a pasear por la ciudad con falda y sin bragas solo para poder susurrárselo a Luke mientras nos dábamos la mano en el parque o cuando nos dirigíamos a cenar. Me encantaba planear los momentos de seducción para este hombre. Lo hice cuando empezamos a salir, cuando nos comprometimos, durante los primeros años de nuestro matrimonio. Que entonces llegase a considerarme una seductora experta en todo cuanto rodea al sexo me parece ahora una broma. Como si hubiera representado un papel en una película o en una serie, como si hubiera adoptado una personalidad distinta durante un tiempo sin que llegara a ser nunca la mía propia.

¿Qué se siente al desear a alguien?

Ni siquiera me acuerdo.

Es como si alguien hubiera apagado un interruptor dentro de mi cuerpo, y, ahora que está así, ahora que sé que el interruptor existe, no consigo encontrar la manera de volver a pulsarlo. Los cables se han roto, pero el electricista que debería repararlos no parece existir. O desde luego Luke no tiene el conocimiento ni la maña para hacerlo.

A medida que pasan los minutos —tres, cuatro, cinco, seguramente ya van seis—, pienso en todas las conversaciones que la gente mantiene siempre con los estudiantes de instituto sobre temas como el sexo y el deseo, sobre el consentimiento y las consecuencias de no obtenerlo. Tengo presente aún la advertencia de que, si no vamos con cuidado, podemos caer en ese territorio que se halla justo al otro lado del deseo: la zona del asalto y la agresión.

El recuerdo de esas charlas cargadas de buenas intenciones deviene absurdo hasta la risa mientras mi marido se mueve encima de mí y yo yazco inerte, tumbada de espaldas. ¿Cómo llamaríamos a lo que Luke y yo estamos haciendo?

No cabe duda de que mantenemos relaciones sexuales y, desde un punto de vista técnico, ambos hemos consentido en tenerlas. Pero ¿deseo? ¿Placer? Puedo decir con total seguridad que, por mi parte, este no es un sexo deseado. No me he opuesto, también es verdad. Accedí a ello, aunque fuera con muchas reticencias. ¿Y eso en qué lo convierte? ¿Podemos hablar de sexo semiconsentido? ¿Una pura transacción? ¿Soy una especie de prostituta en mi propio matrimonio?

Ya han pasado siete minutos. Seguro.

¿Ocho? ¿Tal vez nueve? ¿Cuánto más durará esto?

Pienso en el trabajo, en la investigación, en los últimos proyectos en los que me he embarcado. Voy a entrevistar a mujeres jóvenes que han decidido no ser madres. ¿Es algo pasivo-agresivo por mi parte? No se lo he contado a Luke porque me consta que se cabreará y estoy ya demasiado cansada para enfrentarme a él. Pero la perspectiva del estudio me emociona. Quiero oír lo que esas mujeres tienen que decir. No pienso en otra cosa. Ni siquiera ahora.

¿Diez minutos ya? ¿Once? Tenemos que estar llegando al final.

Luke gime y jadea.

Oh, Dios mío, por fin se acabó.

«No volveré a hacerlo —pienso mientras la luz al otro lado de la ventana se extingue—. Nunca más. Se acabó». En cuanto se me ocurren esas palabras, las reconozco como ciertas.

Luke se deja caer sobre mí, jadeante, y apoya la cabeza en la palabra WEEKEND de mi sudadera.

—Quizá hoy sea el día —dice.

—Quizá.

—Y, tal vez, si al final hoy no sale bien, podríamos ir a una clínica de fertilidad.

Luke lo dice en un tono ligero, entre un jadeo y otro, como si estuviera informándome del tiempo, anunciándome que a lo mejor mañana nieva y se cancelan las clases.

«No —pienso—. Ni. De. Coña».

Y por fin, por fin, esos pensamientos clandestinos de resistencia que llevan rondándome desde hace tiempo se abren paso por mi garganta y escalan por la lengua hasta que me salen por la boca.

—No, Luke —le digo.

Me alejo de él, cojo las bragas y las mallas del suelo. Yo era alguien capaz de decirle que no a su marido con absoluta firmeza. Debo recuperar a esa persona. La llevo dentro, lo sé. Presiento que empieza a despertarse.

—No pienso recurrir a una clínica de fertilidad. Se trataba de dejarlo en manos del destino, pasara o no pasara. Y no ha pasado. Y no va a pasar. Así que no.

—Pero Rose...

—No, Luke —repito—. No.

28

16 de febrero de 2014

Rose: vidas 1 y 2

—Mamá, ¿quieres un poco más de helado? —Busco a la enfermera con la mirada, pero ya ha salido—. Voy a ver si te consigo otro. ¿Te apetece uno de fresa?

—No, cariño. Es suficiente. —Mi madre se adormece.

Me levanto, me siento. Miro a mi alrededor.

Llega la enfermera para cambiar la bolsa que cuelga de la barra metálica, que ya está casi vacía. La reemplaza por otra llena y la quimio comienza a gotear en el riego sanguíneo de mi madre. Ella abre los ojos.

—Ah, hola, Sylvia —murmura somnolienta.

—¿Cómo está, señora Napolitano? Me alegro de verla.

Habla en voz muy alta, plagada de entusiasmo, que resuena en esta sala llena de gente: todos enfermos de cáncer, todos recibiendo tratamiento, como mi madre, pero cada uno en estadios distintos de la enfermedad. Algunos tienen buen aspecto, su piel aún conserva el color. Otros están demacrados, pálidos, con los rasgos y la piel flácidos. Hay pacientes a los que no conozco, si bien muchos de ellos son habituales, los veo siempre que traigo a mi madre. Nos saludamos, nos preguntamos cómo estamos y cómo van las cosas, pero poco más. De vez en cuando, alguien desaparece y no volvemos a verlo. Por lo general, suele deberse a que ha terminado la quimio, aunque en alguna ocasión nos enteramos de que esa persona no lo logró. Tal vez por eso no se charla demasiado en esta sala. Nunca sabes a quién vas a perder, y, si tienes cáncer, ya has perdido demasiado.

—¿Señora Napolitano? —pregunta de nuevo Sylvia elevando un poco más la voz.

Mi madre sigue aturdida. Consigue abrir los ojos.

—Bueno, Sylvia, ya sabes. Estoy tan bien como cabe esperar.

—Hoy los médicos están probando algo nuevo, ¿verdad? ¿La otra combinación de fármacos no le sentaba del todo bien?

—No —respondo, para que mi madre no tenga que hacerlo.

Sylvia me mira con ojos llenos de empatía.

—A ver si esta va mejor.

—Eso esperamos —le digo, porque quiero hacer algo, ofrecer algo, aunque solo sea un par de palabras.

Sylvia da un golpecito a la bolsa con los dedos y asiente, satisfecha, cuando ve que comienza el goteo. Su mirada se pasea por la sala y luego vuelve a posarse en mí.

—No pierdan esa esperanza.

Denise y Jill me esperan a las puertas del hospital. Agradezco el aire gélido después del calor estéril que se respira dentro.

—¿Adónde vamos? —pregunta Jill. Lleva puesto un anorak morado. Su aliento forma nubes en el aire que desaparecen al instante—. ¿Qué te apetece hacer?

Los días que a mi madre le toca quimio mis amigas vienen a llevarme a algún sitio, aprovechando el rato en que mi padre me reemplaza al lado de mamá. A veces aparecen Raya y Denise; otras, como hoy, Denise y Jill; de vez en cuando, solo esta última. Nos vamos una hora de compras. O visitamos una exposición. O simplemente damos una vuelta sin dirigirnos a ningún lugar en concreto.

—Creo que necesito comer —les digo—. La verdad es que hoy aún no he comido.

—¡Rose, tienes que alimentarte! —Denise me regaña en un tono maternal que me hace quererla más aún.

—No sé, ¿os apetece una pizza?

Denise no está muy convencida. Adivino que está pensando que la pizza no es la opción más saludable, pero antes de que pueda protestar, Jill interviene.

—Si quieres pizza, será pizza, Rose.

Echamos a andar, y mis amigas me ponen al día de sus vidas. Jill me cuenta que ella y Maria están pensando en irse de vacaciones a uno de esos resorts con pulserita, algo que no han hecho nunca pero que a Maria le apetece probar; Denise me habla de su nuevo estudio y de lo agradable que es contar con la ayuda de los alumnos en lugar de tener que hacerlo todo sola.

Las escucho, en algún momento me río, pregunto algo.

Nunca hablamos de mi madre, ni del cáncer ni del hecho de que no responde a la quimio. No hablamos de lo rápido que ha pasado todo, de la velocidad con que la enfermedad se agravó. No hablamos de su pronóstico, que no es bueno. Mientras caminamos por la calle y escucho a mis amigas debatir sobre cuál es la pizzería mejor, la más rápida, porque no dispongo de mucho tiempo antes de volver al hospital, pienso en lo afortunada que soy de contar con ellas. Entre Denise, Raya, Jill y otros colegas del departamento que me sustituyen en las clases cuando lo necesito, soy capaz de ir poniendo un pie delante del otro. Lo hago lo mejor que puedo, con la esperanza de que mi supervivencia contribuya también a la de mi madre.

—¿Cómo van las clases, Rose? —pregunta Denise.

Es la primera pregunta que me han hecho desde hace un rato. Estamos sentadas, esperando que llegue la comida.

—Bueno, bien. Las clases me distraen mucho.

—¿Sigues corriendo por las mañanas? —pregunta Jill, siempre preocupada por que haga ejercicio.

—Sí. Todos los días. Me ayuda, ¿sabes? Me cuesta mucho dormir.

Las dos asienten.

Llega la pizza. No la toco.

Rompo a llorar.

Denise está sentada a mi lado. Jill se levanta y se une a nosotras, de manera que las tres nos quedamos apretujadas en uno de los bancos. Me dejan llorar. Denise me rodea con un brazo y Jill me presta su hombro para apoyar la cabeza en él.

He llegado a un pacto conmigo misma: nada de lágrimas delante de mi madre. Solo fortaleza. Es lo que ella haría por mí. Es lo que ella haría por mi padre. Es lo menos que puedo hacer por ella. Pero ahora, rodeada de mis amigas, no me hace falta seguir fingiendo.

Pasado un rato, Denise mira el teléfono para saber la hora.

—Deberías comer, Rose. No te queda mucho tiempo.

Asiento con la cabeza y Jill regresa a su asiento. Denise coge una porción de pizza y la deja en mi plato, luego se sirve ella. Las dos se ponen a hablar de nuevo de temas triviales: de que a lo mejor nieva esta semana, del nuevo proyecto de investigación de Jill, del nuevo colega de Denise que suele detenerse en su despacho.

—¿Es mono? —pregunto con el fin de integrarme en la conversación. Va llegando la hora de recobrar la compostura.

Denise sonríe, se le sonrojan las mejillas.

—Es mono.

—¿Por qué no le propones salir un día? —sugiere Jill.

—Quizá lo haga —dice Denise, y se mete el último pedazo de pizza en la boca.

Cuando llegamos a la entrada del hospital, noto que me cuesta andar. Me pesan las piernas, como si cualquier movimiento les supusiera un esfuerzo.

—No sé cómo podría aguantar esto sin vosotras —digo a Denise y a Jill al despedirnos.

—Bueno, no tendrás que averiguarlo. —Jill me da un abrazo.

Me alejo de mis amigas, vuelvo adentro, a ese olor de hospital que se me mete en la nariz y en los pulmones. El camino que me separa de la sala de quimioterapia donde mi madre recibe tratamiento se me antoja interminable, una sucesión de pasillos fríos. Las primeras veces tuve que pedir ayuda al personal de enfermería o de administración, pero ahora ya me he aprendido la ruta de memoria.

Cuando llego me encuentro a mi padre sentado al lado de mamá.

Ahora está despierta, y frente a la silla donde está sentada hay un hombre al que no conozco. Los tres charlan. Mi madre parece animada. Verla así me cambia el humor.

—Oh, aquí está. Ella es mi hija. ¡Rose! —Mi madre me saluda como si no me hubiera visto en semanas y me invita a unirme al grupo.

Mi padre se da media vuelta y eleva las manos en un gesto que clama su inocencia.

—Solo quiero que sepas que no he tenido nada que ver con esto —me dice en voz baja cuando estoy lo bastante cerca para oírlo.

Lo miro, extrañada.

Se encoge de hombros, luego se echa a reír.

—Rose, he conocido a este simpático profesor... —Mi madre se toma un momento para sonreír al hombre, y este le devuelve la sonrisa. Por educación, seguro—. Está haciendo compañía a su amigo.

Miro al amigo, que me saluda, sonriente.

—Hola. Soy Angel.

—Encantada de conocerle.

—Estoy disfrutando mucho el tiempo que paso con mi hija en la ciudad —dice mi madre a los dos—. Vive justo al otro lado del puente.

La miro. No me parece que esta sea la mejor manera de pasar más tiempo con mi madre en la ciudad.

—A lo mejor ya os conocíais. —Mi madre se dirige a mí al tiempo que señala al hombre que sigue de pie delante de su silla—. Sois colegas, Rose. ¡Es sociólogo, como tú!

Ahora sí que lo miro, lo observo de verdad, pero su cara no me dice nada. Lo que sí reconozco en sus ojos es la paciencia. Aguanta estoicamente la insensatez de mi madre, y ella ya lo adora, de eso no me cabe duda. Niego con la cabeza y doy a mamá un apretón cariñoso en el hombro.

—¿Somos colegas?

El hombre se echa a reír de nuevo.

—Eso parece. Soy sociólogo. Y también profesor en la universidad.

Toma aire, como si fuera a añadir algo, quizá su nombre,

quizá el de la universidad. ¡Quién sabe! Mi madre ha empezado a hablar de nuevo.

—Le he dado tu número de teléfono, Rose. Deberíais salir a tomar un café para conoceros más.

—¡Mamá, por Dios! ¡No puedo creerlo!

—Le he dicho que no lo hiciera —rezonga mi padre en voz baja.

Me vuelvo hacia el hombre, que se ha echado a reír una vez más, y luego hacia su amigo, que se parte de risa.

—Quiero disculparme en nombre de mi madre —les digo—. Le encanta hacer de celestina.

Le lanzo una mirada reprobatoria: «¡Para!». Sin embargo, al ver lo contenta que parece, la sonrisa que le ilumina la cara, mi enfado desaparece. Vuelvo a dirigir la mirada hacia el hombre. Supongo que entiende lo duro que está siendo esto para mi familia. Al fin y al cabo, su amigo también se encuentra aquí, recibiendo quimioterapia. Extiendo la mano.

—Hola. Soy Rose, ¿y tú?

Me estrecha la mano.

—Thomas —dice—. Encantado de conocerte.

En ese momento me percato de que toda la sala está pendiente de la escena, tanto los pacientes de quimio, como las enfermeras que cotillean y mis padres que nos observan.

—He aconsejado a Thomas que salga contigo —dice Angel, rompiendo el silencio—. Y ahora que estás aquí, me reafirmo: debería salir contigo.

Todo el mundo se ríe. Y, aunque me arden las mejillas, no puedo evitar unirme a las risas.

El sufrimiento del día ha quedado momentáneamente atrás.

Cuando estaba estudiando en la universidad, mi madre me visitaba de vez en cuando, ella sola. Cogía el tren hasta el campus y salíamos a comer con mis amigas, luego, antes de irse, invadía la cocina y nos preparaba montones de albóndigas con salsa para que tuviéramos comida casera durante toda la semana. Pero una vez vino a verme solo porque yo estaba hecha polvo después de cortar con un chico, Arturo.

Recuerdo que fui a la estación a recogerla, que la vi avanzar por el andén hacia el lugar donde la esperaba. Recuerdo la maleta que arrastraba, el peinado perfecto que le rozaba los hombros al andar. En ese momento me sentí vacía, en blanco, como si las sensaciones se hubieran disociado de mi cuerpo y se hubieran llevado consigo mi voluntad.

—¿Cómo estás, cariño? —preguntó ella al instante, y me dio un fuerte abrazo. Siempre olía a limpio, a jabón de lavanda—. ¿Te sientes mejor?

Negué con la cabeza, y salimos de la estación en busca de un taxi. Tenía que esforzarme para no llorar, y no paraba de morderme el labio para contener las lágrimas. Mi madre me observaba la cara, que yo sabía que estaba hinchada. Llevaba días así.

—Me alegro de que me llamaras, Rose —dijo.

El taxista puso en marcha el motor y aceleró para cruzar un semáforo en ámbar. Nos movimos por la ciudad que albergaba mi universidad, lejos de aquella donde crecí.

—Me alegro de haber podido venir. —Me cogió de la mano, entrelazando sus dedos con los míos—. Para esto servimos las madres.

Durante el trayecto en taxi todo tipo de pensamientos surcaron mi mente. Pensaba que en cuanto vi a mi madre en el andén mi ánimo mejoró y me sentí segura. Que por primera vez desde que Arturo rompiera conmigo creí que volvería a estar bien algún día. Y que, a pesar de que había algo vergonzoso en el hecho de llamar a mi madre para pedirle que viniera, me alegraba de haberlo hecho y estaba agradecida de tener una madre capaz de dejarlo todo, en sentido literal, para hacer la maleta y venir a cogerme de la mano.

El taxi se detuvo delante del edificio de apartamentos donde vivía en aquella época, con una compañera de piso que siempre se marchaba los fines de semana. Mi madre pagó al conductor y saqué la maleta del portaequipajes. Subimos y entramos en el silencioso comedor.

—Es muy bonito, Rose —dijo mi madre mientras observaba las paredes casi vacías, las mesas y los estantes desprovistos de color y de cualquier adorno a excepción de los libros que había encima de ellos. Era la primera vez que veía el piso donde viví durante ese año—. Solo necesita un poco de decoración.

—Puede ser.

No le dije que una de las razones por las que el piso parecía una celda espartana era que, después de que Arturo me dejara, había purgado todos los rincones de cualquier objeto que me lo recordara.

Mi madre me quitó la maleta de la mano y la llevó hasta mi habitación sin preguntar nada, luego empezó a sacar su ropa. La seguí, la vi colgar lo que había traído en el armario, al lado de mis prendas.

Antes de Arturo yo ignoraba que los corazones pudieran romperse hasta tal punto. Estaba convencida de que era mi alma gemela, de que lo nuestro duraría para siempre, y ahora que se había terminado no sabía cómo enfrentarme a la rutina sin él. Parecía un fantasma sin rumbo que no encontraba su lugar.

Mi madre cerró su maleta, ya vacía, y la guardó en el armario. Acto seguido echó un vistazo a su alrededor.

—¿Dónde tienes las sábanas?

Le mostré el armario del pasillo. Sacó un juego de cama limpio y se puso a cambiarme las sábanas, ahuecando las almohadas y dándole esos toques que, cuando terminó, hacían que mi cama recordara a la de una habitación de hotel. Recuerdo haberla observado durante todo el proceso, plantada como un zombi.

—Ahora está mejor, ¿no crees?

Asentí. Lo estaba.

Después seguí a mi alegre y decidida madre hacia el comedor.

—Mira, Rose —dijo ella—, creo que vamos a sacar brillo a todo, porque las casas bien limpias siempre me han hecho sentir mejor. Luego bajaremos a comprar alguna cosilla para dar un poco de color al piso. Una alfombra, unos cojines, detallitos para hacerlo más acogedor... Compraremos todo lo que te haga falta.

—De acuerdo —dije. Estaba en sus manos.

—Fantástico. —Sonrió.

Le enseñé el armario donde April y yo guardábamos la aspiradora, la escoba, el mocho, los trapos y los sacudidores. Nos pusimos a limpiar las dos, sin olvidar ningún rincón de la cocina, del salón y del cuarto de baño, hasta dejar el piso entero impoluto.

Mi madre no me preguntó ni una vez por Arturo. Ni mientras anduvimos de compras escogiendo adornos para el piso, ni cuando pasamos por la librería a buscar novelas de misterio para mí ni cuando me llevó a cenar. Mi madre no me preguntó qué había puesto punto final a nuestra relación ni por qué no conseguía sobreponerme a Arturo. No lo preguntó y yo no me ofrecí a contárselo, no le conté entre lloros que lo había visto cogido de la mano de otra chica que parecía más joven, una estudiante de primer año, y lo mucho que me dolió verme reemplazada tan deprisa. Mi madre detesta a los quejicas.

Pero ese día fue el primero en semanas en que no lloré.

La energía de mi madre no conocía límites, ni su alegría tampoco. Se desprendían de su cuerpo e iban impregnándome a través de la piel, en busca de mi corazón herido.

Cuando ya estábamos a punto de acostarnos, me puse a arreglar el sofá para dormir allí. Mi madre me detuvo.

—No, Rose, tu cama es lo bastante grande para las dos. —Me observaba de una manera que me hacía sentir escrutada, como si estuviera consiguiendo vislumbrar mi mente—. He pensado que te gustaría tener compañía. Ya sé que has dormido muy mal últimamente y siempre has estado más tranquila si sabes que hay alguien despierto a tu lado. No me dormiré hasta que concilies el sueño, ¿qué te parece?

Parpadeé. Era cierto que dormía fatal y también todo lo demás, así que una parte de mí anhelaba ese consuelo aunque otra se resistía a él.

—Ya no soy una niña.

—Lo sé. Aun así, ¿me dejarás hacerte este pequeño favor?

No le contesté directamente, pero cogí la almohada que había llevado al sofá y me dirigí a mi cuarto. Me acosté enseguida. Mi madre se acostó a mi lado, y ambas encendimos nuestras respectivas lamparitas para devorar las novelas de misterio que habíamos comprado esa tarde.

Son muchas las ocasiones en que he tachado a mi madre de anticuada o de estricta. Sin embargo, tengo la impresión de que, a medida que he ido madurando y he comprendido lo dura y complicada que es la vida, he aprendido a apreciarla más. Espero haberlo hecho. Apreciar quién es y cómo es. Hay momentos en que me cae bien, casi como si fuera una amiga, momentos en los que reconozco que, a pesar de nuestras diferencias, es una persona estupenda. Con el paso de los años esos momentos se han vuelto más y más frecuentes, y mi relación con ella ha ido pareciéndose más a la que mantengo con Jill, con Denise o con Raya. Aunque ella es mucho mejor que una amiga porque además es una madre, la mía, y sé que nunca habrá nadie en el mundo que me quiera como ella.

Pero volvamos a esa visita concreta de cuando yo estaba en la universidad.

Por primera vez me asaltó la idea de lo mucho que me gustaba esa persona que tenía sentada al lado, leyendo en la cama. Lo mucho que agradecía a esa mujer que, cuando me entró el sueño y me dispuse a apagar la luz de mi mesilla, me dijo: «Dulces sueños, cariño. Seguiré leyendo durante un rato». Lo hizo como si no fuera gran cosa, como si estuviera dispuesta a pasarse la noche leyendo mientras yo dormía a pesar de que me constaba que debía de estar cansada después de un largo día. Lo notaba en su cara.

Un cansancio que veo al contemplar a mi madre, sentada en la silla de hospital, ahora que Thomas ha vuelto a hacer compañía a su amigo y mi padre ha salido a comer algo en la cafetería. Me dan ganas de meterme en la cama, de ser yo esta vez quien se quede leyendo mientras ella duerme, sin alejarme en ningún momento para que, si se despierta, vea que hay alguien a su lado que la quiere, que vela su sueño y se asegura de que está bien.

Su mirada sigue yendo hasta Thomas y Angel, y luego hacia mí. Sonríe, y distingo en sus facciones algo de la energía de antaño.

Le cojo la mano y se la aprieto.

—¿Cómo se te ha ocurrido semejante cosa, mamá? ¿Darle mi número al primer tío que pasa? —Mis palabras suenan a reprimenda, pero están cargadas de humor.

—¿No te parece obvio? Estaba preparándote una encerrona —dice ella—. Y, además, no es un hombre cualquiera. Es como tú, Rose. ¡Un profesor universitario! ¡Me parece el hombre ideal para ti! Guapo, alto, dispuesto a charlar con tu madre. —Su energía aumenta, como si intervenir en mi vida amorosa la ayude a ser de nuevo la mujer fuerte y entrometida que ha sido siempre—. Y me gustaría verte bien acompañada, Rose. Llevas mucho tiempo sola.

—Estoy bien, mamá —le digo—. Ya conoceré a alguien algún día.

—Pues a mí me gustaría que conocieras a alguien ya mismo.

—Paciencia, mamá.

Guarda silencio.

—Tengo que hacer lo que esté en mi mano mientras siga aquí, Rose —dice al cabo de un instante—. Quiero verte en pareja y feliz antes de irme.

Noto un nudo grueso en la garganta.

—¡No digas eso, mamá!

Su respiración es firme ahora. La quimio va surcándole las venas, despacio, siempre muy despacio.

—Cariño, en algún momento tendremos que enfrentarnos a la verdad.

Inspiro con fuerza. Me levanto. Me duele el pecho. Tengo que salir de aquí.

—Necesito beber algo. Ahora vuelvo.

Llego llorando a la máquina de café. Saco las monedas del bolso y las meto por la ranura, una por una, atenta al tintineo metálico que hacen al caer. Sale un vasito de plástico, y empieza la sucesión de sonidos que preludian la aparición de un café hirviendo, denso como el barro.

«Tiene un aspecto espantoso», pienso al mirarlo de cerca.

Por un instante me distraigo con algo tan tonto como esta máquina de café. Me olvido del hospital, del cáncer, de mi madre y de la quimio, del horror por el que está pasando y que vivimos con ella, de esa verdad de la que acaba de hablarme quizá sin saber con exactitud a qué se refiere... Aunque yo sí que lo sé, por supuesto. El café deja de caer, a pesar de que el vasito está solo lleno a medias. Decido tomármelo de todos modos, y cuando me dispongo a cogerlo el proceso se reanuda de repente. Es una especie de explosión; en realidad, una lluvia de café instantáneo y de agua hirviendo que me cae en la mano y en la manga del suéter.

—¡Mierda! —Aparto la mano y me miro la piel, donde empiezan a formarse las primeras llagas—. Mierda —repito, esta vez en voz más baja. Busco la pared para apoyarme en ella—. No puedo más —susurro a pesar de que no hay nadie a mi alrededor, con los hombros hundidos, a punto de rendirme.

—Esa máquina de café es un peligro. La de la segunda planta funciona mejor.

Levanto la vista. Es Thomas.

—Joder —murmuro. Intento recobrar la compostura. Tengo café por todas partes, sobre todo en el brazo—. Lo siento. Mira... Supongo que no es mi mejor día.

—Bueno, a lo mejor puedo ayudarte... —Thomas abre su mochila y empieza a rebuscar en el fondo.

—Esto me supera —digo, y hablo más conmigo misma que con él.

Y no me refiero al café.

Este hombre, Thomas, se queda un momento callado. Luego saca una servilleta de la mochila y me la da. La cojo y lo miro; lo miro de verdad, quiero decir, no como antes, cuando mi madre nos obligó a presentarnos. Él me sostiene la mirada. Descubro comprensión en sus ojos. Me tiende la mano.

—Nos supera a todos.

29

2 de marzo de 2008

Rose: vida 6

Al otro lado de la ventana cae la nieve.

Se acumula en el cristal formando intrincados patrones de hielo.

Pero dentro reinan el calor y la alegría.

—Hola, chiquitina —digo al diminuto bebé que tengo en los brazos. Mi bebé—. Addie.

No puedo dejar de mirarla. Es hipnótica. El trauma del parto, la fatiga y el dolor parecen algo muy lejano, como si todo hubiera sucedido hace semanas y no apenas unas horas. Contemplar a Addie casi me hace olvidar que estoy en una cama de hospital, me hace pasar por alto el olor a antiséptico, las sábanas viejas, la fealdad de las paredes, las máquinas. Addie duerme, tiene los ojos cerrados como si temiera que pudieran abrírsele en cualquier momento si no se esfuerza por apretarlos, su respiración suave llena el silencio. Quizá termine roncando como su padre. Qué raro es pensar algo así, preguntarse si el bebé que tengo en los brazos habrá salido a su padre o a mí, a su madre. O en qué cosas Addie se parecerá solo a sí misma, a alguien distinto de cualquiera de los dos.

La puerta se abre y oigo a mi padre.

—¿Rose? —susurra en la penumbra.

Lo veo mirándome desde la entrada.

—Estoy despierta —le digo.

Entra de puntillas, seguido de mi madre.

—No tenéis de qué preocuparos, esta niña duerme como un tronco.

Una vez dicho, me pregunto si mis padres se han enterado. Toda su atención está puesta en Addie.

Mi madre lleva un suéter amarillo canario, que según ella es el color de la felicidad. Se lo puso en cuanto recibió la llamada de Luke y supo que todo había ido bien, que las dos habíamos sobrevivido al parto y estábamos sanas. Los Napolitano son bastante supersticiosos, y por eso mi madre no se permitió ponerse el suéter de la felicidad antes de que la noticia fuera oficial. Ha persuadido a papá para que se vista del mismo color.

Me río y señalo el suéter de mi padre.

—Me gusta tu atuendo.

—Hoy estoy dispuesto a ponerme lo que tu madre me diga —refunfuña—. Ya veremos si logras zafarte del amarillo.

Mi madre saca un gorrito de punto de ese color para Addie.

—¿Qué te parece, Rose?

—Me parece un gorrito ridículo, mamá. —Aun así, sonrío—. Me encanta.

—¡Qué bien! —Con tan poca luz, sus mejillas parecen sonrosadas—. Y también tengo un suéter para ti, claro. —Rebusca en la bolsa de lona que mi padre lleva colgada al hombro—. He pensado que Luke podría sacarnos una foto de familia.

—Te lo he dicho, Rose. —Mi padre señala el suéter—. Te he advertido que no te escaparías.

—Hoy me pondré lo que tú digas, mamá.

Levanta la vista de la bolsa y sonríe.

Qué fácil es hacer felices a mis padres, decir a mi madre lo que quiere oír, darle lo que siempre ha deseado, decirle sí a un suéter, decirle sí a un nieto. ¿A qué venía oponer tanta resistencia a tener un hijo? ¿Por qué he despotricado tanto sobre ello? ¿Por qué he estado tanto tiempo equivocada sin dejar que todo este amor entrara en mi vida?

Mi madre me da el ridículo suéter y mi padre coge a Addie para que pueda echármelo encima de mi cuerpo dolorido. Estoy haciendo estas cosas como si fueran lo que siempre he querido hacer, como si estuviera hecha para este papel. El papel de Nueva Madre.

Luego me quedo sentada en la cama mientras oigo a mis padres elogiar a Addie; noto su ausencia en mi pecho, el calor que mi pequeña ha dejado. Con qué rapidez se adaptan el cuerpo y la mente a esta nueva presencia en tu vida; con qué rapidez el cuerpo y la mente desarrollan un sentido especial para ello, para ella, para distinguir su cercanía y su alejamiento, para mantenerte pendiente de dónde se encuentra, de su seguridad, de su comodidad, de su bienestar.

¿Qué pasará con mi trabajo, con mi carrera? ¿Mi mente volverá a interesarse por las investigaciones, los artículos y las clases, o ya nunca será la que era? ¿Volveré yo a ser la que era?

¿Importa eso? ¿Me preocupa?

Me tapo más con la sábana.

Por ahora decido no pensar en el futuro, regodearme en la belleza amarilla del momento.

Mi padre se inclina y apoya la mejilla en la suave cabecita de Addie.

«Y todo esto se debe a que aquel día me acerqué a Luke».

Me aferro a ese pensamiento, le doy vueltas, lo analizo. Me acerqué a él en lugar de apartarme, me entregué a mi marido en lugar de rechazarlo, y ese pequeño gesto ha conseguido que Addie exista. Que exista esta escena en el hospital donde estamos yo, mi marido, mis padres y mi hija. La idea de que Addie podría simplemente no ser casi me marea. Tiene menos de un día, y sin embargo la idea de su no existencia, de que podría no ser, se me antoja imposible. Addie es necesaria, esencial, tan vital como el aire, la respiración o el corazón que me late en el pecho.

¿Quién sería yo hoy de haber seguido discutiendo con Luke?

En mí crece un extraño sentimiento de satisfacción al pensar que he podido hacer esto: traer un nuevo bebé al mundo, dar a mis padres una nieta a la que abrazar y mimar.

Luke asoma la cabeza por la puerta y se echa a reír.

—Bonito suéter, mamá.

Mi madre levanta la vista y se vuelve hacia mi marido. Él vuelve a reír.

—Me refería a la otra mamá, mamá. Me refería a Rose.

Mi madre va a darle un beso en la mejilla.

—También tengo uno para ti, no creas.

Luke pone los ojos en blanco.

—¡Cómo no!

—¿Han llegado ya tus padres? —le pregunta mi madre—. Podemos prestarles nuestros jerséis y sacarnos una foto de familia todos.

—Es muy atento por tu parte —dice Luke, medio burlándose de ella.

Nancy y Joe no se pondrán esos jerséis por nada del mundo, y él lo sabe. Luke saca la cámara, la grande, la que reserva para las sesiones importantes.

Si hay algo que me da una pereza inmensa es ver a mis suegros, tener que escuchar sus consejos, sus intentos de controlarlo todo: controlarme a mí, controlar a Addie, controlar a su hijo. Me preguntaba si el hecho de haber tenido un bebé suavizaría el trato que me dispensan, pero solo ha servido para intensificar su necesidad de decirme lo que debo hacer y quién debo ser. Quizá la época inicial durante la que nos llevábamos bien se ha perdido para siempre.

—Sonreíd, chicos —dice Luke.

Mi madre ha conseguido que se ponga un suéter, así que vamos todos conjuntados.

Es lo más ridículo que le hemos dejado hacer nunca a mi madre, pero la verdad es que a nadie parece importarle. Lo único que importa en un día como hoy es lo contenta que está, y el hecho de que su felicidad está extendiéndose por la habitación y me empaña la mirada, como si lo que estuviera viendo fuera una foto antigua, algo que sucedió en el pasado o tal vez en el futuro, pero no en el momento presente.

Addie sigue dormida a lo largo de todas las fotos: la de los cinco, hecha con temporizador; luego la de mi padre, mi madre, Addie y yo; después una con Luke, Addie y yo; y, por fin, la de Addie conmigo y la de Addie con Luke. No consigo dejar de sonreír durante todo el rato, tengo la impresión de que, si desapareciera mi sonrisa, con ella se desvanecería todo esto: mis padres, Addie, Luke y cuanto de bueno hay en esta habitación. Vamos pasando por todas las combinaciones de personas, pero de repente sé que hay una foto que necesito como si de ello dependiera mi vida.

—Luke, ¿nos haces una foto a mamá, a mí y a Addie? ¿A las tres juntas?

—Claro.

Mi madre se sienta en el borde de la cama.

—Estás demasiado lejos, mamá —le digo—. Quiero abrazarte y no llego.

Me mira de esa forma que me hace sentir que soy la única persona en el mundo. Me impregno de esa mirada, dejo que penetre por mi piel y se esparza por mis venas hasta alcanzar todos los rincones de mi cuerpo. Quiero atesorar este sentimiento para los días de lluvia, porque al final estos siempre acaban llegando, ¿no es así?

—Te quiero, Rose —dice ella.

Hay algo extraño en este momento, algo que me hace dudar de la realidad de esta escena. Mis padres, radiantes, sobre todo mi madre. Poso la mirada en la pequeña y preciosa Addie, me fijo en la mujer que sostiene a mi hija, a mi bebé, con tanto cuidado y cariño que parece haber nacido solo para eso, para tener a su nieta en brazos.

Intento disfrutar el momento.

Pero ¿no es un sueño? ¿Esto sucede de verdad?

¿O me despertaré y todo será distinto?

30

12 de febrero de 2010

Rose: vida 8

La puerta de la clínica donde se realizan abortos es roja, de metal y está desconchada.

La observo. Me siento incapaz de dar los últimos pasos que me conducirán del vestíbulo al interior y me acercarán a la decisión que he estado rumiando desde el momento en que vi esos signos positivos, esas líneas paralelas, esos síes en los test de embarazo de la farmacia.

Jill se retrasa. Me ha enviado un mensaje para avisarme de que está atrapada en el metro por culpa de un pasajero enfermo.

La moqueta se ve gastada, ajada, sucia, igual que unas paredes que un día debieron de ser blancas pero que ahora han adoptado una tonalidad grisácea. Hay solo dos puntos de luz en el techo y uno de ellos está fundido.

Todo a mi alrededor parece decir que esto es lo que se llevan las mujeres que renuncian a la maternidad: mugre, desaprobación, oscuridad. No merecen clínicas e instrumental impolutos, luces brillantes y médicos alegres que se encargan de las ecografías, salas de parto pintadas en tonos pastel.

Atravieso la puerta.

El interior no ofrece mucho mejor aspecto. Hay luz, sí, y

la mujer que me recibe me saluda con amabilidad, sí, pero hablamos separadas por un cristal blindado salpicado de agujeritos circulares para que podamos oírnos. ¿De verdad el aborto requiere cristales blindados?

—Tengo cita a las dos —le digo—. Rose Napolitano.

La mujer lo consulta en el ordenador, asiente y presiona un botón que abre la puerta. Dejo atrás el cristal blindado y entro en la sala de espera. Aquí la decoración mejora un poco. La pintura de las paredes es de un bonito color gris, hay montones de revistas apiladas en una mesita y sillas con aspecto bastante nuevo apoyadas en las paredes. Cuento a seis mujeres, de las cuales dos han venido con sus acompañantes o amigos; las otras están solas.

Tomo asiento, miro hacia delante y me topo con un cartel con consejos sobre cómo prevenir embarazos. Me pregunto si Jill llegará; espero que sí, que al menos esté aquí a tiempo para acompañarme de vuelta a casa.

El reloj de la pared marca las dos y diez. Aguardo a que me llamen.

—No permitas que Luke te convenza de ser alguien que no eres.

Mi madre y yo estábamos en la cocina, en su casa, le hacía compañía mientras ella preparaba albóndigas con salsa. Me encantaba el aire cotidiano de la escena, observarla mientras revisaba los ingredientes, obedecerla cuando me pedía que troceara algo o que le sacara alguna cosa de la nevera... «¿Te importa pelar otro diente de ajo?». Era una escena que habíamos representado muchas veces desde que yo era una niña y ella me dejaba ayudarla a cocinar, un arte que mi madre tenía dominado desde mucho antes de que yo existiera.

Daba órdenes con esa autoridad natural que le confería sentirse a sus anchas en la cocina, la misma que yo reconocía en mí cuando me encontraba dando una clase o una conferencia.

Me encontraba junto a la mesa, cortando perejil, cuando hizo ese comentario.

—¿A qué viene esto, mamá?

—Veo lo desgraciada que eres con él, Rose. Hace mucho que no eres feliz en tu matrimonio. —Su voz era severa y empática a la vez.

Seguí cortando el perejil en trozos más y más pequeños. ¿Tanto se me notaba?

—Puedes ser sincera conmigo, Rose. Quiero saberlo.

—Luke y yo tenemos problemas —admití.

Mi madre vino a supervisar mi trabajo.

—Ya vale. No hace falta que lo conviertas en polvo. —Me quitó la tabla de cortar y echó el perejil en la salsa de tomate que tenía al fuego—. ¿Cuándo empezaron esos problemas?

—Después del aborto —le dije.

Enjuagó la tabla y le pasó un trapo para secarla antes de retornarla a la mesa. Luego me dio una cabeza de ajos.

—Córtame ocho o nueve dientes para las albóndigas, en láminas muy finas. —Me dio un beso en la frente—. Me lo temía.

Llamé a mi madre al día siguiente del aborto, después de haberme pasado la tarde viendo sollozar a mi marido. Cuando le di la noticia, lo primero que dijo, al instante, fue: «Lo siento mucho, Rose». Luego percibí que también ella estaba llorando, y eso me hizo pensar si debería ser yo la que me disculpara con ella. Primero Luke, ahora mi madre, ¿por qué yo no? ¿Por qué no sentía nada? ¿Por qué no era capaz de llorar? ¿Por qué no me parecía una pérdida tan grande si era yo la que había estado embarazada? «Bueno, si ha pasado una vez, puede volver a pasar», dijo enseguida, exactamente lo mismo que Luke había hecho. «No sé si quiero que pase, mamá —respondí, y mamá se calló—. Creo que solo siento alivio». No, sabía que solo sentía alivio. Cuando volvió a hablar fue para decirme que me concediera tiempo, que con el tiempo vería las cosas de otra manera.

Y eso hice. Dejé pasar el tiempo, dejé que Luke se encargara de todo, de mí, de mi cuerpo. Pero cuanto más tiempo pasaba, más resentida estaba con mi marido.

Separé un diente de ajo, lo corté muy finito y me puse con el siguiente. En ese momento decidí sincerarme con mi madre.

—Tengo la impresión de que, desde que sufrí el aborto, Luke ni siquiera me ve. Lo único que tiene en la cabeza es dejarme embarazada. Y durante mucho tiempo le permití hacer lo que le parecía bien. Hasta que me planté hará un par de meses. —Levanté la vista. Mi madre se encontraba entre la cocina y la mesa. Asintió a mis palabras con suavidad—. Sé que no quiero hijos, mamá. Ya ni siquiera estoy segura de si quiero a Luke. Tal vez no quiera ni estar casada. Lamento si todo esto supone una desilusión para ti. No es mi intención desilusionarte.

Mi madre tenía las manos apoyadas en las caderas; cerró los ojos por un instante y luego exhaló un suspiro.

—Bueno. Rose... —Se secó la mejilla con la punta del delantal—. No voy a mentirte. Sí que es una desilusión, pero solo porque me permití albergar la esperanza de que algún día tendrías un hijo. Y yo, un nieto. Siempre he deseado tenerlos.

—Lo sé —susurré.

Se alisó el delantal, manchado con diminutas salpicaduras de tomate.

—Pero lo más importante para mí es que seas feliz. Y me entristece saber que te sientes desgraciada... y enfadada. Aprecio a Luke. Y durante mucho tiempo parecíais estar muy bien juntos.

En ese momento pensé en lo distinta que era esa conversación de aquella que mantuvimos en la playa, cuando mi madre me dijo que confiara en que sería una buena madre. Entre esos dos momentos las cosas habían cambiado mucho. De la esperanza marcada por el azar había pasado a la ira y la desesperación. Una distancia que se me antojaba insalvable.

—Tal vez podáis arreglar las cosas —decía mi madre—. Tal vez puedes pedirle que lo deje estar, explicarle que no vais a tener hijos, y así encontrar la manera de superar esto.

Eché el ajo en el bol de aluminio donde prepararíamos las albóndigas y donde ya estaban las migas, el parmesano y las hierbas aromáticas. Intentaba decidir si tenía el valor suficiente para contarle a mi madre qué más me sucedía.

—Rose, tienes todo el derecho de decir no a Luke. «Ya basta», tienes que decirle. «No vamos a tener un hijo, lo intenté y no ha salido bien», es todo cuanto debes comunicarle.

—Lo lamento, mamá..., lo lamento todo. —Tengo la mirada fija en el bol—. Debería haber dejado a Luke hace tiempo, antes de que llegara a este punto.

—¿A este punto? ¿A qué te refieres?

Me volví hacia ella, decidida a expresarlo en voz alta.

—¿Y si te dijera que estoy embarazada?

Su reacción fue realizar una inspiración profunda. Luego se acercó al fuego y removió la salsa con tanto ímpetu que parte de ella salpicó la encimera.

—¿Lo estás? —preguntó sin apartar la mirada de la cazuela.

No contesté.

Sí. Lo estaba.

Me quedé embarazada la última vez que mantuve relaciones con Luke, el mismo día en que le dejé clara mi negativa a ir a una clínica de fertilidad y afirmé que nada me convencería para hacerlo. Apenas nos habíamos dirigido la palabra desde entonces. Me había prometido a mí misma que no volvería a haber sexo entre Luke y yo hasta que me apeteciera de verdad, y poco después había llegado a la desasosegante conclusión de que no me apetecería nunca más. Estaba bastante segura de que el deseo que antes sentía por Luke era algo muerto y enterrado.

Y entonces, una mañana, hacía una semana, cuando me vestía para ir a las clases, me di cuenta de lo mucho que me dolía el pecho, de que parecía haberme ensanchado, de que el vestido me sentaba de manera distinta.

«La regla. Estoy embarazada».

En cuanto esas palabras cruzaron mi mente, ya no volvieron a borrarse.

Rompí a llorar. No había sido capaz de derramar una lágrima por la pérdida del bebé anterior y, sin embargo, el embarazo me provocaba un llanto interminable. Lloré de camino al trabajo, seguí llorando sentada en el despacho. Lloré por mi matrimonio a la deriva y por ese hijo que nunca daría a mi marido, ni a él ni a nadie. No podía. No lo haría. Me resultaba imposible.

Mi madre limpió las manchas de salsa de la encimera con un trozo de papel de cocina.

—Cariño... ¿Qué vas a hacer?

Aún estoy en la sala de espera cuando Jill llega.

—¡Rose, lo siento muchísimo! —Su voz suena alterada en medio de tanto silencio, pero soy la única que levanta la vista. Nos abrazamos y se sienta a mi lado—. ¿Cómo estás?

Me encojo de hombros. El vestido azul de Jill supone un brillante contraste con los colores apagados que nos rodean.

—¿Has vuelto a pensar en contárselo a Luke?

Es una pregunta que no ha dejado de hacerme desde el momento en que le hablé de mi embarazo.

Niego con la cabeza. Le doy la misma respuesta de siempre:

—Si lo hiciera, no me habría dejado venir.

Mi amiga se acomoda en la silla y hace un gesto de asentimiento.

—En realidad, no sé si se lo contaré nunca —le digo.

Jill titubea.

—Tal vez deberías…

—Es decisión mía. No suya. —La potencia de mi enfado me sorprende—. Hace tiempo que no me importa la opinión de Luke.

Al pronunciar esas palabras, sé que son la verdad. Ante mí tengo la respuesta de por qué no quiero seguir adelante con mi matrimonio.

La enfermera aparece en el umbral de la puerta.

—¿Rose Napolitano?

—Soy yo —digo alzando el brazo.

Antes de que pueda levantarme, Jill me detiene.

—Superaremos esto, Rose, ¿vale? Estoy contigo, pase lo que pase.

Al oírla noto un pellizco en el corazón y me asalta esta idea: «A veces las mujeres se necesitan las unas a las otras más de lo que necesitan a los hombres. ¿Qué haría yo sin una amiga como Jill? ¿Cómo sobreviviría a todo esto?».

—Lo sé, Jill. Te quiero.

Mientras paso por delante de las otras personas que hay en la sala de espera pienso en lo que otra mujer me dijo cuando le conté que estaba embarazada pero que no podía tener ese hijo porque no estaba hecha para la maternidad. Una mujer que es mi madre. Lo que dijo fue que, si no encontraba en mi corazón motivos para tener un hijo con Luke, no debía seguir adelante con el embarazo. Que confiara en lo que me dictaba el corazón, que ella también confiaba en mí, cualquiera que fuera mi decisión. Pienso en lo mucho que debió de costarle decir esas cosas porque, en el fondo, implicaban para ella la renuncia a algo que deseaba y que había esperado durante mucho tiempo: un nieto. Vi entonces con diáfana claridad que mi madre me quería de manera incondicional, que de eso se trataba cuando la gente disertaba sobre el amor que existe entre una madre y su hija.

Decido confiar en ese amor y en esas palabras, y también en las que Jill me ha dicho. Necesitaba su fe para hacer acopio de fe en mí misma.

—Esto es lo que debo hacer —susurro para mí.

La enfermera me mira con ojos compasivos y la sigo al otro lado de la puerta sin volver la vista atrás.

31

2 de mayo de 2010

Rose: vida 5

Thomas y yo estamos viéndonos de nuevo —por supuesto—, y espero que Luke descubra que lo engaño. Dejo todo un rastro de pruebas: mensajes de texto, recibos, retrasos, llamadas perdidas, portátiles abiertos con correos incriminatorios en la pantalla. Nada de lo que hago consigue que Luke aparte la mirada de Addie. Aunque casi podría afirmarse que llevo un cartel en la frente que dice: «Luke, tu esposa te pone los cuernos», él no se percata de que algo ha cambiado, de que yo he cambiado. Ojalá encontrara el valor para abandonarlo, pero sigo buscando dentro de mí a esa Rose valiente y no logro encontrarla.

—¡Addie! —chillo.

Me he dado la vuelta durante menos de treinta segundos, y en ese tiempo Addie se ha encaramado a la mesa desde una de las sillas de la cocina, está de pie ahora, en un equilibrio bastante precario. La veo tropezar y, justo cuando está a punto de caerse, la cojo en brazos, sin dejar de gritar. ¿Y si no hubiera llegado a tiempo? ¿Se habría roto la crisma y sufriría secuelas para siempre? O aún peor, ¿se habría matado del golpe? La abrazo con fuerza, jadeando, y rompe a llorar.

—No pasa nada, no pasa nada. Mamá se ha asustado,

eso es todo —le susurró al oído cuando el llanto se intensifica.

La llevo al sofá y me siento con ella en el regazo, me inclino sobre esa silueta temblorosa que no deja de llorar.

—Todo está bien —le digo, y Addie hunde la cabeza en mi cuello—. Pero no puedes subirte ahí, Snuffy. Es peligroso, y mamá te quiere demasiado para dejar que juegues ahí arriba.

«Mamá no puede arriesgarse a perderte, mi cielo».

Mientras el llanto de Addie y mi pánico remiten voy dándole besos en la coronilla. La visión de mi hija cayéndose de la mesa se repite en mi mente, y la mesa va creciendo en altura hasta alcanzar los tres metros, luego los cinco…, hasta que veo a mi Addie despeñándose por un precipicio en medio de la cocina. El corazón me late a toda prisa. La abrazo con fuerza, deseando protegerla con mi cuerpo de todo mal.

Addie se queda dormida en mis brazos, su respiración se calma.

Hubo una época en que Luke me inspiraba esta clase de amor. Recuerdo haberlo sentido durante nuestra luna de miel, esa idea de posesión, el miedo a perderlo en cualquier momento, el pánico a que muriera y mi corazón se partiera para siempre. Estábamos en la cama, por la tarde. Era una de esas tardes que solo se dan en una luna de miel, cuando los días se componen de despertar, comer, nadar, relajarse, comer más, beber vino y cócteles, solazarse a todas horas en la belleza y el lujo de un hotel espléndido y diseñado expresamente para los recién casados, disfrutar de la pareja, hacer el amor, divertirse y luego volver a hacer el amor.

Luke y yo nos reíamos de algo, aunque no recuerdo de qué.

Pero sí recuerdo haberlo mirado a la cara y pensado que se trataba de la cara más atractiva, más perfecta y más especial que había visto nunca, que él era la persona más importante de todo el universo, que no podía perderlo porque, si eso sucedía, mi vida ya nunca volvería a funcionar bien. Fue un fogonazo deslumbrante que casi me quemaba, una sensación intensa, terrorífica, que me provocó una mezcla de dolor, miedo y desesperación. Recuerdo que en aquel momento me pregunté si ese sería el amor que los padres decían sentir por sus hijos, pero que yo, en cambio, sentía por Luke.

Ahora que tengo a Addie puedo responder a la pregunta con un sí y también con un no. Era y no era el mismo. Lo era en el sentido de que es exactamente la clase de amor que Addie me inspira, si bien se diferencian en que el Gran Amor que experimenté en la luna de miel fue algo pasajero mientras que con Addie tiene un carácter permanente. Mi amor por Addie es terrorífico, un estado perpetuo de vértigo, la sensación constante de vivir al borde de un abismo.

Lo odio. Este terror perpetuo es agotador.

Y lo adoro. No sería capaz de cambiarlo por nada. Soy un estereotipo ambulante, y no me importa. ¿A quién le importa? ¿A quién le importa que una persona descubra la existencia de un amor tan grande y profundo que la acompañará durante toda su vida, en la salud y en la enfermedad?

Addie cambia de postura, mueve la cabeza y abre los ojos, me mira de esa forma que se comunica de manera directa con mi corazón.

—Hola, cielo.

Oigo la puerta. Luke aparece en la cocina. Nos ve a Addie y a mí sentadas en el sofá. No, lo cierto es que ve a Addie, no a mí. No soy más que el apoyo donde se sostiene su hija. Podría estar hecha de plástico.

—Hola, Luke —le digo.

—Ah, hola, Rose.

Ha pronunciado mi nombre como si acabara de recordarlo. Algo que podría haber olvidado como quien se deja la leche o los huevos cuando va al supermercado.

¿Cómo se pone fin a un matrimonio?

Es como intentar detener un tren lento y pesado, sobrecogedor, una máquina que tarda mucho en pararse del todo. Su estado natural implica seguir adelante, con aceleración firme y sostenida.

A veces casi me convenzo de que puedo abandonar a Luke. Pienso que quizá encontraré la manera de lograrlo, de decirle: «Ya no te quiero, al menos no como debería, no del modo que deseo amar y ser amada». Abandonarlo es la mejor solución, ¿no? ¿Acaso no ha llegado ya el momento de hacerlo?

¿Le hablo de Thomas? ¿O paso por alto esa parte?

Se lo conté a mi padre. Lo de Thomas. Aún no puedo creer que lo hiciera, pero es verdad. Acababa de llegar del taller y yo lo esperaba, sola en la casa. Teníamos planeada una de esas cenas para dos. Mi madre se encontraba en su club de lectura.

Estaba sentada en el salón donde me crie, con las manos apoyadas en las rodillas y la mirada puesta en una de las fotos enmarcadas que hay en la mesa, una de mis padres, Luke y yo en el día de nuestra boda. Intentaba comprender cómo era posible haber pasado de ese lugar donde había sido tan feliz, con un hombre que es mi marido, al lugar donde estaba ahora, el de una mujer con una hija a la que amaba pero a la que nunca quiso, enredada en una aventura y engañando a ese marido a quien un día había considerado su alma gemela. Estaba llorando.

—¿Rose? Cariño… —dijo mi padre desde la puerta—. ¿Qué te pasa?

Las lágrimas rodaban por mis mejillas hasta alcanzarme los labios y la barbilla. Me limpié la cara.

—Nada. Lo siento. He tenido un mal día.

—¿Qué ha pasado? Puedes contárselo a tu padre. —Se acercó a sentarse a mi lado.

Eso me hizo llorar con más ganas. La verdad era que no podía contarle a mi padre lo que pensaba. ¿Cómo le cuenta una hija a su padre que ha estado teniendo una aventura durante todo el embarazo, y que ha seguido adelante con ella después de dar a luz y a lo largo de los primeros meses de vida de Addie, en las narices de todo el mundo? ¿Cómo admitir un engaño semejante, una traición de tal calibre, delante de mi padre? La única persona que sabía de la existencia de Thomas era Jill. Todos los demás creían que Luke y yo éramos felices; habíamos tenido una hija, nos encontrábamos viviendo un sueño.

—¿Le ha pasado algo a Addie? ¿O a Luke?

Negué con la cabeza, me esforcé por recobrar el aliento.

—No, no. Addie está bien. Y Luke también.

Mi padre fue a buscar un pañuelo de papel de la caja que había en la otra mesa, volvió hasta el sofá y me lo dio.

Me sequé los ojos y las mejillas.

—Gracias, papá.

—Entonces ¿de qué se trata?

—Creo que no puedo contártelo.

Me miró con ojos firmes, escrutadores.

—A papá puedes contárselo todo.

—Pensarás que soy una persona horrible. Soy una persona horrible. —Rompí a sollozar de nuevo—. Mamá estaría horrorizada.

Mi padre me rodeó con sus brazos.

—Puedes contármelo —me susurró—. Te lo aseguro.

No recordaba cuándo fue la última vez que mi padre me abrazó así. Creo que tendría que remontarme a la época del instituto, al día en que me rompí el tobillo durante un entreno y eso me dejó fuera de la competición estatal.

—Estoy tan cansada, papá... —le dije entre sollozos, intentando dejar de llorar y respirar de manera serena, tomando el aire despacio y luego soltándolo. Me incorporé, y mi padre apartó los brazos. Volví a secarme los ojos, expulsé el aire por la boca—. No sé si quiero seguir casada.

Lo dije de repente, y la frase rompió el silencio como un ladrido. Bajé la vista hacia la alfombra, observé la tela raída y deshilachada. No quería ver la reacción de mi padre.

—¿Tú y Luke estáis pasando por una mala época?

Negué con la cabeza. Mantuve la mirada fija en el suelo.

—Quiero a otro hombre, papá.

Ya estaba. Ya lo había dicho. Lo único que era aún peor que admitir que no quería seguir casada.

—Soy una persona horrible. Por favor, no me odies.

No sé qué esperaba por parte de mi padre: enfado, recriminaciones, decepción, sorpresa... De hecho, me esperaba cualquier cosa excepto la respuesta que me dio.

—¿Cómo se llama? —preguntó.

—¿Qué?

—¿Cuál es el nombre del hombre del que estás enamorada?

Levanté la vista y miré a mi padre a los ojos.

—Thomas —dije con la voz ronca a causa del llanto.

—¿Cuánto tiempo hace que empezó?

—Mucho. —La vergüenza escaló por mi columna vertebral y alcanzó mi cuello—. Un par de años.

Tuve la impresión de que mi padre estaba procesando la noticia. Yo no era capaz de adivinar en qué pensaba.

—¿Te trata bien?

Parpadeé.

—Sí.

—¿Y lo que quieres es estar con él?

—Sí. —Al confesarlo ante mi padre, me permití por fin admitir la verdad—. He intentado dejar de verlo en más de una ocasión, pero nunca he podido. Lo quiero demasiado.

—La gente se enamora sin darse cuenta, Rose —dijo mi padre. Y luego preguntó—: ¿Luke lo sabe?

Negué con la cabeza.

—¿No crees que lo sospecha? —indagó a continuación.

Pensé en todas las pistas que había ido dejándole, en mi actitud descuidada y estúpida, llevada por la idea de que me resultaría más fácil terminar con mi matrimonio si Luke descubría lo de Thomas que si tenía que hacerlo yo por voluntad propia. Me sentí aliviada de que Luke estuviera tan absorto con Addie que no era capaz de ver nada de lo que yo hacía.

—No lo creo. Me da la impresión de que Luke no tiene ni idea. Solo tiene ojos para Addie.

Mi padre suspiró.

—¿Y no piensas que es posible que arregléis las cosas?

Negué con la cabeza.

—Ya no puedo intentarlo más, papá.

—De acuerdo. Bueno… —Me miró con una profunda expresión de tristeza en los ojos—, entonces creo que tendrás que reunir el valor necesario para poner punto final a tu matrimonio, Rose.

—Lo sé —susurré.

—Lamento que estés pasando por esto, cariño. Y lamento que Luke y tú terminéis así.

—Yo también.

Mi padre me dio un apretón cariñoso en la pierna.

—Me alegro de que me lo hayas contado. A papá siempre puedes contárselo todo, Rose —prosiguió mi padre—. Sé que sueles hablar con tu madre, pero yo también estoy aquí. Y puedes hablar conmigo.

Rompí a llorar de nuevo. Mi padre podía soportar toda esa fealdad, soportar mi conducta vergonzosa, y seguir queriéndome.

—Sé que estás aquí. Me doy cuenta —dije, porque así era. Resultaba imposible ignorarlo.

Aprovecho para confesárselo a Luke un día en que Addie ha ido a casa de mis suegros.

—¿Has visto la funda de la cámara? —me pregunta él—. Me refiero a la de la pequeña. No consigo encontrarla por ninguna parte. Addie estuvo jugando con ella y debió de esconderla en algún sitio. Le encanta esa funda.

—¿Por qué no miras debajo de la mesita auxiliar? El otro día encontré allí debajo unos libros que creía extraviados.

Luke se ríe y se encoge de hombros, como si el hecho de que nuestra hija se dedicara a meter cosas debajo de los muebles fuera una especie de gran número cómico. «¡Esa Addie...! ¡Qué traviesa!».

Su gesto me fastidia. Hace tiempo que todo lo que hace me irrita, incluso las cosas más insignificantes, las reacciones más naturales. La fuerza de este malhumor me recuerda lo que debo hacer. Esta noche. Tiene que ser hoy. Ahora. No puedo demorarlo más.

Estoy en la cocina, como de costumbre, entretenida con un plato elaborado, la lasaña de mi madre que requiere horas de preparación. La pasta hecha en casa, la *braciola* para el relleno de carne y la salsa para cocinarla. Cuanto más se hunde mi matrimonio, más elaborados son mis platos. Cocinar supone para mí una manera de llenar el tiempo, la distancia, el silencio que hay entre Luke y yo.

Luke se dirige al dormitorio para seguir buscando.

—Cuando la encuentres, tenemos que hablar de algunas cosas.

—Claro —concede, ajeno al hecho de que su presencia ha empezado a molestarme, ajeno a todo lo que quiero decirle.

Una punzada de culpa se impone a mis pensamientos. Me pongo a espolvorear migas de pan sobre la carne y, distraída, echo demasiadas.

—¡Mierda!

La presiono con las palmas para que se me peguen, intento quitarlas. Me lavo las manos, las mantengo debajo del chorro de agua caliente hasta que casi me quemo. Me las seco y voy a sentarme a la mesa de la cocina. Apoyo la cabeza en los brazos.

Tengo la impresión de haber perdido una guerra en la que ni siquiera sabía que contendía.

Pensaba que podría llevar el final de mi matrimonio con Luke con cierta gracia, esa sabiduría que nos dice que todas las relaciones tienen un final, incluso las más largas, incluso las que empezaron con un amor intenso que ambos miembros de la pareja creyeron eterno. Solía pensar que yo era una persona distinta, más fuerte, que era una mujer hecha de un material especial, un material resistente a los embates de la vida. Pero a la hora de la verdad soy una más: alguien cansado, cobarde, horrible. Alguien capaz de actos reprobables, de destruir la vida que he construido con tanto esmero con el hombre con quien me casé hace años, con el hombre que ahora es el padre de mi hija.

Levanto la cabeza. Sé que solo puedo seguir adelante, pero ¿cómo diablos se hace?

Me aparto de la mesa, me levanto de la silla, voy hacia el dormitorio. A juzgar por el ruido, Luke sigue en su proceso de búsqueda. Ahora le ha dado por mirar en la parte de atrás de su armario y ha empezado a sacar las cosas. Un montón de sudaderas que deben de llevar siglos ahí dentro. Bolsas con tejanos por estrenar. Me obligo a pronunciar las palabras que empezarán la conversación que tanto temo.

—Luke, tengo que hablarte de algo importante.

No se da la vuelta.

—¿Qué pasa?

Saca una jirafa de peluche, la mira y la deja en la mesilla de noche. Luego sigue revolviendo el interior del armario.

Espero. Luke no para. Empiezo a sentir los primeros brotes de ira, al principio en forma de chispas tenues que poco a poco se convierten en llamaradas. Me refugio en ellas para hacer acopio de fuerzas.

—¿No puedes estar quieto ni un segundo para hablar con tu esposa?

«Tu esposa». En los últimos meses me ha dado por hablar de mí en tercera persona. Como si de ese modo, al referirme a mí misma como si fuera otra persona, la esposa de Luke, tal vez él me viera con mayor claridad, atendiera a lo que le digo de manera distinta.

Lanza una camiseta vieja al suelo, saca un calcetín desparejado, y luego se incorpora y se vuelve hacia mí. Tiene las cejas arqueadas, pero continúa callado.

—Quiero el divorcio.

Ya lo he dicho. Ahí está la frase, las palabras que llevan

cociéndose desde hace siglos en mi interior. Acabo de arrojarlas a los pies de mi marido. Es la impaciencia que detecto en su expresión lo que me ha decidido a hacerlo.

Luke se cruza de brazos, en una mano sostiene aún el calcetín.

—¿Y qué pasa con Addie?

Cierro los ojos y respiro antes de abrirlos de nuevo.

—Quiero hablar de nosotros. Nuestro matrimonio es algo nuestro, Luke. O así debería ser. Y no lo ha sido. No desde hace mucho tiempo.

Está en silencio, observándome. Pensando.

He imaginado infinidad de veces cuál sería la reacción de Luke cuando por fin le dijera estas palabras; por mi cabeza han pasado los gritos, el enfado, la sorpresa, las lágrimas, los sollozos incluso, los ruegos para que intentemos arreglar las cosas. Nunca se me ocurrió que reaccionaría con este silencio, esta calma.

—¿Y qué pasa con Addie? —pregunta de nuevo—. Addie nos necesita a los dos. Lo sabes.

«¿Y qué pasa con Addie? ¿Qué pasa con Addie?». Tengo ganas de gritar. En algún lugar recóndito de mi interior, donde reside lo mejor de mí misma, existe una Rose que también dice: «Sí, tenemos que hacerlo con cuidado, tenemos que asegurarnos de que esto afecte a Addie lo menos posible. Addie, que es más importante que tú o que yo... ¡Claro que debemos tenerla en cuenta! Pero ¿a la larga, Addie no será más feliz con unos padres que no sean desgraciados juntos?».

Sin embargo, lo que digo en voz alta no es nada de eso:

—¿Addie es lo único que te importa? ¿No te preocupa ninguna otra cosa más?

Luke me mira como si acabara de sacar el cuchillo más grande de la cocina y lo sostuviese en la mano justo encima de la cabeza de Addie. Abraham amenazando con matar a su retoño.

—Addie no es una cosa —aduce Luke.

—¡Por Dios, Luke! No lo he dicho en ese sentido. Ni siquiera eres capaz de oír la pregunta, tu sensibilidad hacia ella te lo impide. Da la impresión de que te has olvidado de que en esta casa vive alguien más, alguien que resulta ser tu esposa.

«¡Tu esposa! ¡Tu esposa!».

—Una esposa que, al parecer, ya no quiere serlo —dice con voz átona.

Tomo aire, intento inyectarme una dosis de calma. Apoyo la mano en la pared para sostenerme.

—No, Luke, ya no quiero. Tenemos que acabar con este matrimonio. Lo necesito. Ni siquiera existo para ti. Y hace ya mucho tiempo de esto. Desde que me quedé embarazada.

—Solo lo dices porque desearías que Addie no hubiera nacido. Nunca quisiste tenerla.

Sigo respirando. Agradezco que Addie esté en casa de sus abuelos para que sus orejitas nunca tengan que oír lo que su padre acaba de decir ni lo que voy a contestarle ahora.

—Tienes razón, Luke. No quería a Addie. Consentí en quedarme embarazada en un intento de conservarte a mi lado, en un intento de salvar nuestro matrimonio. Pero creo que entonces la relación ya estaba rota. —Aparto la mano de la pared y doy un paso hacia él. Quiero que vea la expresión de mi cara, que perciba la verdad en ella—. Sin embargo, adoro a Addie, y lo sabes. Soy una buena madre. Y, aunque tal vez no quisiera tener hijos, ahora que está en mi vida no podría imaginar el mundo sin ella. Así que no vuelvas a decir eso, y jamás se lo digas a Addie.

Me siento más y más fuerte a medida que voy soltando

las palabras, como si me librara de un veneno alojado en mi interior.

—Me alegro de que tengamos a Addie —prosigo—. Pero hubo un momento en que el tema de los hijos estuvo a punto de acabar conmigo y tú nunca dejaste de presionarme. Pues este es el resultado: tenemos una hija preciosa y una relación muerta.

Luke descruza los brazos. El calcetín se le cae y rebota en su pie antes de tocar el suelo. Camina hacia mí, pasa por mi lado poniendo buen cuidado de no rozarme. Saca la maleta del armario del pasillo y la arrastra por el parquet. Acto seguido empieza a hacer el equipaje.

32

4 de junio de 2014

Rose: vida 3

—Quiero ir a ver a la abuela. ¿Por qué no me dejas?

Addie está en el salón, sujeta debajo del brazo el conejito rosa que mi madre le regaló. Lo aprieta con toda la fuerza de sus seis años contra su cuerpecito de habichuela. Aunque hace un día caluroso, una preciosa mañana de verano, Addie lleva puesto el suéter que mi madre tejió para ella la Navidad pasada —grueso, dos tallas grande, con rayas de todos los tonos de rosa— y las mallas a conjunto, también regalo de mi madre.

En aquella época, la abuela aún podía coser.

Ahora ya no.

—Oh, cielo…

Rodeo con la mano la taza de café, cierro los ojos y tomo aire. El cáncer de mi madre ha sido un impacto repentino; primero la noticia en sí misma y luego el rápido avance de la enfermedad. Me horroriza que mi hija tenga que pasar por esto, por la pérdida de su adorada abuelita.

—Ya sabes por qué. Lo hemos hablado varias veces. ¡Luke!

Lo llamo, necesito su ayuda, pero dudo que me oiga. Aún está en la cama. Anoche llegó tarde, venía de hacer el reportaje fotográfico de un banquete de boda. Al menos, eso dijo.

Addie pasa por delante del sofá del salón y se dirige a la mesa, que marca el principio de la cocina. Es ahora cuando reparo en que lleva los zapatos con suela fluorescente, otro regalo de la abuela. Va vestida con regalos de la abuela de la cabeza a los pies. Addie sabe qué hacer para conseguir lo que quiere.

—Mami, por favor... Quiero decirle adiós.

Me concentro en mi respiración. Estoy decidida a no flaquear delante de mi hija, a demostrar ante ella la misma entereza que cuando estoy con mi madre.

—Ya te despediste de la abuela.

—Pero ¡sigue aquí! Tú aún vas a verla. Y yo no llegué a despedirme. No del todo.

—Addie, la abuela es distinta ahora. Tu padre y yo queremos que la recuerdes tal como la has visto siempre, no como está ahora.

—Pero, mami...

—¡Luke! —Esta vez mi voz sale ya en forma de grito. Saco la silla que tengo debajo de la mesa y doy una palmadita en el asiento—. ¿Por qué no te sientas y dejas que mami se lo piense durante un minuto mientras se toma el café? ¿Te parece bien?

Addie accede. Hace lo que le digo. Espera.

Mi madre está inconsciente en una cama de hospital.

Estamos esperando a que muera. Su fallecimiento no es ya una duda, sino un hecho, una mera cuestión de tiempo. El cáncer que sufre ha sido lento y rápido a la vez. Al principio fue lento; tardamos bastante en hacernos a la idea de que el formidable cuerpo de mi madre podía albergar algo así. Daba la impresión de que disponíamos de tiempo, de múltiples opciones, de una serie de planes de acción posibles. Podíamos tomarnos las decisiones con calma, como si mi madre pudiera esperar tratamiento durante un buen número de años.

Pero el avance ha sido atroz. Pasamos de estar riéndonos y discutiendo con ella a verla languidecer, como si su cuerpo se hubiera empeñado en traicionar a su alma, a su mente, a su gran personalidad, a esa fuerza tan suya que se desvanecía ante nuestros ojos. ¿Quién podía imaginar que no sería el cáncer lo que terminaría con su vida sino las complicaciones que se derivaron de él? El trombo que se le formó en la pierna y que, despacio, de manera clandestina, le llegó al cerebro. Estas últimas semanas de hospital se nos han hecho eternas, y a la vez tengo la impresión de que todo ha pasado en cuestión de segundos. Parece que fue ayer cuando mi padre y yo tomamos la decisión de desconectarla de las máquinas que la mantenían con vida porque ya no estaba viva de verdad, y ahora que los médicos le han retirado todos los tubos y la máscara de oxígeno, solo nos queda la tarea de esperar, de velarla, de sentarnos a su lado mientras su respiración se ralentiza, mientras su pulso se reduce a cero.

La abuela que yace en el hospital no es la que Addie conoce. Luke y yo no queríamos que viera a esta abuela, que tampoco es ya la mujer que conocí. Durante esta última semana su cuerpo se ha convertido en un causante de tormento, un caparazón que está fallando a su cerebro vivo todavía.

—Quiero que le hagas una foto a mi madre —pedí a Luke ayer mismo.

Sé que es una petición extravagante, pero se lo pedí de todos modos. Él estaba sentado a mi lado, junto a su cama, tan silencioso, triste y fatigado como yo. Habíamos dejado a Addie con mis suegros, que se han portado como unos auténticos ángeles desde que todo esto empezó.

—¿Qué?

Contemplé a mi madre, tendida en la cama, me fijé en lo pequeño que se veía su cuerpo, en el aspecto macilento y ajado de su piel, en esos miembros que, de repente, parecían mucho más finos, como si se hubieran encogido. Pero, sin las máquinas, ella había vuelto a ser la de antes, al menos en parte. Exudaba algo parecido a la paz.

—Solo quiero tener una foto de ella. La última foto.

—Rose... —La voz de Luke estaba llena de compasión, aunque también de dudas—. ¿Quieres recordar así a tu madre?

—Tal vez no —le respondo—. Pero tal vez sí. O tal vez quiera hacerlo en el futuro.

—¿Crees que a tu madre le parecería bien, Rose? ¿O a tu padre? ¿Estás segura?

He oído hablar de mujeres que han sufrido un aborto y han pedido al médico una foto del feto. Mujeres que querían a ese bebé, que lloraban la pérdida de ese hijo nonato, y que luego anhelaban verle la cara, tener un recuerdo de esa personita que no había llegado a ser. Una colega de la universidad perdió a sus gemelos a los siete meses de embarazo. Tuvo que pasar por el trauma horrible de parirlos para quitarse de dentro esos dos bebés muertos. Tiene una foto de ellos en el cajón de la cómoda, enterrada debajo de las bufandas y los guantes. Cuando me lo contó, recuerdo que pensé que aferrarse a esa foto era una mala idea, que se trataba de un impulso masoquista, una manera de mantenerse sumida en la pena más profunda.

Sin embargo, ahora que he pasado días y días en el hospital junto a mi madre, a la espera de que exhale su último suspiro, puedo entender por qué alguien querría ese recuerdo.

—¿Puedes limitarte a hacerme ese favor? Ni siquiera tiene que parecerte bien ni considerarlo una buena idea. Solo quiero que lo hagas. No tenemos por qué contárselo a mi padre. Yo... necesito tenerla.

Luke guardó un largo silencio.

—De acuerdo —dijo al cabo—. De acuerdo. Sí. Lo haré.

Luke volvió con el equipo una hora después y salí de la habitación. Dentro solo quedaron mi marido y mi madre. Cuando por fin salió, estaba deshecho en lágrimas.

—Te quiero, Rose.

—Y yo a ti. Gracias.

Le estaba tan agradecida que, en ese momento, casi llegué a olvidarme de que mi marido, esa persona que acababa de mostrarse tan amable conmigo, me engaña con otra.

Luke ignora que lo he descubierto. Que sé lo de su aventura con Cheryl. Que, después de haber encontrado aquella foto suya en la cámara, pasé por una fase de negación, pero, poco a poco, empecé a percibir las señales inequívocas de que Luke se veía con alguien. Eran ya demasiado obvias para ignorarlas. Las horas de llegada intempestivas, las evasivas ante mi retahíla de preguntas: dónde había estado y con quién, por qué no había llamado, por qué ya nunca se me acercaba en la cama. El nombre de Cheryl se convirtió en un susurro continuo que resonaba en mi mente, una letanía burlona y persistente.

Sin embargo, todo eso se esfumó en cuanto mi madre ingresó en el hospital, en cuanto supimos que iba a morir, que ya se estaba muriendo. La aventura de mi marido quedó difuminada ante la gran tragedia que se desplegaba ante nosotros, ante Addie. Cheryl y la aventura tendrían que esperar turno. Hasta después.

—Haría cualquier cosa por ti, Rose —dijo Luke—. Ya lo sabes.

Asentí a sus palabras, aunque la verdad era que no lo sabía, no había sido consciente de ello desde hacía mucho tiempo. En ese momento la sentí. Era fuerte, inquebrantable, esa conexión que nos unía; era como si siempre hubiera estado allí y yo solo la hubiera perdido de vista.

Pero ahora Luke no acude cuando lo llamo, a pesar de que sigo haciéndolo.

—Venga, Addie, vámonos —digo por fin—. Mamá va a llevarte a ver a la abuela.

No me molesto en dejar una nota para Luke. Ya se espabilará para averiguar adónde hemos ido cuando se levante. He pasado suficiente tiempo preguntándome dónde está o qué hace. Doy un portazo al salir.

—Hola, abuela —dice Addie en cuanto entramos en la habitación del hospital.

Me llevo un dedo a los labios para pedir a Addie que baje la voz y señalo a mi padre, que duerme en un rincón sentado en una silla. Apenas ha abandonado este cuarto y me alivia verlo descansar un poco.

Addie me suelta la mano y la veo andar hacia la cama donde yace mi madre. Sin el menor temor. Impasible ante las máquinas que controlan la respiración y sus ruiditos, cada vez más lentos, a juego con el pulso de mamá. Soy testigo de la fuerza de mi hijita, de la gracia que demuestra en un momento como este. ¿Cómo ha salido así? ¿Quién podía adivinar que llevaba esto dentro? ¿De quién ha sacado esta gracia? ¿De mí? ¿De Luke? ¿De alguna otra fuerza misteriosa del universo?

—Pensé que a lo mejor te sentías sola, así que te he traído compañía, abuela —susurra Addie mientras deja su conejito sobre el pecho de mi madre.

Contengo la tentación de dar media vuelta, de ponerme de cara a la puerta. No sé si soy capaz de soportar esta escena. Pero ese es mi papel, claro, para eso soy la madre, así que sigo mirando. Mi madre lo haría por mí, yo lo haré por mi hija.

—Te gustarán mis planes para el verano —prosigue Addie—. Por fin voy a aprender a nadar como empezaste a enseñarme antes de ponerte enferma.

Mi padre se remueve en la silla, abre los ojos. Se incorpora al ver a Addie allí, pero no dice nada; sabe que no debe interrumpir la charla unidireccional que la niña mantiene con su abuela. Me acerco a él y le doy un beso en la mejilla. Se levanta, busca mi mano, y los dos nos quedamos juntos, en silencio, atentos a no estropear un momento tan delicado. Escucho a mi hija mientras relata cosas de su vida a su abuela: le habla del colegio, de lo que quiere hacer a lo largo del verano y del otoño. Addie habla y habla a pesar de que mi madre no puede responder, y es posible que ni siquiera la oiga. Me gustaría pensar que sí, la verdad. Mientras Addie sigue hablando, comprendo que Luke y yo nos equivocábamos al mantenerla alejada de su abuela. A ella le conviene estar ahora aquí. Y es capaz de manejarlo.

Por fin Addie se calla.

Papá y yo nos acercamos a ella, a la cama.

—Hola, Patatita —le dice mi padre, y Addie se vuelve y se le abraza a la cintura—. Me alegro de que hayas venido a ver a la abuela. Os dejaré un momento a solas con ella, ¿vale?

Addie asiente con la cabeza, se suelta de su abuelo.

Cada vez me cuesta más tragarme las lágrimas, me cuesta tanto que apenas consigo contestar a mi padre. Él me da un apretón cariñoso en el brazo y se aleja, abre la puerta y la cierra sin hacer ruido. Nos deja a Addie y a mí solas con mamá para que nos despidamos.

Apoyo la mano en el brazo de mi madre y Addie coloca su manita al lado de la mía. La calidez de la piel de mamá me sorprende, y al mismo tiempo comprendo que tal vez sea esta la última vez que la toco mientras está viva, la última vez que percibo el calor de su cuerpo. Nos quedamos un buen rato así, sin decir nada. En la habitación solo se oye el ruido de nuestras respiraciones.

—¿Estás lista, cielo? —le pregunto a Addie en un susurro.

¿Lo estoy yo?

¿Cómo se despide alguien de su madre para siempre?

¿Cómo se separa una niña de la abuela a la que adora?

Addie asiente con la cabeza, es un gesto firme y apenas perceptible.

Me inclino sobre el cuerpo de mi madre y beso su mejilla consumida. Luego cojo a Addie en brazos para que pueda hacer lo mismo.

—Te quiero, abuela —murmura ella.

«Te quiero, mamá».

Addie no rompe a llorar hasta que salimos de la habitación.

Yo tampoco.

Nos abrazamos las dos en el pasillo. Sollozamos juntas sin decir nada. «De tal palo, tal astilla». Esa idea me atraviesa mientras Addie y yo lloramos. Entiendo la verdad que contiene, me aferro a ella. A la certeza de que mi madre vive en mí, y de que tanto ella como yo vivimos en Addie.

—Te pareces tanto a tu abuela... —le digo a Addie—. Puedo verla en ti.

Y así es. Así es.

El funeral se celebró tres días más tarde. Mi padre hizo el ataúd. Frankie viajó desde Barcelona para estar con nosotros.

Resulta raro dejar de pensar en mi madre como alguien que está en todas partes. Desde el primer momento en que se va, empiezo a echarla de menos de una manera insoportable. La quiero aquí. La quiero tan abrumadora como era, tan capaz de sacarme de quicio. El amor secreto que albergaba por esa parte de ella no es ya ningún secreto para mí. Sé muy bien lo que he perdido y también que nunca lo recuperaré.

Eso es lo que llamamos amor de madre, ¿no?

Tener a alguien en la vida que está pendiente de lo que haces, por intrascendente o insignificante que sea, que se preocupa de verdad por todo lo que te pasa, que concede una tremenda importancia a esos pequeños detalles y, al mismo tiempo, suaviza cualquier dolor que puedas sentir; te consuela en los fracasos, en las decepciones, en los retos que la vida te impone, y hace todo lo posible para que sigas adelante. Sobreactuando a veces, sí, a menudo incluso, pero al mismo tiempo logrando llegar a tu interior para transmitirte que no estás sola.

No quiero estar sola. Quiero que mi madre me ayude en todo lo que vendrá porque anticipo que no será bonito. Tendré que volver a prestar atención a mi marido, a un matrimonio que hace aguas, a la realidad de que está desmoronándose hasta tal punto que ya no tiene arreglo. Y sé que deberé pasar por todo ello sin contar con su ayuda.

Pero tengo a Addie.

¿No resulta gracioso que accediera a tener a mi hija solo porque Luke se empeñó? Lo hice para salvar una relación que ha resultado estar condenada al fracaso, más pronto o más tarde. Di a Luke lo que quería, pero ni así logró quedarse satisfecho. Si hubiera sabido que nada de lo que yo pudiera hacer le bastaría… De haberlo sabido, estoy segura de que mis decisiones habrían sido otras. Habría dejado que mi matrimonio se hundiera antes de que Addie apareciera en nuestras vidas, antes de que mi madre pudiera conocerla y enamorarse de esa nieta preciosa y apasionada.

Me alegro muchísimo de no haberlo sabido.

8 de abril de 2015

Rose: vida 6

—¿Cuándo decidiste hacerte carpintero, abuelo?

Addie mastica patatas fritas bañadas en kétchup. Le encanta el kétchup.

—Pues no era mucho mayor que tú, Patatita —le dice él—. Debía de tener unos doce años. Pero a esa edad ya sabía que me encantaba trabajar con las manos.

Estamos en el restaurante favorito de mi padre, uno al que todo el barrio donde pasé la infancia conoce por el cariñoso nombre de El Cucharón Aceitoso. Venimos una vez al mes, mi padre, Addie y yo. Se ha convertido en una tradición desde que mamá murió. Formamos un triángulo a la mesa, mi padre y yo sentados a un lado y Addie sola en el otro. Ahora le ha dado por querer tener el banco para ella sola. Mientras charlamos se oye de fondo el chisporroteo de una hamburguesa en la parrilla o los gritos de la cocinera anunciando la salida de las comandas.

Addie me mira de reojo, coge el enorme bote de kétchup y lo estruja sobre la patata que tiene entre los dedos. Espera que le diga que no haga eso, pero, en cambio, me echo a reír. Se mete la patata en la boca y pasa a la siguiente.

—Abuelo —dice Addie ahora que ha comprendido que

no voy a regañarla—, si fueras otra vez pequeño, como yo, ¿querrías volver a ser carpintero?

Mi padre imita a Addie y traza una línea de kétchup sobre todas sus patatas fritas. La niña se ríe. Los dos me miran como si temieran que fuera a quitarles el bote en cualquier momento.

—Seguid —les digo.

Me encanta ver a mi padre con Addie. Me encanta que juegue con su nieta. Me encanta que pueda contar con ella además de conmigo. Resulta interesante comprobar que el hecho de tener hijos y nietos es capaz de curar a una persona hasta límites insospechados. Siempre piensas que los hijos solo llegan para pedir, y de repente comprendes que dan sin apenas percatarse de que lo hacen. Solo por el mero hecho de existir.

Las luces brillantes del restaurante enfatizan las arrugas que surcan la cara de mi padre. Intento no pensar en lo mucho que ha envejecido en este último año, pero a veces me resulta imposible pasarlo por alto.

—Si el abuelito pudiera volver a la juventud —dice mi padre—, se preocuparía por ir a la universidad. A lo mejor después habría seguido dedicándome a la carpintería, pero ahora me arrepiento de no haber estudiado más, aunque no lo necesitara para el trabajo. Tu abuela estudió, y tus padres también.

Llega la camarera con tres batidos y los deja en la mesa. Fresa para mí, café con leche para mi padre y chocolate y galleta para Addie. Ella se abalanza sobre el suyo al momento, intenta sorber el líquido denso a través de la pajita.

—¿La abuela fue a la universidad? —pregunta luego.

—Sí. Estudió para ser maestra —le respondo.

—¿Y era maestra?

Mi padre remueve el batido con la pajita, intentando disolverlo un poco.

—Trabajó de eso durante un tiempo, antes de quedarse embarazada y tener a tu mamá.

—¿Por qué dejó de ser maestra cuando tú naciste, mamá?

—Porque eran otros tiempos —le explico—. Y también porque la abuela era así. Estaba tan encantada de tenerme que prefería quedarse en casa para cuidar de mí a tiempo completo.

Las palabras me salen antes de caer en la cuenta de que mi hija puede malinterpretarlas.

—Pero tú sigues siendo maestra —dice Addie.

Claro. ¿Cómo no?

Mi padre hunde una patata frita en el batido, una afición que siempre le ha encantado y que me transmitió a pesar de las protestas de mi madre, a quien le parecía repugnante.

—Tu mamá no es solo maestra. Es profesora universitaria porque hizo la tesis doctoral y da clases a estudiantes mayores. Tu madre tiene un doctorado, un título que es distinto. Y el abuelo siempre ha estado muy, muy orgulloso de su educación.

—¡Papá! —exclamo mientras le quito una patata frita y la sumerjo en su batido, en lugar de en el mío porque la fresa y las patatas no pegan ni con cola. Me vuelvo hacia él y le susurro—: Te quiero.

Addie sigue intentando sorber el batido.

—Pero tú no te quedas en casa conmigo como hizo la abuela.

—Tienes razón, Patatita.

—¿Y por qué?

—Porque adoro mi trabajo, Addie. Os adoro a los dos, a mi trabajo y a ti. Y vivimos en una época en la que las mujeres no tenemos que renunciar a nada.

Mi padre observa a Addie. Yo también.

Las ruedecillas de su mente están en marcha. Ha dejado de comer patatas y de beber batido. La camarera viene a preguntarnos si necesitamos algo más y le digo que no; no quiero que nos interrumpa ahora.

—¿Y papá pensó en quedarse en casa conmigo? —pregunta Addie.

Mi padre me mira, sorprendido.

—No, Addie —respondo.

Mi hija sigue observándome. Cuanto más mayor se hace, más cuesta darle respuestas difusas.

—¿Papá adora su trabajo tanto como tú el tuyo?

Lo medito antes de responder.

—Creo que eso deberías preguntárselo a él —contesto—. Yo diría que le gusta mucho lo que hace y que es muy bueno en ello.

Addie asiente con la cabeza.

—Por eso se va tan a menudo. Porque mucha gente quiere sus fotos y le pide que vaya a hacérselas.

—Tienes toda la razón del mundo —dice mi padre.

O porque el matrimonio de tus padres no está en su mejor momento. Porque, a pesar de que ha sido maravilloso que llegaras a nuestras vidas, una hija no ha bastado para salvar nuestra relación.

La conversación avanza hacia otros temas menos peliagudos: la asignatura favorita de Addie, que es la Historia, junto con una invitación por parte de mi padre a llevarla a todos los museos de historia de la ciudad que aún no ha visto; más preguntas sobre la vida de la abuela, un tema que tiene obsesionada a mi hija. Se pregunta si también este verano alquilaremos una casa en la playa, y mi padre y yo le decimos que seguramente. «Aunque tal vez lo haremos sin papá

338

en esta ocasión», añado para mis adentros. Por fin se acaban las patatas y los batidos, pagamos la cuenta y volvemos a casa de mi padre para seguir con la segunda parte de esta tradición mensual. La que más me gusta.

Papá enciende todas las luces del taller y acerco la silla de siempre al lugar habitual, pero Addie se queda de pie.

—Ponte los guantes —le dice mi padre.

Ella accede; son de color rosa, claro. No tengo la menor idea de dónde los sacó mi padre.

—Ya casi los tengo puestos —dice la niña con orgullo.

—Muy bien, cielo.

Durante la hora siguiente, Addie y su abuelo pulen la mesa de escritorio que están haciendo para la habitación de mi hija. Ha estado enseñándola a trabajar con las manos, como él, y a ella le encanta. Pueden pasarse horas así, trabajando juntos en el taller, sin decir gran cosa. Mi padre se para de vez en cuando para explicarle cómo hacer algo, y suena música de fondo. En ocasiones charlamos los tres, pero a menudo me limito a observarlos.

Addie se detiene un instante y mira a mi padre.

—¿Haremos otra cosa cuando hayamos terminado esto? —le pregunta.

La cara de mi padre brilla de satisfacción.

—Claro que sí. ¡Lo que tú quieras!

—¿Una silla para el escritorio?

—Me parece perfecto.

—Podemos pintarla del mismo color rosa que le gustaba a la abuela —decide ella.

Mi padre y yo nos miramos y soltamos una carcajada, ya que ambos sabemos que la única razón por la que mi madre toleraba ese rosa brillante que a Addie le chifla era precisamente por lo mucho que le gustaba a su nieta.

—Seguro que la abuela nos daría su beneplácito —le dice mi padre.

Antes de retomar su tarea, Addie me mira.

—Mami, ¿crees que la abuela aún puede vernos? ¿Crees que sabe que estamos aquí, hablando de ella? ¿Crees que sabe que la echamos de menos?

Medito sobre cada una de esas preguntas. Sé que decirle que mi madre está aquí y que, de alguna manera, sigue al tanto de cómo nos va la vida y se entera de cuánto la queremos y la echamos de menos entra en el terreno de las ilusiones. Pero decido que no hay nada malo en la ilusión, porque en el fondo es algo que comparto con Addie. He deseado esas mismas cosas desde el día que mi madre murió.

—Sí, cielo —respondo a Addie—. Lo creo.

8 de abril de 2015

Rose: vidas 1 y 2

—Me encantó su libro, doctora Napolitano.

Una joven con aspecto de estudiante universitaria me para en el vestíbulo del hotel donde se celebra el congreso. El interior cálido y de colores brillantes contrasta con el gélido y nevado tiempo de Colorado.

—Gracias —le digo.

La chica, que es más o menos de mi altura, tiene el pelo negro y lleva un vestido rojo sin mangas que deja a la vista sus brazos y piernas, bien torneados.

—¿Lo leíste para alguna clase? —le pregunto.

—En realidad, no.

Los asistentes al congreso van pasando por delante y por detrás de nosotras, tipos vestidos con prendas de lana que se dirigen a cualquiera de las salas donde tienen lugar las conferencias y las mesas redondas, o hacia la escalera que conduce al lugar donde se celebra la feria del libro.

—Lo leí porque creo que no quiero tener hijos —puntualiza ella—. Lo leí para mí.

Lo dice como si fuera una confesión, como si estuviera admitiendo haber cometido un delito. Y eso hace que sienta ganas de abrazarla, de rodearla con el brazo y llevármela a un lugar donde podamos sentarnos a tomar un café. Quiero que sepa que no está sola, que somos más de las que se imagina.

—Yo lo escribí para mí —le digo—. Y, en última instancia, para personas como tú.

El proyecto nació de la decisión que tomé tiempo atrás —en parte, como ejercicio de supervivencia después del abandono de Luke— de buscar a otras mujeres que no tienen hijos ni quieren tenerlos, que tal vez nunca los quisieron y no dieron su brazo a torcer. Deseaba conocer a mujeres que, como yo, se hubieran negado a claudicar a pesar de las renuncias que eso implicaba, a pesar de que en algún caso la decisión les había costado perder a su marido. Resultó que somos muchas, aunque la mayoría no lo admite abiertamente.

Estoy muy agradecida a ese libro. La promoción ha supuesto para mí una enorme distracción, me ha tenido ocupada desde la muerte de mi madre. He aprovechado cualquier oportunidad para salir a hablar de él, he accedido a todos los actos posibles.

—¿Cómo te llamas? —pregunto a la joven.

Levanta la vista.

—Marika.

—No tienes que avergonzarte de no querer tener hijos.

—Ya lo sé. —Apoya el peso de su cuerpo primero sobre un pie y luego sobre el otro, y sus tacones de aguja se hunden en la moqueta—. Pero es algo de lo que no resulta fácil hablar con el resto de la gente. Nadie te cree cuando se lo dices. O creen que tienes algún tipo de problema.

—Sé perfectamente a qué te refieres. Yo me sentía muy sola.

Pienso en lo agradable que es haber dejado atrás aquella

etapa de mi vida. Soy feliz en el trabajo y estoy contenta de mi soltería. Tengo amigos y colegas fabulosos, tengo a papá y a mi tía Frankie.

—Doy gracias a Dios por haber entrevistado a todas esas mujeres para el libro —añado.

Marika asiente.

—Tuvo que ser fascinante.

—Lo fue.

El pasillo está vaciándose, señal de que la siguiente ronda de charlas está a punto de empezar. Rebusco en mi inmenso bolso, por debajo de los gruesos volúmenes que llevo dentro; palpo el programa del congreso y la cartera, hasta encontrar el estuche de piel azul que contiene mis tarjetas. Le doy una.

—Si no volvemos a vernos, puedes escribirme a este e-mail para que sigamos en contacto. Si no tuviera que asistir a una reunión, te invitaría a un café ahora mismo —le explico a Marika al tiempo que coge la tarjeta—. Ha sido un placer conocerte.

Mientras me alejo cierro el tarjetero y lo dejo caer dentro del bolso. Fue un regalo de Luke, me lo entregó en un restaurante cuando celebramos mi primer empleo académico. Lo había envuelto con esmero en un papel azul a juego, porque sabía que es mi color favorito, el tono brillante del mar en un día soleado, y le puso un lazo verde, mi segundo color favorito. En la tarjeta escribió: «A la mujer de mi vida, la profesora Rose, en el inicio de lo que será una carrera larga y fructífera. Siempre a tu lado, Luke». Lo recuerdo con absoluta claridad. Conforme recorro el pasillo me maravillo de que ese recuerdo no me haga estremecer ya; no duele, al menos no con aquel dolor lacerante de antes. En su lugar siento una especie de paz, una serenidad que nunca creí posible albergar hacia ese hombre que en el pasado fue mi esposo.

A pesar del trago amargo del divorcio, de que Luke se fuera a vivir con otra y tuviera un hijo con ella, nos las hemos apañado para mantener algo parecido a la amistad.

Fue la muerte de mamá lo que nos ayudó a ello.

Le escribí un mensaje para decirle que a mi madre no le quedaba mucho tiempo de vida. Supuse que debía hacerlo. Luke la conocía desde hacía años, la había llamado mamá, la había querido, y ella a él también. Me respondió al mensaje casi al instante.

«Lo siento mucho, Rose».

Luego recibí un segundo mensaje.

«¿Te parecería bien que fuera a despedirme?».

Su petición me sobresaltó. Me pilló sentada en la habitación del hospital, en la silla donde mi padre solía dormir, leyendo una novela de misterio. Había convencido a papá para que se fuera a casa durante un par de horas. Estaba muy preocupada por él, tantas horas de hospital lo estaban consumiendo. Tardé un buen rato en contestar a Luke. Al principio no sabía qué decirle. Luke y yo llevábamos años sin vernos.

Hay algo extraño en el divorcio. Pasas todo el tiempo con alguien, convives con una persona durante una década, lo compartes todo, y luego, si no hay niños que os unan, desapareces de su vida y él de la tuya. Si eso es lo que ambos queréis.

Pero después de tantos días sentada en esa habitación y mirando a mi madre, de ser consciente de que estaba a punto de perder a la persona que me había amado desde mi primer segundo de vida, mi punto de vista empezó a cambiar. Enfrentarse a la muerte tiene estas cosas. De repente lo ves todo de una manera distinta. Todos los dramas que has vivido en el pasado, toda la ira que sentiste hacia ese alguien, se convierten, en comparación, en algo fútil e insignificante.

Por muy enfadada que hubiera estado con Luke durante mucho tiempo y por contenta que estuviera de haber puesto punto final a nuestro matrimonio, tampoco quería que entre él y no quedara nada. Habíamos vivido demasiadas cosas juntos. Y me conmovió su petición de verla.

Contesté a su mensaje.

«Ven. Pero hazlo pronto. No le queda mucho tiempo».

Dos horas más tarde lo tenía en la puerta. El sol había descendido y la habitación se oscurecía, la única luz del interior procedía de la lamparita de la mesilla de noche. Titubeé durante un segundo. Sentí un fugaz momento de pánico. ¿Por qué le había dicho que sí?

Después me levanté y lo dejé pasar.

—Hola, Rose.

—Hola.

Nos miramos durante unos minutos. Luego me abrazó. Al principio fue un gesto raro, como si ninguno de los dos tuviéramos claro que fuera una buena idea. Poco a poco, sin embargo, fue transformándose en una sensación familiar y reconfortante. Algo que reconocí, algo que Luke y yo habíamos hecho durante años sin pensarlo cuando estábamos juntos.

—Lamento mucho lo de tu madre, Rose —dijo con la cabeza apoyada en mi hombro.

Nos separamos.

—Es un detalle que hayas venido, Luke.

Y hablaba en serio. Unos minutos antes aún lo dudaba, pero en el momento en que lo tuve delante mi incertidumbre se esfumó.

Nos colocamos junto a la cama de mi madre.

Se la veía tan pequeña, tan menguada, tan distinta de como había sido... Cada vez que la miraba, que la contemplaba en ese estado, me asaltaban unas enormes ganas de llorar.

—Todavía echo de menos la lasaña de Navidad de tu madre —dijo Luke.

Casi sonreí.

—¿De verdad?

—Sí. No he probado otra lasaña como esa.

—Sí... —Suspiré.

—¿Te acuerdas de cómo se puso cuando le anunciamos que no serviríamos las típicas galletas italianas de boda en nuestro banquete y que no regalaríamos peladillas?

Me reí.

—¿Cómo podría olvidarlo? Por su reacción, casi se diría que habíamos cometido un crimen.

—Es una mujer de armas tomar.

—¿Me lo cuentas a mí?

Luke y yo nos pasamos una hora intercambiando recuerdos de mi madre, algunas anécdotas buenas y divertidas, otras más peliagudas, y riéndonos de las cosas que hacía y decía. Hablamos de su habilidad para introducirse en nuestras vidas, en nuestro matrimonio y hasta en nuestros armarios con aquellos jerséis estrafalarios, nos gustaran o no. Cuanto más hablábamos, más fácil me resultaba estar allí, junto a la cama de mi madre, como si a través de esas palabras pudiéramos transformarla en la mujer que conocimos, devolverle su vida, aunque fuera solo durante unos minutos.

—Me alegro mucho de que hayas venido —le dije cuando ya se disponía a irse.

—¿Cómo no iba a venir? Quería mucho a tu madre.

—Es un detalle que lo digas.

—Es la verdad. —Su voz se volvió ronca—. Sé cuánto la echarás de menos, Rose. No quiero imaginarme el infierno por el que estáis pasando tú y tu padre.

—Estas últimas semanas han sido horribles. —Lo observé. Luke tenía la vista fija en mi madre y por ello me resultó más fácil decirle lo que quería decir—. Estoy contenta de verte. No imaginaba lo agradable que sería tenerte aquí.

Volvió la cabeza hacia mí.

—Yo también lo estoy.

Seguimos mirándonos.

—Me alegra que hayas encontrado la felicidad en la vida, Luke. Me alegra que hayas encontrado a alguien que ansiara tener un hijo tanto como tú.

Hubo un instante de silencio.

—Gracias por hacérmelo saber —repuso él—. Rose, sé que las cosas entre nosotros no han ido como esperábamos, pero quiero que sepas que puedes contar conmigo. Y lo digo en serio. Si alguna vez necesitas algo, aunque sea solo hablar con alguien…

Sus palabras se quedaron flotando en el aire entre los dos. Nos hallábamos al borde de un precipicio, sin saber si algo nos cogería si nos atrevíamos a saltar, si existía algo que pudiera cogernos. Pero tuve la impresión de que Luke acababa de tenderme la mano y decidí aceptarla.

—De acuerdo —le dije—. Es bueno saberlo.

Luke se despidió de mi madre y luego de mí, y se marchó.

Unos días más tarde mi madre falleció y se lo comuniqué a través de un mensaje. Me preguntó si podía asistir al funeral.

Le respondí que sí.

Ese día apenas intercambiamos una palabra. Ni siquiera reparé en su presencia allí. Recuerdo vagamente haberlo visto entre los asistentes, sentado al fondo de la iglesia, cuando subí a leer mi elegía. Pero he pensado mucho sobre el papel que la pérdida de mi madre ha desempeñado, el hecho de saber que también había afectado a Luke, en la tregua que firmamos después de tanta guerra. Y en que esta tregua frágil fue derivando en algo parecido a la amistad, aunque fuera a distancia, en forma de llamada telefónica ocasional.

Creo que a mi madre le habría gustado.

Saber que, aunque ya no está con nosotros, sigue influyendo en las decisiones que tomo, en las relaciones que mantengo, en la negociación de un acuerdo de paz entre Luke y yo que nunca creí factible. Saber que sigue entrometiéndose en mi vida.

Creo que esto también me gusta.

La sala está hasta la bandera cuando llego.

Los asistentes buscan asiento, apoyan las bolsas en el suelo enmoquetado, sacan los portátiles de las fundas después de acomodarse. Distingo un sitio vacío y dejo la bolsa en él antes de que alguien me lo quite.

—Hola, Cynthia. —Saludo a la mujer que ocupa la silla contigua a la mía, en el lado izquierdo, una colega de la Costa Oeste a la que solo veo en esta clase de eventos.

—Hola, Rose. Espero que no se llene tanto como el año pasado.

—Ni lo menciones. —Miro al hombre que está sentado a mi derecha. Está tan atento a su portátil como yo a él—. ¡Eres tú! —Lo digo casi a gritos y enseguida bajo la voz—. Thomas, ¿verdad?

Levanta la vista. Y me sonríe.

—¡Rose!

Algo en este encuentro con Thomas me causa un profundo impacto, como si la sangre de todas las venas del cuerpo se me acelerara. Algo que hace mucho que no siento.

—No puedo creer que estés aquí. —Me echo a reír—. Qué fuerte que estemos en el mismo comité.

No había vuelto a ver a Thomas desde el día en que nos conocimos en el hospital, cuando mi madre aún asistía a sesiones de quimio, aunque no ha sido porque él no lo haya intentado. Estuvo enviándome mensajes durante algún tiempo; algunos se los contesté, pero luego mi madre empeoró y ya no tuve ánimo para nada más. Dejé de devolverle los mensajes. Luego llegaron el dolor de la pérdida y los intentos de seguir adelante, todo lo del libro, todos los viajes.

—Estábamos predestinados a coincidir en algún momento —dice él.

Me instalo en la silla. Thomas cierra el portátil. Nos miramos de nuevo.

—¿Cómo estás? —le pregunto—. ¿Cómo está tu amigo, Angel?

—Yo estoy bien, y él también. Por el momento está limpio de cáncer, lo cual es una noticia excelente.

—Estupendo. Me alegro de saberlo.

—¿Y tu madre?

Niego con la cabeza. Noto un nudo en la garganta. Me sucede todavía a pesar de los meses que han pasado, por mucho que intento controlarlo.

—Lo siento mucho —dice Thomas.

Tomo aire, lo exhalo, y espero a hablar de nuevo hasta que el nudo comienza a deshacerse. Me concentro en sacar mis cosas de la bolsa, el cuaderno y un bolígrafo. Cuando vuelvo a mirar a Thomas, veo su expresión paciente. La conexión que noto entre ambos es inmediata.

—Gracias. Y discúlpame, por favor. Aún me cuesta mucho hablar de ella, pese a que hará ya un año en junio.

Los ojos de Thomas son extraños, bonitos; su mirada parece alcanzar mi interior, atravesar mi pena.

—Un año no es nada —me dice—. Yo aún lo paso fatal cuando hablo de mi padre, y hace ya casi diez años que falleció.

—Siento mucho lo de tu padre. Dios, ¿no podemos inventar una fórmula mejor para expresar las condolencias por la muerte de un padre? «Lo siento» es tan común...

Thomas y yo nos reímos un poco.

—Fuiste muy amable aquel día en el hospital, cuando a mi madre le daban quimio. Creo que no llegué a decírtelo cuando nos escribíamos. Pero es la verdad: fuiste un encanto.

—No me costó mucho —afirma Thomas—. Tu madre nos alegró el día. Nos hizo reír tanto a Angel y a mí...

—Así era ella. —Me asaltan las lágrimas y me seco los ojos. Repito el truco de la respiración para recobrarme. Sonrío a Thomas, un poco avergonzada de estar a punto de romper a llorar—. Disculpa, es hablar de ella y ponerme fatal.

—No pasa nada. En serio. Es normal sentirse así. —Levanta el brazo y, por un momento, creo que pondrá la mano encima de la mía o que me tocará el hombro. Pero no lo hace. En su lugar dice—: Es un sitio de lo más raro para mantener una conversación así de íntima.

Echo una ojeada a la sala, a todos los académicos ocupados en teclear en sus portátiles y remover papeles, intentando impresionarse los unos a los otros.

—Sí, pero también está bien hablar de algo que no sea trabajo. De algo de verdad. —Poso la mirada en Thomas—. Es un placer volver a verte.

—¿Haces algo esta noche? ¿Tienes algún plan? —me pregunta.

Está a punto de invitarme a cenar.

Ese pensamiento llega acompañado de una sensación placentera. Y luego pienso que mi madre estaría encantada de saberlo.

—Nada especial —le digo—. Pasarme por la cena oficial... ¿Y tú?

Antes de que pueda responder, el secretario del comité se hace oír sobre el bullicio y anuncia que empezaremos en cinco minutos. Aparece más gente en busca de asiento.

El teléfono de Thomas se ilumina con la foto de una niñita. Es una cría delgada, sonriente, con una melena oscura que le llega más abajo de los hombros.

No sabía que tuviera una hija. Busco su mano con la mirada; no hay anillo alguno. Pero a lo mejor me he confundido, quizá no iba a invitarme a cenar. Tal vez ese día en el hospital y todos los mensajes posteriores no eran más que un intento de Thomas por ser amable dado el estado de mi madre.

Thomas contesta la llamada:

—Hola, amor, ¿va todo bien? —Pausa—. Vale, pero tendré que llamarte luego. Te quiero.

Deja el teléfono boca abajo en la mesita y se vuelve hacia mí. Veo una sonrisa bobalicona en su cara.

—¿Tu hija? —aventuro.

—Sí. Es adorable, aunque no puedo presumir de objetividad en esto. Antes me perseguía como si fuera su héroe, pero ha empezado ya a encerrarse en su habitación. Pensé que aún le quedaban años para eso.

Sonrío. Asiento con la cabeza, como si supiera de qué me está hablando, aunque la verdad es que no sé nada. ¿Cómo voy a saberlo?

—¿Tienes hijos?

—No. Ni marido ni hijos.

—Yo tampoco. Me refiero a que tampoco estoy casado —dice Thomas, y noto que esa noticia me pone de buen humor—. Mi exnovia y yo nos quedamos embarazados y lo intentamos durante un tiempo, pero las cosas no funcionaron. Sin embargo, nos llevamos bien y creo que estamos haciendo un buen trabajo con la niña, lo cual es fantástico también. En fin… —Thomas sonríe de nuevo, y la sonrisa le ilumina los ojos, toda la cara, el cuerpo entero—. Iba a preguntarte si te apetecía más cenar conmigo que asistir a la cena oficial. ¿Qué te parece?

—Creo que acepto —respondo sin la menor vacilación—. Me encantará.

—Genial.

Nos sonreímos, y entonces el teléfono de Thomas vibra anunciando que le ha llegado un mensaje. Cuando lo lee, no puede evitar hacer una mueca, una mueca muy atractiva, por cierto.

—Mi hija está segura de que puede convencerme de que debería irse el fin de semana entero a casa de una amiga, aunque su madre y yo ya le hemos dicho que no. Es muy persistente, y a veces le funciona.

Se encoge de hombros y vuelve a dejar el teléfono en la mesa.

—¿Cómo se llama tu hija? —le pregunto.

Se vuelve hacia mí con una gran sonrisa en los labios.

—Se llama Addie.

QUINTA PARTE

Aparecen más Roses:
vidas 7 y 9

35

15 de agosto de 2006

Rose: vida 7

Luke se ha plantado junto a mi mesilla de noche. Nunca se acerca a ese lado de la cama. En la mano sostiene un frasco de vitaminas prenatales. Lo levanta.

Lo sacude como si fuera un sonajero.

Produce un ruido intenso y sordo, porque el frasco está lleno.

—Me lo prometiste —dice él.

—¿Ah, sí?

—Rose...

Mi nombre en boca de Luke suena a acusación.

Dejo escapar un suspiro. No me apetece lidiar con esto hoy. Ni hoy ni ningún otro día. Estoy harta de discutir con mi marido sobre el tema de los niños. ¿Los tendremos? ¿No los tendremos? ¿Claudicaré alguna vez? ¿Por qué no soy como las demás mujeres del universo, cuyo propósito en la vida es fabricar bebés? ¿Por qué soy la única mujer que no siente el menor interés por ellos?

—¿Sí, Luke?

—Creí que el frasco estaría casi vacío. Pensé que tendría que comprarte otro.

Abro el cajón de la cómoda, saco ropa interior, un tanga de color rosa sexy.

—Pues no hace falta —digo al tiempo que cierro el cajón con fuerza.

—Pues no.

Si Luke sigue repitiendo mis frases, me pondré a gritar. Me vuelvo hacia él con el tanga colgando de la mano.

—¿Y si hacemos un pacto y voy al médico a que me congele los óvulos?

Luke se queda boquiabierto. No dice nada.

—Así podemos posponer esta conversación durante un tiempo —continúo, con la esperanza de que Luke acceda al pacto y sintiéndome orgullosa de mí misma por la brillantez del plan.

Mi marido vuelve a encontrar las palabras.

—Rose, congelar tus óvulos no es lo mismo que tener un hijo.

—Claro que no. Pero es la mejor oferta que puede hacerte ahora mismo esta esposa que, en primer lugar, nunca quiso ser madre. —Me dirijo a mi marido, dejo el tanga en la cama y busco su mano. Lo miro a los ojos en un intento de adivinar lo que está pensando—. Lo tomas o lo dejas, Luke. Tú decides.

36

22 de mayo de 2020

Rose: vidas 3 y 6

—¡Addie, si no coges el teléfono y me devuelves la llamada ahora mismo, te quedarás un mes sin salir!

Cuelgo después de dejar ese mensaje de voz y apoyo los brazos en la mesa de la cocina.

El piso está a oscuras salvo por la lucecita que hay sobre los fogones. El sol se ha agotado ya y el mundo se ensombrece. Llevo un buen rato sentada en la cocina, tensa como un palo, mirando el teléfono fijamente con la esperanza de que la cara de Addie aparezca en la pantalla. Me levanto para encender las luces, y un resplandor sonrosado alumbra el salón y la cocina. Luke y yo nunca pusimos luces de techo directas porque nos parecían demasiado frías y brillantes, nos decantamos por lámparas que proporcionaban una luz más indirecta, más acogedora. Estábamos orgullosos de haber tenido en cuenta el romanticismo a la hora de decorar el piso. Ahora estas sombras tenues me parecen una especie de burla.

Sacudo el teléfono como si así pudiera zarandear a Addie. Luego lo dejo con fuerza sobre la mesa al tiempo que suelto un grito de enfado. La pantalla se raja, claro. ¡Qué idiota soy!

—¡Mira lo que me has obligado a hacer, Addie! —grito a las paredes.

Me recuerdo a mí misma, de joven, desafiando a mi madre. Lo enfadada que estaba y los gritos de loca que me lanzaba en cuanto llegaba a casa. «¡Estás chiflada!», recuerdo haberle dicho antes de salir corriendo escalera arriba hacia mi cuarto, consciente de que al poco tiempo oiría sus pasos seguidos de la sentencia de que estaba castigada. Acto seguido era yo quien gritaba y quien daba un portazo después de entrar en mi habitación. En ocasiones lo hacía varias veces, abría y cerraba con fuerza la puerta mientras chillaba de rabia.

Si mi madre estuviera viva, la llamaría para disculparme amargamente por todo lo que le hice pasar. Si mi madre estuviera viva, podría contarle todo esto y nos reiríamos juntas, rememorando algunas de mis peores fechorías. Luego le hablaría del comportamiento de Addie en los últimos tiempos y ella me ofrecería su consejo maternal. El mundo es un lugar muy solitario sin mamá.

A veces quiero gritárselo a Addie. «¡El día que falte me echarás de menos! ¡Ya lo verás!».

La paternidad desquicia a la gente.

Se ilumina el teléfono, pero es Luke, no Addie.

—¿Sabes algo de ella? —le pregunto.

—No. —Exhala un suspiro pesado que denota cansancio.

Sé lo que piensa sin que tenga que decírmelo. «Por muy enfadado que esté con Addie ahora mismo, sigo opinando que no debemos usar la localización de su teléfono. Tiene derecho a su independencia. La necesita».

—Estoy de acuerdo. Sabes que sí —dice Luke. Y añade—: Creo que deberíamos dejarla un poco más a su aire.

—Ni hablar. Su comportamiento es inaceptable.

—Rose... —Otro suspiro—. Se comporta así por culpa nuestra.

No respondo.

—Es así. Y tú también lo sabes.

—Han pasado más de dos años, Luke, y ya estábamos separados desde antes —le digo, aunque sé que tiene razón.

—A los niños les cuesta superar un divorcio.

Sé que vuelve a tener razón, pero el pánico se apodera de mí.

—¿Y si le ha pasado algo? —Elevo la voz y me elevo con ella hasta ponerme de pie—. ¿Y si se la ha llevado alguien?

—Nadie se la ha llevado, Rose. Está perfectamente. Es su manera de llamar la atención.

Me desinflo.

—¿De verdad lo crees?

Luke se ríe, se ríe con ganas.

—Creo que en cuanto la encontremos acabará castigada, pero sí, también creo que no le pasa nada en absoluto. Está marcando su territorio ante los malvados de sus padres.

Voy hacia el salón y me tumbo de espaldas en la alfombra, entre el sofá y la mesita auxiliar, mirando al techo.

—¿Cuándo nos volvimos unos malvados? No lo éramos.

—Si comparamos, creo que mi nivel de maldad es más alto que el tuyo.

Hay una nota juguetona en la voz de Luke.

—¿Ahora estamos compitiendo por el premio al progenitor más malvado?

—Creo que sí. Y gano yo.

Me llevo la mano a la boca para sofocar una carcajada. ¿Cómo puedo reírme? ¡Addie está desaparecida! ¡Luke y yo estamos divorciados!

—En realidad, creo que sí que ganas.

—Sin duda. Fui yo quien tuvo un hijo con una mujer que no es su madre.

—Bueno, eso es bastante malvado.

—Supermalvado.

—Para tu cumpleaños te regalaré una capa especial con una máscara a juego que represente la profundidad de tu maldad y tus pérfidas hazañas en la Tierra.

—Llegas tarde. Ya tengo un disfraz de supervillano. Lo compré de rebajas en Halloween.

Oigo el pitido de una sirena, que pasa y se extingue. Estoy riéndome sin poder parar.

—Te compraré otro de recambio para cuando tengas que llevar ese a la lavandería.

Luke se ríe conmigo. No lo oía reírse así desde antes de que nos separáramos.

—¿Dónde estás ahora? —suelta de repente.

—Pues ya que lo preguntas, estoy tirada en la alfombra, delante del sofá, mirando el techo. La alfombra es nueva, por cierto, la compré después de que te fueras y es muy bonita. Nunca me gustó la que me hiciste comprar en su día porque estaba de rebajas. Era áspera.

Por la ventana entra una brisa suave que se extiende por todo el salón. Me incorporo y apoyo los codos en la mesita. Las cortinas se mecen con suavidad.

—Te echo de menos, Luke —le digo sin pensar—. No en ese sentido, ¿eh? Echo de menos tu humor. Creo que echo de menos que seamos amigos. Fuimos buenos amigos.

—Yo también echo de menos nuestra amistad.

—¿Crees que podríamos volver a ser amigos algún día?

—Creo que a Addie le sentaría bien que lo fuéramos.

—Sí, seguro. Pero quizá también podría ser bueno para nosotros. —¿Qué estoy diciendo? ¿Hablo en serio?

—Estoy de acuerdo.

Hablo en serio. Tal vez solo porque por primera vez desde hace mucho tiempo Luke y yo estamos de acuerdo en algo. O tal vez el porqué no importe.

Golpeo la mesita con la mano.

—¿Dónde coño está Addie?

—Eh, eh, vigile esa boca, doctora Napolitano.

—¡Me importa una mierda el lenguaje ahora mismo! Nuestra querida hija pasa de nosotros, está rebelándose contra tus perversas fechorías y no puede oírme.

—Creo que esta tarde estamos progresando adecuadamente, Rose.

—¿De qué coño hablas ahora, Luke?

Oigo el ruido de una silla al ser arrastrada sobre el suelo y el rumor del gesto de Luke al sentarse.

—Diría que estamos acelerando el proceso de amistad. No hablábamos en estos términos desde... —Hace una pausa—. Hace tanto que ni siquiera me acuerdo. Y mucho menos de cuándo fue la última vez que me partí de risa contigo.

Decido ser sincera.

—Yo tampoco. Y me gusta.

—Quizá ese sea el plan de nuestra hija. Torturar a sus padres para que se unan de nuevo. Quizá Addie sabía que necesitábamos esto y decidió largarse con su séquito de minivillanos preadolescentes para ponernos a prueba.

—Bueno, si se trata de eso, es todo culpa tuya. Mi hija es un angelito. Cariñosa, dulce y perfecta.

—Hace un rato no decías eso.

Me levanto del suelo y saco un vaso de la alacena. Lo lleno de agua.

—Pues ahora sí. He decidido que si me centro en lo positivo y solo pienso en la versión de nuestra hija que adoraba a su madre quizá logre que regrese esa versión y sustituya a esta nueva niñata preadolescente que es fruto de las malas artes de su malvado padre.

—Te lo dije —apostilla Luke.

Me siento de nuevo y dejo el vaso en la mesita.

—¿Y ahora de qué hablas?

—Sabía que te encantaría ser madre.

—¡Oh, por Dios, no empieces con eso ahora! No me encanta ser madre. Amo a Addie. No es lo mismo.

—¿Qué dices, Rose? ¿Dónde está la diferencia?

—No tengo instinto maternal ni creo que llegue a tenerlo nunca. El hecho de que cediera y me convirtiera en madre no significa que haya cambiado de opinión. Sin embargo, ahora que tengo una hija la quiero con locura. —Bebo un trago de agua—. Y es una putada querer a alguien así. Lo odio.

Luke está riéndose de nuevo.

—Sin duda eres una buena madre.

—Claro que soy una buena madre. Triunfo en todo, ya lo sabes. Soy doctora y he publicado muchos libros. Soy capaz de hacer cualquier cosa.

—Sigues siendo terca como una mula.

—Hace un minuto me elogiabas —le recuerdo.

—¿Puedo preguntarte algo?

La seriedad de su tono me hace vacilar.

—Bueno… ¿Quizá? ¿Sí? Depende de lo que sea.

Luke exhala el aire y dice:

—¿Cómo está Thomas?

Esto sí que no me lo esperaba.

—¿De verdad quieres saberlo?

—Sí.

Luke y yo acordamos que, si yo empezaba a salir con alguien, se lo contaría. Pero una cosa es mencionarlo y otra muy distinta mantener una conversación en toda regla con mi exmarido sobre cómo va mi nueva relación.

—Es la conversación posdivorcio más rara que hemos tenido nunca.

—A mí me gusta —dice Luke.

—Y a mí. Thomas está bien. Es un tipo estupendo.

Thomas y yo nos conocimos en una de mis firmas de libros. Se había unido a un grupo de colegas de mi departamento. Esa tarde, la librería estaba llena de caras conocidas. Andaban por allí mi padre, Addie, Jill y Maria, Raya, Denise y un buen grupo de padres del colegio de Addie. Fue muy agradable, pero en un sentido que no había esperado. Resultó ser la noche en que Thomas y yo nos conocimos.

—Hola, ¿cómo te llamas? —pregunté de manera automática para dedicarle el libro cuando le llegó el turno.

—Thomas —contestó.

Levanté la vista y al instante me percaté de que el hombre que tenía esa bonita voz era, además, muy guapo.

Sonrió, y eso contribuyó a aumentar aún más su atractivo.

—Felicidades por el libro. Tengo muchas ganas de leerlo. Tus colegas te han puesto por las nubes. —Señaló al grupo de profesores que en ese momento estaban charlando y tomando una copa de vino—. Yo también soy sociólogo.

—¡Vaya! —exclamé, quizá con demasiado entusiasmo—. Me encantaría saber más cosas de tu trabajo. —Deduje que el hombre que esperaba detrás de Thomas se impacientaba porque no paraba de adelantarse y de hacer muecas—. ¿Vas a quedarte un rato? Unos cuantos iremos a tomar una copa cuando esto acabe. Tendremos más tiempo para charlar.

«Oh, Dios mío. ¿Qué estás haciendo, Rose? ¿Ligando con desconocidos?».

—Claro, me encantará —dijo Thomas.

Le firmé el libro y se lo devolví.

—Gracias por venir esta noche. Siempre es un placer conocer a otros que trabajan en este campo.

«Sobre todo si son tan guapos como tú».

—Cierto —convino él con otra sonrisa, y fue a reunirse con el resto de mis compañeros de departamento.

Al final nos pasamos toda la noche charlando. Volvimos a vernos una semana más tarde, concertamos una nueva cita, y un buen día amanecí al lado de Thomas, en la cama, y me di cuenta de que todas esas citas estaban convirtiéndose en una relación. Una relación que sin duda me hacía feliz.

—Es pronto para decir nada —le cuento a Luke—. Thomas y yo no llevamos ni seis meses saliendo.

—Tengo la impresión de que te gusta.

—Me gusta —admito. El teléfono me avisa de que tengo una llamada en espera y miro de quién se trata—. ¡Vaya por Dios, es Addie!

—¡Genial! Ahora no te pongas muy...

Dejo a Luke con la palabra en la boca para hablar con Addie.

—¡Addie! ¿Estás bien?

—Claro que estoy bien, mamá —responde con ese tono sarcástico que me saca de quicio. Como si le costara un esfuerzo enorme hablar conmigo.

—¡Me has dado un susto de muerte!

—Mamá, por favor...

—¡No me vengas con por favores ahora! Te quiero, te quiero mucho, y por eso me alegro de oír tu voz y saber que, gracias a Dios, estás sana y salva... Pero tu padre y yo llevamos horas histéricos y tú estás castigada. ¡Castigada hasta que cumplas los veinte!

37

8 de mayo de 2023

Rose: vidas 1, 2, 7 y 8

—Addie, ¿ya estás lista para que nos vayamos?

Mi voz resuena por la casa y por la escalera. Se oye el crujido de una puerta al abrirse y luego cerrarse; suenan pisadas sobre el parquet, pisadas lentas, tranquilas, la típica manera de andar de una adolescente. Addie baja despacio, marcando el paso con las pesadas botas de suela gruesa. Son las que más le gustan y en parte definen toda su imagen. Pero la chica que baja, a la que primero le veo los pies y luego los tobillos, las rodillas, la falda tejana y una camiseta escotada de color rosa, vaporosa y sexy —Thomas pondría el grito en el cielo si la viera—, luce una preciosa sonrisa. De algún modo, Addie combina la actitud de «Déjame en paz, voy a mi ritmo» típicamente adolescente con la personalidad de una chica encantadora y cordial. La más encantadora y cordial que he conocido nunca.

—¡Hey! —Sus ojos castaños sonríen también. Su gato, Max, se cuela entre sus piernas y entra en otra habitación—. ¡Estoy superemocionada con ir de compras!

Me río. Addie está siempre «superalgo». Lo usa para todo: superhambrienta, supertriste, superintrigada, superenamorada de esa chica que está buenísima.

—Yo también estoy supercontenta —digo.

Nos abrazamos. Está tan delgada que le palpo las costillas por debajo de la camiseta. Casa vez que la veo tengo la tentación de alimentarla a base de hamburguesas y de enormes platos de pasta aderezados con salsa boloñesa, pero es vegetariana desde los trece años. Sin embargo, esta tendencia a engordarla hace que me ría de mí misma al pensar en lo mucho que me parezco a mi madre. Es una idea que siempre me reporta una sensación agridulce, el triste placer de constatar que mi madre dejó su huella en la persona que soy ahora. A ella le encantaría saberlo.

—¿Tienes hambre? —pregunto—. Podríamos ir a comer antes.

Addie inclina la cabeza, pensativa, y su cabello, corto y de punta, se mueve al mismo tiempo pese a estar moldeado con una buena dosis de gomina. El día en que se cortó la melena nos quedamos boquiabiertos. Le llegaba hasta la cintura, y en cuestión de minutos quedó rapado al uno, dejándole el cuello al aire. No pidió permiso a nadie, simplemente lo hizo. Su padre se puso como una fiera, pero la verdad es que le queda bien, realza todavía más el tamaño de sus ojos.

—¿Y si empezamos por las compras y luego vamos a comer? —propone Addie—. Aún no tengo hambre.

—A lo mejor te apetecería comer si vieras una carta. ¡Podríamos ir a ese vegetariano que te gusta tanto! El que sirve esas hamburguesas veganas con nombres raros.

Addie coge un suéter del respaldo de una de las sillas del salón. También es de color rosa, pero de un tono un poco más claro. Se ríe.

—Siempre intentas darme de comer.

Río a mi vez.

—¿De verdad?

—Sííí, Rose —responde, pronunciando mi nombre con la misma sonora contundencia que provocan sus botas negras con cordones, un calzado que su padre también detesta, por cierto.

Sonríe al decirlo, como si llamarme por mi nombre la hiciera sentir adulta.

Esto de usar mi nombre de pila es algo relativamente nuevo, y aprovecha cualquier ocasión para pronunciarlo. En los últimos tiempos, su uso de «Rose» podría compararse al de «super». «Rose, ¿puedes convencer a mi padre de que me deje quedarme hasta tarde en el baile?». «Rose, ¿sabes si quedan cereales de esos que me gustan? No los encuentro». «Rose, ¿qué te parece si vamos de compras este finde? Hay una chica que me gusta y quiero impresionarla». Pero prefiero ese uso constante de mi nombre a la ira y resistencia iniciales que demostró al enterarse de que su padre salía conmigo. Era tan niña entonces, tan joven y posesiva para con su padre, que no quería compartirlo con nadie más. Ahora que ha cumplido los quince se comporta de una manera mucho más adulta. Me cae bien. Muy bien. Y no solo porque sea la hija del hombre al que amo, el hombre con quien he hablado de compartir hogar.

¿Quién habría predicho que terminaría con una hija sin tan siquiera haberla parido? ¿Y una que, además, es divertida, lista y estupenda?

Es mucho mejor de lo que pensaba. Un tipo de relación que nunca habría imaginado.

Addie coge el bolso. Negro, con tachuelas de metal.

—¿Crees que mi padre me dejará salir hasta medianoche el finde que viene?

—Eso tendrás que preguntárselo a él.

—Pero ¿a ti te parecería bien?

No contesto. Addie enarca las cejas. Sabe que estoy de acuerdo, que estoy de su lado, pero no pienso admitirlo en voz alta. No me corresponde aún decidir esta clase de cosas.

Siempre que Thomas se desespera con el último drama de Addie, ya sea en el colegio, con sus amigos, por la hora de llegada a casa o por la nueva chica que le gusta, intento recordarle que ha tenido mucha suerte con ella, que la adolescencia es un periodo horrible, al menos según atestiguan todos mis amigos que son padres.

—¿Qué te parece si yo se lo pregunto —prosigue Addie— y luego tú hablas con él sobre el tema?

—Me lo pensaré —le digo.

Sonríe con picardía y abre la puerta. Sabe que me tiene en el bote.

—Gracias, Rose.

38

18 de junio de 2022

Rose: vidas 3, 5 y 6

—¡Addie!

No paro de gritar y de agitar la mano. Lo mismo hace mi padre, sentado a mi lado. Addie se vuelve hacia nosotros mientras recorre el pasillo con los otros alumnos de secundaria que se gradúan hoy y me lanza una mirada suplicante que dice: «¡Mamá, cálmate!». Pero no puedo. Mi hija pone los ojos en blanco. Ni siquiera su actitud insolente puede estropear el placer que siento al verla con toga y birrete dirigiéndose al estrado con todos sus amigos.

—¡Viva! ¡Viva! —Aplaudo con tanta fuerza que me duelen las manos.

—Rose —me susurra mi padre al oído—, si yo hubiera hecho esto mismo cuando tenías su edad, te habrías pasado una semana poniéndome morros.

Jill, sentada al otro lado, me da un codazo.

—Addie te echará una bronca luego. ¿Qué tal si te muestras un poco menos efusiva?

—Me importa un comino —les digo a los dos—. Si le da vergüenza tener una madre como yo, que se aguante.

Echo una ojeada al auditorio atestado. Veo a los padres de Luke, que se han colocado en el otro extremo de la sala, en un esfuerzo evidente para no cruzarse conmigo. Hace mucho tiempo que no hablamos.

—Además, los otros padres están haciendo exactamente lo mismo.

—Bueno, eso también es verdad —admite Jill—. Oye, ¿Luke llegará a tiempo?

Vuelvo a mirar hacia el lugar donde se sientan los padres de Luke y veo el asiento vacío a su lado.

—Eso espero.

Regresaba de un viaje de trabajo, y andaba preocupado por los retrasos en los vuelos y en los trenes, y por el estado del tráfico. No logra llegar a todo, le cuesta conciliar sus responsabilidades profesionales con el hecho de tener una hija conmigo y otras dos con Cheryl.

—Pero es la graduación de secundaria de Addie. Tiene que estar aquí.

—Lo sé, lo sé.

—A lo mejor te sorprende —apunta mi padre, siempre optimista.

Mi amistad con Luke es, por así decirlo, imperfecta. Desde que nació su segunda hija ha prestado menos atención a Addie de la que debería. Sin embargo, seguimos adelante, esforzándonos por educarla juntos, por estar a su lado, e incluso, a veces, por apoyarnos el uno al otro. Mentiría si no admitiera que su ausencia me otorga una sensación de libertad, en el sentido de que me permite representar el papel de madre tal como quiero hacerlo. Sé que es egoísta por mi parte, sé que Addie necesita a un padre tan presente como sea posible, pero no puedo negar la verdad. En ocasiones, me siento más tranquila cuando Luke no está.

La banda del instituto nos ofrece su versión de «Pompa y circunstancia» por segunda vez. Los chavales ocupan los sitios asignados del estrado. Mantengo la vista clavada en Addie. Está sentada en la segunda fila, en el cuarto asiento por la izquierda, al lado de su mejor amiga, Eve.

Mi padre menea la cabeza.

—Nunca habría dicho que ese corte de pelo me gustaría, pero lo cierto es que me gusta.

Addie se cortó el pelo al uno. Me oponía, pero acabé cediendo, y le queda bien. Luke lo odia.

La directora del instituto, la señora Gonzalez, nos pide a todos que tomemos asiento, y obedecemos de manera automática, como si también fuéramos alumnos.

—¿Puedes creerte que estemos en la graduación de Addie? Recuerdo cuando no era más que una diminuta Patatita.

Asiento con la cabeza. Miro de reojo a mi padre y veo que ya tiene lágrimas en los ojos. Sé que si digo algo también me echaré a llorar, lo que definitivamente me costará una bronca con Addie más tarde, durante su fiesta. Si fuera capaz de hablar sin emocionarme le diría a Jill que no me imagino un mundo sin Addie. ¡Y pensar que estuve muy cerca de habitar en ese mundo! Una lágrima me resbala por la mejilla de todos modos, y me apresuro a secármela con la mano.

—¿Thomas viene a la fiesta? —pregunta Jill.

El pastel ocupa el centro de la mesa. De chocolate, sin glaseado, porque a Addie no le gusta, solo tiene una fina tira de cobertura de limón en la que se lee: «¡Feliz graduación, Addie!». Lo muevo un poco para que esté exactamente en el centro de las demás bandejas, llenas de galletas, *brownies* y *cupcakes* por un lado, y de pasta y ensaladas por otro. También están las albóndigas favoritas de Addie, y un guiso de cordero que era la especialidad de mi madre y que me he pasado horas cocinando porque a Addie también le encanta.

Cambio la ubicación de la ensalada de espinacas por la pasta con brócoli sin saber muy bien por qué.

—No. A Addie no le gustaría verlo aquí.

Voy a cambiar otra bandeja de sitio cuando Jill me coge del brazo.

—Déjalo ya. No te preocupes más. La mesa tiene un aspecto estupendo.

Aparto la mano.

Tiene razón. Está perfecta. A un lado de la sala hay un armario grande; es bonito, sencillo, y tiene un gran lazo rosa y una tarjeta sujeta en él. Es el regalo de mi padre para Addie ahora que deja atrás la secundaria. Hace juego con los demás muebles que han ido fabricando juntos para su habitación. A Addie le encantará.

Jill y yo nos dirigimos hacia la isla de la cocina. Descorcha una botella de vino blanco que compré para los padres que asisten a la fiesta. Llena dos copas y me ofrece una.

—Pensaba que las cosas entre Addie y Thomas iban mejor.

Doy un sorbo, disfrutando de su frescor y de su puntito agridulce.

—Y así es. En serio. Van mucho mejor que antes. Al principio fue terrible, ya lo sabes. Pero en los últimos meses parecen haberse hecho amigos. Me lo esperaba. Él es fantástico y ha tenido toda la paciencia del mundo con Addie. Más de la que le habría puesto yo si el caso fuera al contrario, te lo aseguro.

—Te creo —dice Jill riéndose.

Miro el móvil para ver si tengo un mensaje de Luke, pero no. Dejo escapar un suspiro y remuevo la copa.

—Addie se quedará hecha polvo si Luke no llega a su fiesta.

Justo entonces suenan a la vez el timbre de la puerta y el de mi teléfono.

—Ya abro yo —se ofrece Jill.

Contesto al teléfono.

—¡Luke!

—Voy de camino. ¡No tardaré! —me dice. Y añade—: ¿Addie me odia?

—Claro que no —miento. «Un poco»—. Se alegrará cuando se entere de que llegas a la fiesta.

—Y además seré su fotógrafo personal.

Sonrío.

—Eso le encantará —digo, y sé que es verdad.

—¿Crees que me perdonará?

—Sí. —Tampoco miento ahora.

—Bien.

Oigo que hace sonar el claxon.

—¡No corras!

Colgamos.

«Tu hija te necesita —pienso—. Nos necesita a los dos».

Siempre será así, ¿no? Incluso si aún no es del todo consciente de ello, incluso si su nuevo gesto favorito es poner los ojos en blanco cada vez que le decimos algo. Espero que Addie necesite a su madre para siempre, porque su madre adora que la necesite. Supongo que como todas las madres.

Se me llenan los ojos de lágrimas y me los seco con el dorso de la mano.

Sé que a la mía le pasaba.

39

15 de agosto de 2006

Rose: vida 9

Luke se ha plantado junto a mi mesilla de noche. Nunca se acerca a ese lado de la cama. En la mano sostiene un frasco de vitaminas prenatales. Lo levanta.

Doy un paso hacia él. Inspiro y suelto el aire con fuerza.

—He dejado de tomarlas, ¿vale?

Luke deja caer los hombros.

—Rose... Me lo prometiste.

—Luke...

Pero no ha terminado.

—Me lo prometiste y me has mentido.

Lo contemplo ahí parado, con la cabeza gacha, el vivo retrato de una víctima. Como si le hubiera hecho algo, como si le hubiera hecho daño.

—Oh, ¿en serio, Luke? ¿Fue así? Bueno, pues ahora dime, ¿tú no has incumplido nunca ninguna de tus promesas? ¿No se te ocurre ningún caso? ¿Alguna mentira que me hayas dicho?

—Rose... —Suspira, como si quisiera invadir el espacio con esa gran exhalación—. No seas así.

—¿Que no sea cómo? ¿Que no sea como he sido siempre, es decir, sincera contigo sobre todo este asunto? Prácticamente en nuestra primera cita te advertí que no quería hijos. Te lo dije mil veces. ¿Y sabes lo que me contestabas?

Más suspiros. Esta vez aún más profundos. Mi marido mengua frente a mis ojos, parece fundirse con la cama. Se deja caer en el borde.

—Rose...

—Era una cuestión recíproca, Luke. —Noto que mi cuerpo, todo mi ser, se expande y se apodera de la habitación—. Cada vez que te recordaba que no quería hijos, asegurabas que tú tampoco. Que nunca los habías querido. Me lo repetiste machaconamente antes de que subiéramos al puto altar para casarnos. Así que, dime, ¿quién es el embustero aquí?

—No te mentí...

—Para. Mira, deja ya toda esta mierda porque estoy harta. Harta de cargar con la culpa de decepcionaros, a ti y a cada miembro de tu familia. Harta de pensar que soy una especie de monstruo, una mujer fracasada, un mal bicho egoísta. —Me detengo para tomar aire, y al hacerlo percibo la sorpresa en la expresión de Luke: me mira como si fuera a pegarle—. ¿Se te ha ocurrido pensar que has sido tú quién me ha fallado? ¿Que el único que ha fallado en este matrimonio eres tú?

—Eso no es justo, Rose.

Suelto una carcajada amarga. Me acerco a mi marido; lo veo ahí, hundido en la cama, y justo entonces tomo plena conciencia de ello. Luke levanta la vista para mirarme a la cara y percibo un atisbo de temor en sus ojos.

—La verdad es que habéis llegado a convencerme durante todo este tiempo. El tiempo en que tú y tu familia me habéis torturado diciéndome que me arrepentiré de no ser madre el resto de mi vida, que los dos lo lamentaremos, que soy una mala persona, una mujer desalmada que está arruinando tu vida. Pero la verdad es que eres tú quien está arruinando la mía.

—¿Rose? —Mi nombre sale de la boca de Luke casi como un estremecimiento.

Me agacho, apoyo las manos en la cara de Luke y le doy un beso en la frente. Parpadea, noto en sus ojos que está confuso. Me aparto, me incorporo y salgo de la habitación; voy hacia el salón, hacia el armario en cuyo altillo guardamos las maletas. Me esfuerzo por bajar la más grande, esa sobre la que siempre hemos bromeado diciendo que en ella cabría un cadáver. La maleta choca contra la puerta del armario antes de caer al suelo.

—¿Rose? —Mi nombre, otra vez.

Pongo la maleta en pie y la arrastro hacia el dormitorio. Voy directa a los cajones que contienen los sujetadores, la ropa interior y los calcetines. La dejo abierta en el suelo y me dispongo a llenarla con mi ropa. Los tirantes de los sujetadores se enredan con las camisetas de los pijamas, pero me da igual. Actúo como un robot, me vuelvo de manera maquinal y voy metiendo mis prendas a bulto, entregada a la urgente tarea de vaciar los cajones de esta vida, de este matrimonio.

Oigo los pasos descalzos de Luke que vienen hacia mí.

—¿Qué estás haciendo?

Arrastro la maleta hacia el otro armario y lo abro; empiezo a sacar mi ropa de las perchas y a lanzarla encima de las bragas, de los sujetadores, de los pantalones gruesos de dormir y de los calcetines estampados con perritos. Sudaderas, camisetas, vestidos.

—Te he hecho una pregunta.

—¿A ti qué te parece que estoy haciendo, Luke?

—¿Piensas irte a casa de Jill a pasar la noche? —pregunta esperanzado.

No quiero que se haga falsas ilusiones, así que soy sincera.

—Se acabó —le digo—. Te quiero, de verdad, siempre te he querido, pero no permitiré que me arruines la vida.

—¿Hablas en serio?

Cierro la cremallera de la maleta, el sonido es inconfundible.

—Totalmente. Me marcho. Y no pienso volver. —Tomo aire y luego lo digo—: Ya no puedo más. Este matrimonio me agota.

Una oleada de alivio parece darme alas, noto una ligereza que me invade todo el cuerpo; como si este pudiera flotar, como si se hubiera librado de la fuerza de la gravedad. Echo atrás los hombros, estiro el cuello, alzo el mentón.

El tema de la maternidad —las eternas preguntas sobre si seré madre, sobre cuándo seré madre y sobre lo que me espera si no soy madre, todas ellas íntimamente relacionadas con mi esencia como mujer, con si soy una mujer buena o mala, realizada o frustrada, egoísta o generosa, feliz o no, y a la vez ligadas con el matrimonio, el trabajo y el divorcio— se ha convertido en un fardo absolutamente insoportable. Llevo años cargando con él, arrastrándolo, ocultándolo como Sísifo, ya sea cuando voy con tacones o con zapatillas de deporte, cuando me visto para el trabajo, o voy en pijama o con tejanos.

Ahora he conseguido zafarme de ese bulto y lo veo caer montaña abajo, hacerse pedazos al fondo del precipicio.

Tal vez fuera un fardo que no me correspondía llevar.

Pongo la maleta de pie y saco el asa. La agarro y la arrastro hacia la puerta. Luke me sigue durante todo el rato, sus pasos parecen el eco de mis actos, la constatación de que esto está pasando.

—Adiós, Luke. Espero que algún día encuentres a una madre que te haga feliz.

Y con estas palabras salgo por la puerta.

40

23 de agosto de 2024

Rose: vidas de la 1 a la 3 y de la 5 a la 9

—Por favor, dime que Addie no se hará daño saltando desde esas rocas.

Sentado en una colorida silla de playa, con el respaldo a rayas azules, verdes y rosas, Thomas se inclina hacia delante haciendo visera con la mano. Me habla medio en serio, medio en broma.

Adolescentes de todas las edades, e incluso algunos estudiantes universitarios, se encuentran apiñados en la cima del promontorio que emerge del mar en un extremo de la playa. Tiene al menos seis metros de altura. Una chica con una melena pelirroja larga salta al agua con un chillido.

—No te preocupes. —Me sacudo la arena de las manos y de los pies—. No le pasará nada. Está divirtiéndose. Yo solía saltar desde esas rocas cuando tenía su edad. Lo hice durante años.

—Pero los progenitores de ahora somos unas personas mucho más estresadas y vigilantes —aduce Thomas—. Me sorprende que la asociación de padres no haya intervenido. Tú y yo deberíamos proponer una ley que prohibiera esta clase de actos, Rose.

—No seas ridículo —le digo, y le doy un beso en el hombro.

Tim, el amigo de Addie, grita a la chica del agua que vuelva a subir.

—¡No lo digo en broma! ¡Mira lo alto que es! ¡Es el puto Everest en una playa de Nueva Inglaterra!

Le doy un codazo.

—No es tan alto. Además, el agua es muy profunda en esa zona.

—¡Por eso mismo!

Mi silla de playa está demasiado vuelta hacia atrás para ver cómo Addie sube por las rocas, así que la muevo. No somos los únicos padres que observan a los chicos mientras estos salen del agua, se dirigen otra vez arriba y saltan de nuevo. Se respira un ambiente festivo, debido a la ola de calor, a que es fin de semana y a que estamos en agosto. El paisaje está salpicado de sombrillas de vivos colores, rojas, rosas, anaranjadas y amarillas, verdes y violetas, a rayas, con topos o con estampados de flores. Las toallas y los trajes de baño conforman otro espectáculo cromático que resalta sobre el fondo de la ardiente arena blanca y del frío océano azul.

Mi madre me inculcó el amor por la playa desde que era muy pequeña, y mi pasión ha ido creciendo a medida que me he hecho mayor. Podía ser tan entrometida, mandona e intransigente como todas las madres, pero también una persona generosa, maravillosa y divertida; era alguien que me animaba a correr riesgos, a seguir los dictados de mi corazón. La echo de menos, especialmente ahora, porque estar en la playa era lo que su corazón le dictaba todos los veranos.

—Dios mío, Addie se prepara para saltar. —Thomas se cubre los ojos con las manos—. No puedo verlo, en serio.

—No le pasará nada —le digo con la vista fija en la chica alta y de piernas delgadas del biquini verde lima y el largo cabello empapado.

Durante un tiempo lo llevó muy corto, pero luego se decidió a dejárselo crecer y ahora le llega ya por debajo de los hombros. Addie observa con atención las frías y oscuras aguas, y mi corazón se dispara de miedo. ¿De verdad no le pasará nada? ¿Y si ocurriera algo terrible? ¿Cómo podría vivir con el remordimiento de haberla dejado subir ahí, de haberla animado a hacerlo con batallitas de lo que yo hacía a su edad?

—Si Luke estuviera aquí, ahora tendría que aguantar el rollo de que ningún niño debería poder arriesgar su vida así, lo que, en consecuencia, significa que ningún niño debería realizar ningún acto arriesgado y divertido.

Addie echa los brazos atrás y dobla las rodillas.

—Pues en esto estoy con Luke —dice Thomas, que sigue con los ojos tapados.

—No es verdad.

—Lo digo en serio.

—¡Allá va! —grito al ver que Addie salta al vacío y entra directa en el agua. Un segundo más tarde sale a la superficie. Los críos la aplauden desde arriba—. ¡Lo ha hecho genial!

Thomas se decide a volver a mirar. Exhala un largo suspiro y luego clava la vista en mí.

—Eh, ¿a qué viene esa sonrisa, Rose?

Me levanto de la silla y cojo la toalla.

—Ahora verás.

—¿Vas a subir ahí? ¿Te has vuelto loca?

—¡No te preocupes! Los saltos desde ese promontorio no tienen secretos para mí.

—No es un promontorio. ¡Es un precipicio!

Thomas extiende la mano para retenerme. Se la cojo.

—No me pasará nada. Nada.

Thomas se niega a soltarme la mano, pero consigo zafarme.

—De acuerdo, vete con Addie —rezonga Thomas mientras niega con la cabeza—. No me gusta la idea de que esté sola ahí arriba. Si le sucede algo terrible, podrás salvarla.

Me apoyo una mano en la cadera fingiendo sentirme ofendida.

—¿Y si me pasa algo terrible a mí?

Thomas se echa a reír.

—Entonces será Addie quien te salve, obviamente.

—Estoy segura de que se alegrará de verme subir —digo.

—Diría que estará secretamente emocionada.

—¡Ahora lo veremos!

El paseo hasta las rocas me lleva unos cinco minutos. Paso entre los niños que juegan en el agua y hacen castillos en la arena, entre los adultos que se ríen, entre el rumor de los que entran y salen del agua. Cuando llego, estoy sudando. Debemos de estar a treinta y cinco grados.

Un chico alto y musculoso, de unos dieciséis o diecisiete años, salta en plan bomba mientras los que esperan turno jalean y aplauden. Por fin algunos jóvenes me ven, a punto de nadar hasta el lugar donde se inicia el ascenso rocoso. Addie está enfrascada en una conversación con su amigo Tim. Él le dice algo que la hace reír.

Agito la mano para llamar su atención.

—¡Addie! —grito.

Mira hacia mí. Justo cuando sonríe, me meto en el océano frío y turbulento. Es una sensación refrescante después del calor. Nado en estilo crol, notando que he echado de menos esa música que conforma el océano contra mi cuerpo. Cuando por fin llego a la primera roca y apoyo las manos en su húmeda superficie, la mente se me llena de recuerdos: imágenes de la primera vez que me atreví a hacerlo, cuando tenía trece años. Me veo subida ahí, en traje de baño mientras Ray, mi noviete de la época, me animaba desde el agua. Eso fue justo antes de que mi padre descubriera que le había desobedecido y apareció para llevarme a casa castigada.

—¿Le echo una mano, doctora Napolitano?

Tim me está gritando, y contemplo a este joven alto que, al parecer, es el nuevo *crush* de Addie, ahora que nos anunció en mitad de una cena que se declaraba bisexual. Quizá sea este chico quien la ayudó a descubrir ese aspecto de sí misma porque, antes de él, solo le atraían las chicas.

—¡Te he dicho cien veces que me llames Rose! —le respondo a gritos.

—Pero no me sale. Usted es profesora de la universidad y tal.

—Pues haz lo que quieras —le digo riéndome, de cara a los dos.

La verdad es que los amigos de Addie me caen bien. Resulta que los adolescentes sí que me gustan.

A un lado del promontorio hay una especie de escalera, unos escalones tallados en la roca de manera natural. Tim me observa, y supongo que se pregunta qué hace esta mujer adulta nadando hasta esa enorme roca donde solo hay chavales. Addie está a su lado. Parece nerviosa, como si me enviara de manera telepática la fuerza suficiente para subir hasta donde están ellos, esperándome. Cuando me hallo cerca de la cima, Tim me tiende la mano y la acepto.

—Muy amable, señor —le digo, y se echa a reír.

—¡No me creo que hayas subido hasta aquí!

La expresión de Addie muestra incredulidad y alegría a la vez. O quizá sea alivio de no haber visto cómo me precipitaba hacia la muerte. Espero que Thomas haya logrado quitarse las manos de los ojos y se sienta igualmente aliviado.

Doy un apretón a Addie.

—Pensé que sería como ir en bici, ya sabes. —Me vuelvo hacia Tim—. El próximo salto lo haremos las dos. No te importa, ¿verdad?

Tim señala el repecho.

—Como guste.

—Vamos, Addie. Hagámoslo.

—¿En serio? —Parece atónita.

—Claro, ¿por qué no? ¿Para qué crees que he subido hasta aquí?

—¡Vale! —accede con ganas.

Siento la tentación de abrazarla, pero me contengo.

Las dos —Addie con sus piernas delgadas y bronceadas y el biquini verde lima, y yo con mi bañador de una pieza de un vistoso color púrpura— caminamos hacia el borde. Puedo notar las miradas de los otros chavales puestas en nosotras, el silencio que se hace entre ellos al vernos avanzar hacia el borde. Nos cogemos de la mano.

—¿Lista? —pregunto a mi hija.

Y luego, entre risas, saltamos juntas.

41

23 de mayo de 2000

Rose: vidas de la 1 a la 9

Luke ha hincado la rodilla en el suelo.

Ha sido un gesto tan repentino que, al principio, no entiendo a qué viene.

—¿Qué estás haciendo, Luke? —le pregunto con los brazos caídos y los dedos cerrándose y abriéndose contra la palma de las manos.

Me mira con una sonrisa radiante, sin decir nada. Titubea un instante y luego se estabiliza. Empieza a rebuscar en el bolsillo trasero de su pantalón.

Oh. ¡Oh!

Mientras Luke se esfuerza por encontrar la cajita que lleva escondida en los tejanos, mi corazón empieza a desbocarse y se me pone la piel de gallina, incluso la de debajo del suéter. Separo los labios y me recuerdo que debo respirar. Creo que estoy sonriendo. Llevo tiempo aguardando este momento, anticipándolo, esperando que llegue pronto.

Luke saca la caja, la abre y extrae el anillo de compromiso. Me lo muestra y comienza su discurso. El anillo centellea en su mano temblorosa.

—Rose, eres el amor de mi vida y siempre lo serás…

Mientras habla escucho sus maravillosas palabras y, a la

vez, algo más: una vocecilla dentro de la cabeza que tiene opinión propia sobre lo que está sucediendo. Intento silenciarla, pero es persistente, fuerte y molesta.

«Rose —me dice—, ¿qué hace Luke así? Es tan clásico... Y mira que le dijiste un millón, no, un billón de veces que no querías una declaración tradicional, ni un compromiso tradicional ni un matrimonio tradicional. Le dejaste claro que nunca habías deseado que alguien se te declarara con una rodilla hincada en el suelo. Bromeaste asegurando que, si se le ocurría hacer algo así, tu respuesta sería una sonora negativa».

—Quiero pasar el resto de mi vida contigo...

Las palabras de Luke son dulces y hermosas, ¿cómo no van a emocionarme? ¿Cómo puedo no deshacerme literalmente ante una declaración tan romántica? A ver, ¿qué pasa si ha clavado una rodilla en el suelo aunque yo le advertí que no lo hiciera? ¿Qué tiene que ver mi feminismo con todo esto? Las feministas pueden disfrutar de una bella declaración de amor, ¿no? Vaya, todo el mundo puede hacerlo. ¡Es una tradición bonita, al fin y al cabo! Así que, ¿por qué no voy a poder yo? Tengo derecho a disfrutar del momento, ¿no? ¿No?

«Pero ¿y si es la señal de otras cosas?».

—Rose Napolitano, ¿me concederás el honor de ser mi esposa? ¿Quieres casarte conmigo?

«¿Y si Luke tampoco te escucha en otros temas?».

Luke está radiante, y parte de mí brilla con él.

Una gran parte.

En mi interior hay otra Rose, que está preocupada. Ojalá se callara y me dejara disfrutar.

«Rose...».

¡Cierra el pico!

Luke espera. Vuelve a desequilibrarse un poco.
Extiendo la mano para ayudarlo.
La otra Rose se calla.
Sonrío, abro la boca y digo:
—Sí.

12 de diciembre de 2025

Rose

—Rose, ¡te suena el teléfono! —me grita Thomas desde la habitación de al lado.

Estoy en el salón decorando el árbol. Meera, nuestra nueva gata, mordisquea las luces que sobresalen de la caja donde guardamos los adornos navideños. Añoramos a Max, aunque sabemos que se ha ido a un lugar mejor. Mientras voy a la otra habitación, cojo a Meera en brazos y me lanza un maullido de protesta.

Thomas está sentado en la cama con mi teléfono en la mano. Contesto a la llamada.

—Luke, ¿cómo estás?

—Bien. ¿Se sabe algo?

Thomas extiende los brazos hacia Meera. Se la paso, aunque con mala cara.

—¡Me han concedido la beca!

—¡Bien! No me sorprende en absoluto.

—Gracias —le digo. Me conmueve que Luke llame solo para interesarse por mi trabajo—. ¿Y tú qué me cuentas? ¿Qué pasará con los premios este año?

Luke suspira.

—Intento no pensar mucho en ello. Si finjo que me dan igual, a lo mejor me cae uno de los gordos.

—Como de costumbre —digo riéndome.

—Chis. No seas gafe.

Vuelvo al salón, pasando por delante del árbol a medio decorar, y veo que Addie está sentada a la mesa de la cocina con la cara pegada a la pantalla.

—Oye, he de dejarte. Tengo galletas de Navidad en el horno y no quiero que se me quemen. Se suponía que alguien debía vigilarlas, pero ese alguien está absorto en su móvil. —Addie ni siquiera levanta la vista cuando lo digo, creo que ni me ha oído—. Y luego tengo que ponerme con el resto de las delicias navideñas.

—Para, que estás matándome de envidia —dice Luke—. Ni te imaginas cuánto echo de menos esta parte de nuestra vida. Cheryl no sabe ni hervir un huevo.

—¡No quiero imaginármelo! ¡Felices fiestas! ¡Hasta pronto! —Cuelgo antes de que Luke pueda añadir nada más.

Suena un pitido en la cocina, y Addie sigue enfrascada en lo suyo. Voy hacia el horno, lo abro y veo que las galletas han alcanzado ese tono dorado perfecto. Cojo una manopla y saco la bandeja.

El olor es delicioso. Huelen a...

Mi madre.

Por un instante la siento aquí, conmigo. Estamos juntas en la cocina, yo tengo seis o siete años, no más, y está enseñándome a hornear galletas, estas galletas.

En los últimos tiempos, cuando estoy en la cama, me dirijo a las clases o simplemente paseo por la ciudad, me ha dado por pensar en la vida de mi madre, en su vida antes de ser mi madre. Me pregunto cómo era, qué sueños tenía; si albergó alguna vez dudas sobre las decisiones que iba tomando, sobre su decisión de tenerme. El deseo de haberla conocido a fondo cuando era solo una mujer, antes de que la maternidad la cambiara, ha ido creciendo en mi interior, madurando y floreciendo. Ojalá hubiera podido.

Fue precisamente ese deseo, esa necesidad, lo que me llevó a pedir la nueva beca, esa por la que Luke acaba de preguntarme. Esta vez me he propuesto entrevistar a madres, madres que ya son mayores, con los hijos ya criados y fuera de casa. Quiero hablar con ellas sobre el antes y el después de la maternidad. Voy a plantearles todas las preguntas que me gustaría haberle hecho a mi madre, que le haría ahora si estuviera viva. Quiero saber quiénes eran antes de que el maremoto de la maternidad las sacudiera, y también cómo valoran esa elección desde el presente, ahora que ha pasado tanto tiempo. ¿Habrían cambiado algo? ¿Echan de menos algo de su vida anterior? ¿Se preguntan alguna vez qué habría sido de ellas si su decisión sobre la maternidad hubiera sido distinta? ¿Sienten ocasionalmente el deseo de conocer a esa otra mujer, a la persona que serían hoy si no se hubieran convertido en madres?

Con la espátula en la mano voy sacando las galletas una a una; las coloco en una fuente, para que se enfríen, pero separo unas cuantas y las dejo en un plato. Mientras lo hago me pregunto por las otras vidas que yo podría haber vivido: algunas en las que me habría negado a tener un hijo y otras en las que lo tuve, o al menos lo intenté. En cualquier caso, tanto si soy la Rose que dijo que sí, la Rose que dijo tal vez, la que mantuvo con firmeza su negativa o una combinación de todas ellas, ahora estoy aquí. En mi vida hay una hija, y me consta que el hecho de que sea técnicamente mía o no es algo secundario. Hay amor, amistad, familia, y todo ello nos basta para ayudarnos a superar los malos tiempos, los días y los meses de tristeza, el dolor inevitable que comporta estar vivo. El pensamiento me reporta paz y cierta clase de felicidad.

Creo que eso es lo máximo que alguien puede conseguir en una única vida.

Deslizo el plato con las galletas por la mesa para acercárselo a Addie. Ella da un respingo y, acto seguido, me sonríe.

—¿Quieres una? —le pregunto sonriéndole a mi vez.

Agradecimientos

Me gustaría expresar mi agradecimiento a Miriam Altshuler, mi agente, por su inquebrantable apoyo a las mujeres en general, y a esta en particular. Me siento afortunada por haber encontrado una «pareja profesional» tan maravillosa y duradera. Has estado a mi lado en los momentos buenos y en los malos (y estos últimos han sido intensos), sin jamás perder la fe en mí.

A Pam Dorman, por enamorarse de mi libro en una noche y convertir en realidad mis sueños literarios en tantos sentidos; por tu perspicacia como editora, tu confianza en Rose y en mí, y por decidir que algo que yo había escrito merecía un lugar en tu sello. Me siento honrada y agradecida por lo mucho que he aprendido trabajando contigo. Que publicaras esta novela ha sido uno de los hitos de mi vida profesional. Y a Martha Ashby, de HarperCollins, mi editora en Reino Unido, por tus amables consejos, tu afabilidad y la emoción que expresaste tras la lectura de mi libro, una emoción que dio lugar a un documento escrito por ti y tus colegas que aún releo de vez en cuando en los momentos en que mi ánimo decae. He tenido la enorme suerte de contar con un magnífico dúo de madres para este libro que han cuidado maravillosamente de mí y de Rose.

A todo el personal de Viking y de Penguin que se ha arriesgado con Rose. A Jeramie Orton y Marie Michels, por vuestra paciencia y diligencia, y especialmente a Leigh Butler y Hal Fessenden, por vuestro extraordinario apoyo a la hora de sacar este libro, y por vuestras ideas para dominar el mundo. Junto con Pam, convertisteis el verano de 2020 en uno de los más emocionantes de mi vida.

A los editores de todo el mundo que también se enamoraron de Rose. Me emociona vuestro interés, y me hace feliz que creáis en esta novela y en mí. Me ha encantado conocer a algunos de vosotros y de verdad espero que las conversaciones que iniciamos en torno a esta novela tengan continuidad.

A mis maravillosos amigos Marie Rutkoski, Daphne Grab, Eliot Schrefer y Rene Steinke, quien leyó partes del borrador y me ayudó a sacarlo adelante, y a Rebecca Stead, que me ayudó a mantener el rumbo en una fase importante con sus atinados consejos. A Kylie Sachs, que aún es mi amiga (¿cómo es posible después de tantos años?) y ha ejercido de confidente a lo largo de todo el proceso de escritura de esta novela, en los momentos de dudas grandes y pequeñas, en los de desesperación y de alegría. A mi padre, que es el mejor, y a mi marido, que mientras escribía este libro me preguntaba todas las noches: «¿Qué le ha pasado hoy a Rose Napolitano?».

A esas mujeres que nunca han querido hijos y a quienes la sociedad ha hecho sentir mal. Mujeres que han creído que habían fracasado como tales o que el hecho de no desear engendrar un hijo implicaba que tenían algún tipo de problema, a pesar de que a veces lo sabían desde una edad muy temprana. Este libro está escrito para vosotras. Os veo. Espero que haya logrado hacer justicia a vuestras vivencias.

A las madres de todo tipo que hay en mi vida: madres con

hijos propios, madres literarias y mujeres que han ejercido de madres conmigo en distintos momentos. A las madres que conoceré en el futuro y a las que lean este libro. Existen muchas formas de ser madre y muchas de ellas no implican parir un bebé. No reconocemos su labor en este mundo.

Y, por último, a mi madre. Terminaré el libro y los agradecimientos reconociendo el gran papel que ha desempeñado en mi vida. Mi madre, a quien he dedicado la novela, pero a quien quiero dirigir una dedicatoria completa aquí, donde tengo más espacio:

Gracias, mamá, por darme esta vida. Ojalá hubiera podido expresártelo mientras aún eras capaz de oírlo y entenderlo. Te dije estas mismas palabras el día antes de que murieras, pero ya no me oías. He pasado los últimos dieciséis años pensando en esto, en la injusticia de que mis palabras te llegaran demasiado tarde. Porque merecías mi eterna gratitud. Dar la vida a alguien no es algo menor. Ser madre no es algo menor y, aun así, a menudo ocurre sin que nadie lo agradezca. Desearía haber tenido la ocasión de darte las gracias a la cara por esta vida, mi vida. Me gusta pensar que, en cierta manera, me oíste, que quizá aún puedes hacerlo desde otro lugar. Supongo que no es más que una ilusión, pero a veces las ilusiones son lo único que nos queda, y a mí me queda esta. Te quiero. Gracias.

Índice

TERCERA PARTE
Aparecen más Roses: vidas 4 y 5

CUARTA PARTE
Sale Rose: vida 4
Aparecen otras Roses: vidas 6 y 8

QUINTA PARTE
Aparecen más Roses: vidas 7 y 9